SAM

CHRISTOPHE GHISLAIN

# SAM

roman

ALBIN MICHEL

*À Hélène*

*Pour Gaspard, mon petit d'homme.*

*Sometimes I feel*
*Like I'm almost gone*
*A long way*
*From my home.*

Richie Havens, « Freedom »

Sam, Sam, Sam, dire ton nom combien de fois
pour te faire revenir, mmh ?
Assis dans le salon ivre mort
dans la nuit
j'ai pris ma Weissenborn, plaqué une bouteille vide
contre les cordes, fait vibrer trois accords.
Dit ton nom encore.
Sam. Sam. Sam.
Dit ton nom, encore.

Aussi il y avait les oiseaux. Loin, où l'aube s'épuisait à naître. À grands coups d'ailes ils s'élançaient, poussant leurs cris, rasant les flots et la lumière et frappant les nappes de brume. Venaient buter contre la nuit. Il y avait la glace. Ses copeaux dans l'air immobile. Sur la peau. Quand j'ai rouvert les yeux j'ai vu ma main comme on voit celle d'un autre, elle était raide, serrait le fusil dont la crosse trempait dans l'eau au-delà des planches qui me portaient. Les clous qui tâchaient de les unir, fatigués par la houle. Imitant les oiseaux, enfin, j'ai appelé. Hurlé. Il n'y a pas eu de réponse. Pas même un écho. Sous l'eau tout avait disparu. Alentour, il n'y avait plus rien d'autre qu'elle et elle semblait une bête. Sombre. Sauf à l'est, où le soleil l'enfiévrait ; sa surface, ailleurs d'un calme noir, était là-bas éblouissante à me cautériser les yeux.

Lentement, j'ai dégagé ma cheville des racines et extirpé mes jambes de l'eau glaciale, empoignant une cuisse et puis l'autre, un genou, un pied, lourds comme dix chevaux morts. Une fois mes membres désengourdis, j'ai poussé le canon de la Winchester contre la roche et me suis éloigné de l'arbuste sous lequel j'avais échoué. J'ai traversé le rideau de branches. Les plus basses frôlaient la surface et retenaient ce qu'il restait du canot qu'Álvaro nous avait donné, la veille ou peut-être le matin précédent. Combien de temps étais-je resté inconscient ? Debout sur son ponton bringuebalant et bouffé par les âges, le vieux avait tourné vers le sud la paire de Ray Ban en toc derrière laquelle il planquait ses yeux amochés, indiquant à l'instinct un cap et des régions qu'il n'avait plus vus depuis trop longtemps pour compter. J'ai pêché là-bas autrefois, avait-il affirmé, aujourd'hui on y trouve davantage d'ennuis que de morues. De quel genre d'ennuis il parlait, je l'ignore. Mais je savais maintenant qu'il avait tort concernant les poissons : par centaines, ici, là, partout – par milliers ! – ils étaient tombés. À présent ils flottaient, d'ici jusqu'à l'horizon, ventre à l'air et bouffis et puant l'odeur de la mort.

L'aube.

Bientôt le soleil s'élèverait. Basculerait vers l'ouest. Se coucherait dans un brasier de lumières et me laisserait seul à nouveau, offert aux courants comme un moucheron à un ours, criant le nom de Tobias jusqu'au matin suivant.

Quelques semaines plus tôt je m'étais éveillé et c'était un matin d'avril. Dehors, il faisait encore nuit. L'air était blanc de givre. L'hiver demeurait invaincu. Sans même ouvrir les yeux, j'étais allé pisser le whisky de la veille dans l'évier de la cuisine avant de trouver, à tâtons, la porte de la salle de bain. Je m'y étais aspergé le visage. L'eau était brûlante. D'un coup net elle m'avait ramené à moi-même. Ou presque. Suffisamment en tout cas pour me permettre de repérer le téléphone et de composer ton numéro. En vain, une fois de plus.

Papa ?

Tobias. Je l'avais oublié. Il le savait et se tenait là, devant moi, habillé, le pull à l'envers, les lacets de ses godasses traînant sur le sol, portant son cartable et me regardant avec ses grands yeux tristes et durs à la fois.

Faut que j'aille à l'école.

On n'est pas dimanche ?

On est vendredi.

Vraiment ?

Je lui ai demandé s'il avait faim ; il avait déjà pris un bout de sandwich dans le frigidaire. J'ai cherché de la monnaie dans les poches de mon jean qui traînait sur une chaise et il m'a rappelé qu'il y en avait dans celles de ma veste.

Quelle heure est-il ?

La petite aiguille, elle est presque sur le neuf.

Nous sommes partis en trombe.

Dans l'herbe gelée aux abords de la route nous avons couru en criant et en faisant de grands signes pour ne pas louper le bus, à ça de partir sans nous. Sauf que ce n'était pas le bon. Ainsi, posé sur le velours rouge et or d'une banquette au confort moyen, et sous les regards surpris d'une bonne huitaine de passagers, j'ai compris deux choses. Un : Tobias s'était trompé. Il n'était pas neuf heures. Plutôt six et demie. Deux : je ne portais pas de pantalon. Affolé par l'urgence de la situation, je m'étais précipité hors de chez moi à peine vêtu d'une paire de bottes et de ce vieux manteau fourré de plumes qui puait le feu de bois. Le chauffeur, un grand Black avec une gueule cassée, a ajusté son rétroviseur pour me toiser d'un œil torve une bonne moitié du chemin. Je n'y ai pas prêté attention. Il arborait une chemise et une cravate finement repassées ; je me baladais en caleçon. Nous n'étions pas destinés à devenir copains. À quelque distance de l'école, Tobias et moi nous sommes assis sur un banc et avons attendu qu'elle ouvre ses portes. Je lui ai demandé s'il avait froid. Il m'a répondu Non. Moi non plus, je lui ai dit. Il n'avait pas posé la question mais je le lui ai dit quand même. Même si c'était faux. Même si l'alcool de la veille ne m'embrouillait plus assez l'esprit pour que j'en oublie mes jambes nues.

'Pa… elle est où maman ?

Je ne sais pas, lui ai-je avoué.

Elle revient bientôt ?

Pour seule réponse j'ai ajusté son écharpe autour de son cou et laissé filer un autre long bout de silence et nous sommes restés là, sans plus parler, attendant et c'est tout, et bientôt l'heure a sonné et Tobias s'est levé et je l'ai embrassé, lui ai dit Fiche le camp ! et l'ai regardé s'éloigner, portant sur son dos son cartable cinq fois trop grand pour lui et sur lequel l'avion Dusty me souriait de toutes ses hélices. Je l'ai laissé parcourir seul les cinquante derniers mètres qui le séparaient de la grille. Je ne voulais pas qu'on me surprenne. Je veux dire dans cette tenue. Trop de parents fêlés alentour. L'un d'eux appellerait les flics et ces cons m'embarqueraient. Même – surtout ! – si on me reconnaissait. L'année précédente, j'avais eu une altercation avec le père d'un élève. Un péquenot qui trouvait « socialement épanouissant » que son crétin de fils colle des baffes au mien. Je m'étais montré socialement épanoui à son égard. La direction de l'école, auprès de laquelle il s'était plaint, avait moyennement apprécié.

De retour à la maison, je me suis planté dans le salon

sans trop savoir quoi faire et devant moi il y avait la fenêtre, les reflets de mon visage, les volets baissés depuis plus d'une semaine. D'un geste brusque, j'ai attrapé la sangle. Dehors les lattes de bois à la peinture écaillée se sont enroulées les unes contre les autres et le jour est venu frapper la vitre poussiéreuse. Le sofa. Le sol et la pièce et mon visage groggy. La lumière, intense, froide, et ses lames tranchantes. Sur le calendrier cloué au mur, j'ai barré la date du 6 avril – une croix ajoutée aux autres – et je ne savais plus si on était le 7 ou le 8, la veille j'avais peut-être oublié de cocher le jour d'avant.

Cinq mois et dix-neuf jours sans toi – peut-être vingt.

Dans une tasse mal lavée, je me suis servi un fond de lait, l'ai aussitôt vidé dans l'évier (imbuvable) et j'ai ôté mon caleçon pour en enfiler un autre, ainsi que des vêtements propres. Parmi eux, un tee-shirt affublé d'une blague que tu m'avais offert. Une idiotie qui t'avait fait rire, et j'avais ri aussi et pendant longtemps tu t'étais moquée de moi et moi de tes goûts douteux. On se croyait éternels. Nous l'étions restés deux ou trois ans encore.

Sam, tu t'es barrée. Sans laisser de mot, rien. Tu as empaqueté quelques affaires dans un sac et depuis lors plus de nouvelles. C'était un matin d'octobre. J'étais parti nous acheter de quoi manger et à mon retour tu n'étais plus là. Jusqu'au lendemain je m'étais saoulé, surpris par l'aube, dans la voiture, frigorifié, sommeil à mille degrés d'alcool, affalé entre les bouteilles et du vomi séché sur mes cuisses, l'arcade sourcilière en sang. Au bout d'un siècle, je m'étais désincrusté du siège conducteur et avais claqué la portière. J'avais traversé le jardin, nu et puant, laissant derrière moi la bagnole encastrée dans le saule qui bordait l'allée du garage. Les cris des oiseaux rassemblés sur ses branches. Dans la chambre, j'avais sombré à nouveau. Le matelas sans drap, étalé de travers sur le sol. Lundi. Le téléphone avait sonné, j'avais pensé que c'était toi et bondi sur le cornet : Moïse. Inquiet de ne pas me voir au boulot. Je l'entendais gueuler, furieux de se savoir planté et de la quantité de travail qu'il allait devoir abattre sans moi. (Moïse, nom d'un chien ! Quelle quantité de pinard avaient donc bue ses parents quand ils ont choisi ce prénom pour leur cinglé de fils ? Je bossais dans cette salle d'escalade et pour cet alpiniste qui avait dû trop souffrir du mal de l'altitude. Un matin j'avais poussé la porte et l'avais trouvé planqué derrière un tas de cordes, calibre douze à l'épaule, entouré de cadavres de pigeons. Y en a d'autres, il m'avait soufflé. Les murs de contreplaqué étaient criblés de chevrotine, mais ça n'avait pas l'air de l'émouvoir. Quant à savoir comment ces volatiles étaient entrés...) J'avais raccroché sans rien dire, sans même le laisser terminer. Plus tard, dans la douceur aveugle et suffocante de l'après-midi, j'avais émergé. Crâne broyé et globes oculaires torturés. J'avais erré dans le salon la cuisine la chambre la salle de bain les waters. Des heures à regarder les murs, à chercher je ne sais quoi, le ventre ouvert par la conviction qu'ils avaient changé. Jusqu'à m'arrêter devant cette porte. Entrouverte. Une locomotive en bois et ses wagons rouges cloués à mi-hauteur. Papa…, m'avait dit Tobias, assis sur son lit aux couvertures Flash McQueen. Il n'avait pas fini sa phrase. Ne l'avait pas même commencée. Je l'avais serré contre moi.

En bas, il y avait la machine à écrire, une Underwood Standard 5 de 1929. Une antiquité que tu affectionnais. Tu l'appelais le modèle Sal Paradise, le genre d'engin avec lequel Kerouac et tant d'autres avaient accouché de leurs merveilles. Aucun auteur qui se respecte ne devrait toucher un ordinateur, m'avais-tu assuré en me l'offrant. Ce matin-là, il m'avait fallu une éternité pour me décider. Mais enfin j'avais trouvé une feuille de papier et l'avais glissée dans le rouleau.

*Sam,*

J'ignore pourquoi, mais c'est la première chose que j'avais tenté de faire. T'écrire. Avant même de prévenir les flics ou Dieu sait qui, dans ce fichu pays où nous ne connaissions personne. Au crépuscule je n'avais rien écrit de plus. Six ans de vie commune, et pas un mot. Mardi avait passé. Déjà on était mercredi et le téléphone sonnait de moins en moins. Le soleil se levait, le monde tournait. Dehors aucune cicatrice ; dedans, *je*, poisson échoué sur le sable, des dunes plein les branchies. Sam virgule à la ligne. Et les jours. Les semaines. Les mois.

Les croix sur le calendrier et la blancheur de la page, jusqu'à ce matin d'avril où je me suis éveillé. Encore. Paumé dans la chienlit de mes pensées. À cent lieues de soupçonner qu'à moins de cent lieues et d'une heure tout allait basculer.

Hé, héros, joli quartier ! Tu m'avais pas dit que tu vivais dans une baraque pareille !

On avait frappé à la porte, je n'en avais rien cru – un mirage ou une blague –, on avait toc-toqué à nouveau et j'étais allé voir et. Lou. Sur le seuil. Joviale, mon portefeuille dans la main, qu'elle agitait sous mon nez en même temps que ses faux ongles discount. T'aurais pas perdu kekchose ? Lou bossait au Harry's Putter, un club de minigolf indoor paumé à la lisière de la ville. La faune locale était un brin tarée et Harry, le patron, avait l'humour aussi fin que ses cent vingt kilos de panse et les saucisses de porc qu'il ingurgitait par demi-douzaine pour trouver « le courage de tenir ». Mais là-bas il y avait un bar, et quand bien même jamais je ne jouais l'ambiance était toujours bonne. Alors, certains soirs, je prenais Tobias, le bus et y passais un moment. Là-bas, le petit s'occupait. Je lui prenais de quoi, ses Playmobil ou autre chose. Parfois il s'endormait sur une chaise, un banc. Sous une table. Où il pouvait. En fin de soirée je le retrouvais et l'enveloppais dans mon manteau et le portais et nous rentrions, moi bourré, lui assoupi.

Lou est entrée sans attendre que je l'y invite. A balayé les lieux du regard. Revu son jugement à la baisse, face au bordel ambiant. Une maison à quatre façades était pour elle un château. Mais là…

La merde, y en a qu'auraient bien besoin d'une nana.

Lou ne s'est pas rendu compte.

Lou me faisait du gringue. Pour le sport. Elle ne savait rien de moi. Savait ma gueule, point. Que ma gueule lui plaisait – comme tant d'autres. Lou avait la cinquantaine blond platine et minijupée, malgré ses hanches de matrone. Elle n'avait honte de rien. Surtout pas d'elle-même. Qui pouvait l'en blâmer ? Lou était une mère louve, le genre à prendre soin de ses louveteaux et de ceux des autres, aussi, et beaucoup, je pense, l'appréciaient comme telle.

Hé, sympa, le poster ! Ce film-là, j' connais pas, mais j'ai vu l'autre avec Mickey Rourke, tu sais, celui où il est catcheur, et j'ai lu quelque part qu'il s'est fait retaper la moitié du visage, un peu comme Chloé, ma coloc', sauf qu'elle, elle a juste fait les lèvres. C'était son cadeau de mariage. Avec des copines, on s'était cotisées et elle était vachement contente, fallait voir.

Alors elle s'est tournée vers moi et à la pâleur de mon visage elle a compris qu'elle avait dit une connerie, et enfin elle s'est tue. À pas feutrés, elle s'est approchée. A passé sa main garnie de bracelets bon marché dans mes cheveux, puis, à voix basse : Excuse-moi.

Ce n'est pas grave.

Si. Je cause trop, comme toujours.

D'un geste plus maternel que suave, elle a glissé mon portefeuille dans la poche de mon pantalon. L'oublie pas la prochaine fois, ok ? Puis, se retournant une dernière fois vers le salon, les centaines de feuilles clouées aux murs et partout, elle a fait J' savais pas que tu écrivais et j'ai répondu Moi non plus.

Lou ?

Sur le pas de la porte, elle s'est arrêtée. A attendu la suite. Je n'ai pas eu la force d'ajouter le moindre mot et elle s'en est allée, sans se douter à quel point elle m'avait flingué.

J'ai regardé autour de moi. Ces feuilles de papier, innombrables, épinglées en pagaille, couvrant le bureau et les murs, les poutres, les châssis, pendues au portemanteau ou à des cordes tirées pêle-mêle à travers la maison. Il y en avait partout. Des feuilles par centaines et d'autres encore, mes heures mes jours et mes nuits, cloués autour de moi, mes nuits blanches sur du papier blanc. Sam virgule à la ligne. Et des notes. Des esquisses. Du rien. Non, je n'écrivais pas. N'écrivais plus. Après ton départ j'avais débuté des dizaines de lettres. Toutes t'étaient destinées. Seulement je ne savais plus écrire. Pas plus une lettre qu'un roman. Je ne savais plus. Comme quelqu'un qui n'a jamais su. Et les feuilles blanches de s'accumuler sur mes briques, vêtues de ton prénom et d'un début de phrase sans issue. Tobias y trouvait son bonheur. Il avait colorié la plupart d'entre elles et les murs, jusqu'alors blancs de mon mutisme, étaient à présent plus bariolés qu'un clown un soir de première et c'était l'arc-en-ciel, comme il disait : L'arc-en-ciel dans le salon, papa ! et ça lui allumait plus d'étoiles dans les yeux qu'un sapin de Noël.

En trombe j'ai grimpé la volée de marches menant aux chambres avant de redescendre aussi sec et de bondir hors de la maison, chargé d'un tas de trucs et de valises de fortune dans lesquelles j'avais entassé autant de vêtements et de couvertures que possible. Dehors, sous l'auvent, je me suis arrêté de courir. Il y avait le soleil. Les nuages éphémères qu'exhalaient mes poumons. Les poils de mes avant-bras que le froid hérissait et les perles d'eau figées à la pointe des stalactites, le long de l'appentis. Devant moi, le jardin. Blanc. Au fond duquel se trouvait la Honda, une vieille Civic décatie, achetée pour le prix d'une bière à une paire de moustaches poussant à l'ombre d'une casquette. Nous venions d'atterrir à Oslo. Avions poussé la porte du premier bar pour y trouver de quoi manger. Ce type était là. Sa bagnole dans le parking. Quatre ans plus tard je l'encastrais dans cet arbre où elle se trouvait encore. Je m'en suis approché. La pelouse. Le saule. Me suis glissé entre les derniers rideaux de branches, envahi par le trac, des feux de forêt plein la poitrine. Lentement, j'ai fait le tour de la voiture. De ce qu'elle représentait – la fin d'une histoire. Gorge nouée, j'ai saisi la poignée. Essayé d'ouvrir la portière, secouant la carcasse qui n'en finissait plus de grincer contre l'écorce, avant de me résoudre à passer par la lucarne arrière, explosée. À l'intérieur, le temps s'était figé. L'horloge digitale affichait la date du 23 octobre, vingt-trois heures cinquante-quatre. L'heure et le jour où la voiture avait rencontré l'arbre. Par les fenêtres fracturées, sillonnées de fissures, l'air sec et tranchant s'engouffrait et disputait l'habitacle aux remugles bestiaux de je ne sais quel animal qui y avait élu domicile durant l'hiver. Après avoir gratté une allumette pour dégeler le contact, j'ai poussé la clef. Tourné. La radio s'est allumée aussitôt et Charles Mingus a inondé le jardin de son *The Black Saint and the Sinner Lady*.

Le chauffage était HS, les phares n'éclairaient plus. Sur le tableau de bord, pas un cadran n'avait survécu. Au moins la mécanique s'est-elle mise en branle. Un miracle. Par réflexe, j'ai ajusté le rétroviseur et des cristaux de glace ont plu sur ma cuisse, et quand je m'y suis calé le siège bouffé par les rongeurs s'est éventré davantage et j'ai enfoncé l'embrayage. Passé la marche arrière.

Durant le premier kilomètre, la voiture a perdu un pare-chocs, son rétroviseur gauche et un bout de carrosserie dont elle semblait ne plus vouloir. Pour le reste, rien à signaler. Elle m'a mené jusqu'à l'école dans un vacarme un peu dingue, mais elle avançait et je ne lui demandais rien de plus. Là-bas, Tobias est resté sur la réserve : depuis ta disparition, jamais je n'étais venu le chercher autrement qu'en bus. Il a regardé autour de lui. Ses petits camarades et leurs géniteurs qui, bouche bée, nous dévisageaient, ma Honda déglinguée et moi. Les joues empourprées par la honte, Tobias s'est approché. A vu les sacs sur la banquette arrière et demandé On va où ? Je lui ai répondu : On va chercher maman.

J'ai roulé une partie de la nuit. De longues heures sans m'arrêter tandis que Tobias dormait là, à côté de moi, sur le siège passager. La radio, en sourdine, me tenait compagnie – un peu de musique et les voix des animateurs. Je m'en suis contenté. Pour tenir le coup, je me suis envoyé une bouteille de Pepsi, seulement les kilos de sucre et les saletés qu'elle contenait m'ont collé la tremblote, et j'ai dû renoncer avant de l'avoir finie : si je voulais ne pas fermer les paupières, j'allais devoir me les scotcher au front. Sur je ne sais combien de kilomètres, je n'ai croisé personne. Juste cette fille. Presque un mirage. Une résurgence du passé. À deux cents millions de bornes de tout, elle marchait en chantant, pieds nus dans le froid et l'hiver et dans l'obscurité la plus complète et ne portant que cette robe blanche. Après l'avoir dépassée, j'ai regardé dans le rétroviseur ; elle avait disparu. Parfois, sur le bas-côté, il y avait des panneaux publicitaires. McDonald's. Vuitton. Ikea. On était au milieu de nulle part mais ces noms se dressaient, immenses, mouchetés de copeaux de glace. Des géants arborant la vie rêvée des classes moyennes. Le bonheur auquel on nous faisait croire, à grand renfort de pelouses tondues et d'assurances pension et de juillets en bord de mer.

Le soleil s'est levé, a embrasé le pare-brise aux pourtours criblés de givre et la route devant nous n'était plus qu'une rivière éblouissante. Sur le siège passager, Tobias, minuscule, tendait la nuque et regardait par la fenêtre, les steppes, les reliefs, les forêts qui en couvraient les flancs puis les plaines à nouveau, la terre, la rocaille, les champs, les granges paumées et les vallons encore et parfois, au loin, entre deux montagnes de granit, une ville dont il ne savait rien, brûlée par la lumière. Lui non plus, d'une certaine façon, n'avait jamais quitté ses terres natales. Aussi perdu qu'ébahi, il ne parvenait pas à lâcher des yeux ces paysages que nous traversions à présent. Sur son visage se lisait leur beauté. La crainte qu'ils lui inspiraient, également. Accrue par le fait qu'il n'était pas dupe, et me savait aussi perdu qu'il l'était.

Il y a eu une station-service et je m'y suis arrêté. Il nous fallait du fuel. De quoi manger. À l'intérieur de la gargote accolée à la station je lui ai commandé ce dont il avait envie. Me suis assis devant lui et l'ai regardé se jeter sur ses croissants au sucre, avalant pour ma part un jus de fruit qui n'avait de fruité que la couleur et un sandwich sans goût. Tobias se goinfrait et je lui ai dit Vas-y doucement et il m'a répondu D'accord, dévorant davantage. Tu vas t'étouffer, j'ai prévenu. Les joues gonflées, il s'est enfoncé sur la banquette de plastique jaune et a tenté de mâcher ce qu'il pouvait.

T'as une tête d'écureuil.

C'est pas drôle, il a grommelé, la bouche pleine.

Et il a croisé les bras sur sa maigre poitrine et je me suis mis à rire et je lui ai dit Finis ce qu'il y a dans ton assiette, je vais aux toilettes et je reviens, mais en vérité j'en ai profité pour m'éclipser et t'appeler – tenter de. Une fois de plus, tu n'as pas décroché. Sur ta boîte vocale j'ai laissé le même message que les fois précédentes, Réponds-moi s'il te plaît, et j'ai raccroché puis j'ai appelé à nouveau et ajouté : Je suis sur la route, Tobias est avec moi. Après réflexion, j'ai trouvé ces mots ridicules, mais c'était trop tard et même s'ils n'avaient aucun sens, ils étaient dits et c'était mieux que rien.

Sur le capot de la voiture j'ai étalé la carte du pays. Tâché de nous localiser. Tobias est sorti à son tour et m'a demandé, au bord des larmes, T'étais où ?

Ici.

T'as dit que tu allais aux toilettes.

Je suis désolé.

Il m'a fait la tronche une minute et je lui ai dit Allez, viens, on s'en va.

Cinq mois. La durée de ton silence.

Cinq mois plus tôt, c'est toi qui m'avais appelé. Le premier coup de fil. Le dernier. Tu étais partie depuis deux semaines. Treize jours, pour être exact. Sans prévenir. Sans nouvelles. Le téléphone, silencieux depuis des jours, était sorti de sa torpeur et avait vibré et joué ces notes et c'était ta sonnerie, Jaga Jazzist, « Big City Music », et j'avais bondi et traversé la maison en courant et empoigné le GSM, essoufflé, que j'avais écouté sans rien dire, pas même un Qui est à l'appareil ? ni un Bonjour ni rien. Mais au bout d'un moment j'avais demandé Sam ? et tu avais fait Oui et j'avais eu le sentiment de sortir la tête hors de l'eau, enfin, d'un coup net, Oh Sam merde j'avais cru…, et je t'avais demandé comment tu allais, si tu te portais bien, s'il ne t'était rien arrivé de mal ou quoi que ce soit et tu m'avais répondu que ça allait.

Comment va Tobias ?

Bien, je crois. Pas trop mal.

À l'autre bout du fil, je t'avais entendue étouffer des pleurs. Des sanglots étranglés. À nouveau je t'avais rassurée à propos de Tobias avant d'exploser à mon tour, Merde Sam où es-tu bon sang qu'est-ce qui t'a pris ? et au bout d'un silence tu m'avais dit : Sluttenavverden.

Sluttenav quoi ?

Tu m'as demandé où j'étais, je suis là. À Sluttenavverden.

J'avais attendu un moment, cherchant les mots. Avant d'opter pour les plus simples.

Tu reviens quand ?

Je ne sais pas.

Tu comptes revenir ?

Je ne sais pas. Oui. Je crois.

L'estomac en nœud de chaise, j'avais mal digéré l'information.

Je peux te rejoindre ?

Non.

Je veux dire, le petit et moi, on peut ?

Jerry, écoute. Je… je dois te laisser. Prends soin de toi. De lui.

Ta voix s'était brisée et j'avais crié Attends ! mais tu avais coupé court. Évidemment, j'avais tenté de te rappeler. Furieusement. Plusieurs fois d'affilée. Gueulant sur ce putain de téléphone, t'ordonnant de répondre et envoyant valser tout ce qui se trouvait à portée de poing. En vain. Depuis lors j'avais essayé, encore, chaque jour, chaque nuit – peu importait l'heure. Jamais tu n'avais décroché. Pas une fois. Je tombais sur ton répondeur, laissais des messages. Parfois. De moins en moins, les mois passant. Un silence que j'avais tant bien que mal accepté, jusqu'à ce matin de printemps où j'avais décidé que c'était trop et désincrusté la Honda de son saule. Sur Google Earth, j'avais tapé *Sluttenavverden* et ce qui en était sorti de plus approchant était un bled du nom de Shotenafberg, dans le comté de Finnmark, à la pointe nord du pays. Étais-je sûr de la destination ? Non. Mais elle n'était pas moins valable qu'une autre, et ça me suffisait.

La Laponie.

Bon Dieu oui, tu t'étais tirée jusque-là.

Tobias et moi avons roulé encore et traversé pas mal d'autres terres enneigées, entourées d'autres monts, avant de nous arrêter à nouveau. C'était aux abords d'un lac. De part et d'autre de la route tout était blanc et épuré et nous avions le sentiment de musarder parmi les nuages. Sans bouger davantage, nous avons laissé le jour décliner. Tobias a trouvé ça beau – Le crépuxule, il disait. Je nous ai déniché une auberge, pas loin. Tobias a eu envie de garder son tee-shirt Flash McQueen pour dormir et je lui ai dit Ok. Nous nous sommes brossé les dents. Ensemble, il y tenait. Après quoi je lui ai raconté une histoire de dragons et de chevaliers, une pure invention signée papa-qui-a-oublié-les-livres-à-la-maison, mais il a aimé, je crois. Avant de s'endormir il m'a demandé Pourquoi t'aimes plus maman ? et je lui ai répondu C'est compliqué.

C'est quoi, compliqué ?

Je t'expliquerai demain. Maintenant il est l'heure de dormir.

Il a fermé les yeux. Le lendemain, il avait oublié.

Seize heures. Nous roulions depuis le matin, plus chaudement vêtus qu'une bande d'Inuits. La lumière et le vent s'engouffraient par les fenêtres ouvertes et Tobias, les pieds hors de l'habitacle, posés sur la portière à hauteur du rétroviseur mordu par le gel, somnolait. Il avait poussé le chauffage de la voiture à fond et l'air brûlant de la ventilation nous fouettait le visage en alternance avec celui, glacial, provenant de l'extérieur. Mais j'avais laissé faire. Une façon comme une autre pour lui de tuer son ennui, de trouver de quoi se distraire dans les deux mètres carrés de surface habitable de la Honda, dépourvus du moindre jouet. Parfois il disait quelques mots. Parfois il pinçait l'une ou l'autre corde de l'ukulélé que tu lui avais offert. Depuis toujours il m'entendait gratter celles de ma Weissenborn ; tu avais pensé que ce serait bon pour lui d'avoir de quoi s'éveiller à la musique. J'avais trouvé que tu avais raison. Te l'avais dit ; tu m'avais envoyé chier. Les derniers temps, avant que tu ne t'en ailles, c'était devenu ainsi. Chaque jour plus proche de l'implosion.

Nous avons roulé la journée entière. Peut-être un deuxième jour. Nous avons laissé les paysages de l'Ostland derrière nous et j'avais le sentiment de ne pas avancer. Que nous pourrions rouler des mois sans jamais atteindre la moindre frontière, sans voir autre chose que ces terres blanches et ces forêts immenses et sombres.

Partout à présent ce n'était que collines, vallons, prairies et falaises. De l'herbe haute et sauvage aussi loin qu'il était possible d'en voir. Il y avait des montagnes, aussi, un peu plus loin – plus très loin. Des rivières impétueuses aux bords gelés. Tobias n'en perdait pas une miette. Je lui disais Regarde, et il regardait. Pourquoi il y a de la neige sur les montagnes ? il me demandait, et je m'escrimais à le lui expliquer, sans être convaincu de ces démonstrations foireuses qu'il acceptait pourtant sans émettre un doute, lui qui me répondait C'est grand, les yeux écarquillés, perdus dans des distances et des hauteurs qu'il n'avait jusqu'alors jamais envisagées.

Tu crois qu'on va rouler encore longtemps ?

Je lui ai répondu Je ne sais pas… peut-être, et il a tourné les yeux vers la fenêtre à nouveau et j'aurais été incapable de dire si cette réponse lui convenait ou si, au contraire, ces étendues vers lesquelles nous foncions, brutales et dont nous ne savions rien, l'inquiétaient. Parfois, nous faisions ce que j'appelais les dingues : je poussais le volume du radiocassette et chantais à tue-tête et pour m'accompagner Tobias baragouinait des syllabes de son invention. Il dansait sur la banquette arrière. Dans ces moments-là, je crois, ce voyage nous semblait une fête. Nous n'en ressentions plus les enjeux. Le bonheur, ai-je lu quelque part, réside dans l'oubli.

Bientôt la nuit viendrait et je me suis arrêté. Ankylosé, las de conduire : il était temps. Plus tôt je nous avais acheté du jus de pomme et du vin et de quoi manger pour deux jours. De quoi écrire, aussi. Un carnet et trois crayons dont je n'étais pas certain qu'ils auraient une utilité, mais que j'avais pris tout de même – ils étaient là, sur ce présentoir ; j'avais senti qu'il fallait. J'ai laissé la voiture sur le bas-côté. Le long de la route obliquait une clôture. Bringuebalante. Des barbelés rongés par la rouille, rivés à une volée de piquets de bois informes et couverts de mousse. Sur un épi de métal, une poignée de poils roux. Ceux d'un renard, probablement ; selon Tobias, ce ne pouvait être que ceux d'un troll.

Ici, à la lisière de la forêt et encerclée de collines, il y avait une vaste clairière. Je l'ai trouvée parfaite. J'ai sorti la tente du coffre et pris soin de glisser le bas de mon pantalon dans mes chaussettes afin de me préserver de l'humidité et du froid, même si là-bas, étrangement, l'herbe semblait avoir été épargnée par la neige. J'ai dit à Tobias d'en faire autant. Il m'a suivi en courant et en mimant des chants indiens, la main devant la bouche. À l'orée des grands arbres il s'est arrêté net, surpris par une bande d'oiseaux qui s'est envolée dans un grand bruit de battements d'ailes. Je l'ai observé un moment. J'aimais le regarder jouer. Cette fois il le faisait avec rien. Rien d'autre qu'une tige qu'il dressait au-dessus de lui comme un tomahawk et l'imagination d'un gamin de cinq ans.

Alors que le soleil se couchait, ses rayons rasant le haut des cols, j'ai déployé la canadienne et gonflé les matelas. Étalé nos couvertures. J'ai appelé Tobias et nous nous sommes mis en quête de bois sec. Nous avons allumé un feu. Tobias a aimé. Je lui ai donné une grosse branche et dit Tu es le chef du feu ; j'aurais peine à décrire combien il était fier. Je n'avais aucune idée de l'heure, mais il faisait déjà nuit lorsque nous avons mangé. Nous étions affamés. À la suite de quoi j'ai mis Tobias au lit.

Papa ?

Oui.

Pourquoi elle est partie, maman ?

Cette question, ce n'était pas la première fois qu'il me la posait. Mais comme les précédentes elle m'a giflé sans prévenir, et je n'ai pu y répondre – bon sang, je n'ai simplement pas pu.

Tu crois qu'elle sera contente ?

Contente ?

Qu'on la retrouve ?

Oui. Elle le sera.

Et… p'pa ?

Mmh ?

Je peux dormir avec mon pull Batman ?

Et ton pyjama ? Je l'ai pris pour rien, c'est ça ?

Papa… s'il te plaît.

Je lui ai répondu D'accord, puis lui ai raconté une histoire – une nouvelle improvisation. Une fois Tobias endormi, je suis ressorti de la tente et me suis installé près du feu, dont les braises rougeoyaient encore. J'ai pris le carnet. Un crayon. Sur la couverture j'ai écrit

*Sam*, et à la faveur des dernières lueurs j'ai considéré, indécis, la première page du cahier, les lignes parfaitement parallèles qui attendaient d'être noircies, et tout en moi m'a semblé sec et creux et bruyant à la fois et je n'osais plus bouger.

Sur les pentes des montagnes à l'est le soleil se hissait, péniblement, lourdement, et l'on devinait là-haut son tranchant, fêlant l'obscurité du ciel, écimant la nuit, fauchant les cauchemars et les rêves qu'il repousserait bientôt jusqu'au fond des vallons, au pied des cols encore sombres et sous les faîtes des forêts, dans la brume épaisse qui flottait tel un nuage de coton et où les troncs s'élançaient, où l'on ne voyait plus rien, où l'on discernait à peine, vu d'en bas, l'emmêlement de branchages aussi vieux que le monde. Depuis un certain temps je m'étais éveillé et debout, immobile, à cette heure magique d'avant l'aube, je contemplais ce pays nu et splendide et dont j'ignorais tout. Car je ne savais rien de la taïga, ni des bêtes qui la peuplent, ni des aurores boréales, ni du Grand Nord, ni de rien. Je ne savais rien des saisons, de la terre, d'aucun foutu coup de vent qui pouvait bien en effleurer la surface ou chasser la poussière ou la neige ou coucher l'herbe et toutes ces choses qui avaient le courage ou peut-être la folie d'y pousser. Ici, je ne me sentais nulle part. Loin de mes proches et de ma famille et de ce qui avait fait de moi celui que j'étais devenu – toutes ces personnes, cette vie que j'avais laissées derrière moi, à l'autre bout du continent. Ici, j'étais l'étranger. Celui de tout et de tous. Je ne savais rien de ce pays dont j'ignorais aussi les règles, le langage. Merde. Ici, qui étais-je ? Personne. À peine un tas de chair et de sang et un cœur pour battre, plantés sur une paire de jambes aussi fragiles qu'une expiration. J'étais moi. Un être humain dépourvu de ce qui n'était pas lui au sens le plus strict. À peine portais-je un pantalon. Une chemise. Je me sentais une bête dans une clairière, séparée des autres par seulement quelques bouts de tissu.

Je me suis éloigné de la tente, veillant à ne faire aucun bruit – ne pas réveiller Tobias. Mes pas sur l'herbe fauve qui s'élevait jusqu'à mes hanches et qui parfois ployait sous le vent ou sous son propre poids. Je suis allé au bout de la clairière. Ai rejoint l'orée d'un bois. J'ai marché encore, scruté les racines et les troncs et enfin les ramures non moins cagneuses et pourtant luxuriantes de mélèzes dont le nom m'est revenu par miracle. Là-haut, par-dessus la cime des arbres, il y a eu une fracture. L'aurore. Ses lueurs délicates ont ruisselé de la canopée. Assoiffé, j'ai basculé la tête en arrière et, bouche ouverte, avalé quelques-unes des innombrables gouttelettes coulant de la frondaison. De l'eau. Cela dégouttait tant qu'on aurait cru une jungle arrachée au déluge. Une fraîcheur qui m'a fait du bien. Plus loin il y avait une rivière. À son bord je me suis accroupi et me suis aspergé le visage. De l'eau, encore. Celle-là était glaciale. Pas tant, en vérité ; pas tellement, me suis-je convaincu. Alors je me suis dévêtu et rincé davantage. Les cheveux. Le torse. Et… Elle était glaciale ! Mais j'étais nu et le courant et les pierres froides sous mes pieds me plaisaient, comme ce grand bordel de nature alentour, et ce soleil qui grimpait sans relâche et craquelait le haut du ciel avec ses lumières affolantes, chaque minute un peu plus, chaque seconde. J'ai avancé dans la rivière. Plongé la tête sous l'eau. J'étais au milieu, à présent, aussi éloigné d'une rive que de l'autre. L'eau était peu profonde. M'arrivait à la taille. J'ai continué d'avancer et atteint l'autre rive. Quelques mètres de traversée ; j'étais plus fier que Colomb après celle de l'Atlantique. Couché sur un tapis d'herbe, j'ai fermé les paupières. Quand je les ai rouvertes, devant moi, à quelques mètres de moi, il y avait un élan. Un mâle. Énorme.

Tu aimais les élans. Je ne savais plus pourquoi, mais avant d'atterrir en Norvège tu m'avais expliqué un paquet de trucs en tous genres et, grosso modo, il y avait ce qui était bien et ce qui ne l'était pas ; l'élan, selon toi, faisait partie de la première catégorie. Et c'était vrai qu'il avait une bonne tête, le bestiau, en photo, dans ton *Guide du Routard* ; en chair et en os, là, pile devant, ça m'a paru moins clair. Alors, lentement, je me suis levé. Ai empoigné une branche morte et rongée par je ne sais quels parasites et me suis dressé face à la bête, évitant tout geste brusque, tentant toutefois de faire impression. Soixante kilos de trouille et un bout de bois pourri face à sept cents kilos d'instinct : j'avais toutes mes chances. Immobile, aux aguets, la bête m'a flairé. Dans la pénombre je devinais sa grosse gueule. Son museau humide. Son haleine brûlante. Les deux mètres d'envergure de ses bois. La chose me regardait sans ciller, de ses yeux noirs et sans fond, luisants comme deux yeux de verre, dépourvus de substance. La bête n'était qu'une bête. La bête était nue. Ni mieux ni pire que moi. Nous étions deux bêtes nues foulant une terre sans nom, n'appartenant à personne.

Elle a bougé. Un muscle. Une patte. Un pas dans ma direction. Elle était blessée, j'ai vu ça. Blessée et en rogne. Mais a avancé d'un autre pas. Alors j'ai crié et j'ai fait de grands gestes mais elle a avancé encore. Sans une hésitation. Et elle ne me lâchait pas du regard – ce regard vide et vitreux. J'ai crié de plus belle et me suis agité encore et à présent c'était clair : la bête allait me charger. Ses sept cents kilos d'instinct allaient opter pour ce qu'ils choisissaient toujours, à savoir la survie. Et pour ce faire, l'attaque. Car ils n'étaient pas dupes. Ils ne savaient ni compter ni se servir d'un pèse-personne, mais ce qui se tenait face à eux ne faisait pas le poids, et ils l'avaient compris depuis le début. Alors ? Je me suis mis à courir. Évidemment l'élan – même faible, même amoindri – est plus rapide que l'homme – sinon ce ne serait pas drôle. Si l'un a maîtrisé le feu, construit la tour Eiffel et marché sur la Lune, l'autre court depuis toujours et ne manque pas d'endurance. Or, lorsque l'on est à poil et en pleine cambrousse, les situations s'évaluent à l'aune des lois les plus simples. Il n'a donc pas fallu plus d'un quart de seconde à l'élan pour me rattraper. Il avait quatre pattes ; je n'en possédais que deux, courais comme s'il m'en manquait une. J'ai eu beau hurler, le cervidé n'en a eu cure : pas de pitié pour les lents. Une fois à ma hauteur il m'a gratifié d'un coup de tête et mes pieds ont quitté le sol. Je me suis élevé. Littéralement. Un vrai foutu Superman, prêt à fendre l'atmosphère. Sauf qu'il me manquait la cape et que sans elle rien ne pouvait bien finir.

L'atterrissage fut rude – le choc mat de la chair sur le sol, la peau qui s'entrouvre. Ivre d'adrénaline, je me suis relevé aussitôt : déjà la bête me chargeait. Encore. Mais là, sans que je comprenne pourquoi, au lieu de me donner le coup de grâce elle a fait un pas de côté et l'air saturé de son odeur lourde m'a fouetté le visage, et puis. Plus rien. J'étais pétrifié. Mon cœur cognait contre mes côtes avec tant de force qu'elles auraient pu rompre. Je n'étais plus capable de bouger. Derrière moi j'entendais les sabots marteler la terre en s'éloignant. Quand ce bruit infernal s'est évanoui, quand le sol a cessé de trembler, j'ai pu respirer à nouveau. Alors, je me suis tourné vers la rivière. Les mélèzes et la brume, mon campement au-delà. Combien de temps avais-je marché pour venir jusqu'ici ? Sans que je parvienne à me l'expliquer, un étau de panique m'a étreint la poitrine. Je me suis redressé. Ai scruté, telle une proie, la forêt au-delà du cours d'eau, cherchant à percevoir la présence d'une menace impalpable : en vain. Pas un mouvement. Pas un bruit. Ce fut pire que tout.

Poussé par une terreur acide, j'ai couru à travers l'herbe et la rivière, les sous-bois qui soudain me semblaient un gouffre sans fond, oppressant. J'ai couru dans l'aurore bleue et crue et le froid de la nuit mourante et la végétation me lacérait de toutes parts – les cuisses, les bras, le visage aussi. Les racines me meurtrissaient les chevilles et m'envoyaient au tapis mais je courais encore, à quatre pattes quand je trébuchais. Car, en vérité, je ne sentais plus rien. Plus rien d'autre n'existait que cette épouvante brute et le nom de Tobias que je murmurais à peine, faute de souffle, mais qu'en dedans je hurlais à m'en ulcérer l'âme.

J'étais encore dans le bois lorsque a résonné le premier coup de feu et je me suis arrêté. Net. Le visage pâle. La sueur dégouttant du menton. Il y avait eu un coup de feu et ça provenait de la clairière, droit devant. Il y en a eu un second. De quoi ôter toute forme de doute. Cette fois j'ai trouvé la force de crier vraiment Tobias ! et je me suis remis à courir de plus belle et à crier encore et entre les troncs épais j'ai deviné la lumière du jour et dévalé la pente légère qui me séparait d'elle.

La clairière.

Il m'a fallu une poignée de secondes pour m'habituer à la clarté. Aveugle, je continuais pourtant d'appeler. Sans réponse. Quand enfin j'ai pu voir j'ai aperçu la canadienne, à l'autre bout de la prairie. Tobias. Il était là, tourné vers le sud. Figé. Cerné par les herbes sauvages, presque aussi hautes que lui. Devant lui, à ses pieds ou pas loin, il y avait une masse sombre. Imposante. Allongée dans une herbe mouchetée de taches rouges. À quelque distance d'eux se tenait un vieil homme. Aussi vieux que le fusil qu'il tenait à la main.

Je me suis agenouillé devant Tobias et l'ai serré contre moi avec tant de force que j'aurais pu lui briser les côtes. Je lui ai demandé pardon. Les larmes coulaient le long de mes joues sans que je puisse plus les arrêter, et pourtant je riais. L'auscultant nerveusement, je lui ai demandé s'il avait mal quelque part, s'il était blessé. Il ne m'a pas répondu. L'espace d'une seconde, j'ai cru qu'il était sourd – un choc, une plaie invisible – mais il ne l'était pas. Captivé, il regardait le vieil homme sauter autour de sa victime, à vingt mètres de nous. Le vieux qui dansait autour de l'élan à la façon d'un chamane, brandissant son fusil, chantant le « Celebration » de Kool & The Gang comme s'il s'agissait d'un hymne ancestral.

Ses cabrioles terminées, l'homme a sorti un couteau suisse de sa poche et s'est penché vers la bête, tentant de lui ouvrir le ventre à grands coups de petite lame puis de ciseaux puis de tire-bouchon et d'ouvre-boîte, avant de perdre patience et de sauter à pieds joints sur son Victorinox vingt-quatre fonctions, dont les salopards de fabricants avaient oublié de prévoir l'utilité d'une vingt-cinquième, à savoir celle du couteau de boucher, essentielle quand on veut vider un orignal de ses tripes. Dépité, le vieux s'est tourné vers moi. M'a demandé : Z'auriez pas un couteau, par hasard ? Je lui ai répondu Non. Mais ça ne l'a pas découragé. Frénétique, il a cherché alentour et fouillé tout ce qui pouvait l'être jusqu'à s'arrêter devant ma tente.

Permettez ?

Sans attendre de réponse, il s'est jeté sur une des sardines fichées dans le sol, à laquelle était noué un tendeur, et a entrepris de la déplanter. Après quoi il est retourné près de la bête et, d'un geste étonnamment puissant, lui a planté la pointe métallique dans le flanc. Quelques minutes plus tard, les viandes de l'élan, dispersées çà et là, s'entassaient en monceaux vivaces et encore tièdes d'où s'élevaient des volutes de fumée dans le matin glacial. De loin, c'était un tableau irréel ; de près, un calvaire. Un paradis de tripier. Douze sangliers dépecés n'auraient pas mieux noyé la clairière. Au milieu se tenait le vieux, pas peu fier, trempé de sa sueur et du sang de l'animal qui déjà caillait sur ses vêtements et sa peau, collant sur ses bras maigres, maculant de taches noires sa chemise éraillée et son pantalon trop large et ses bottes, tellement trouées qu'on ne savait plus s'il était chaussé de cuir ou du souvenir d'être chaussé. Il y en a pour cinquante hommes, a-t-il marmonné, pesant des yeux les boyaux et les chairs. Cinquante hommes au moins. Avant d'ajouter à notre intention : Vous avez déjeuné ?

Quand j'en ai eu fini de vomir, je me suis redressé et ai cherché un arbre, proche de moi, contre lequel m'appuyer. Alors je ne sentais plus rien. Seulement l'écorce froide contre ma colonne vertébrale. L'air que je venais d'inspirer. Plus loin, dans la clairière, le vieil homme avait ranimé le feu et préparé des morceaux de viande qu'il s'appliquait maintenant à cuire. Il parlait à Tobias. Beaucoup. Semblait lui expliquer chacun de ses gestes, et le garçon écoutait.

Là-bas, à l'écart, à l'ombre des mélèzes, j'ai allumé mon portable et composé ton numéro et bon sang tu as décroché. La sonnerie s'est interrompue un peu plus tôt que d'habitude, un peu avant le répondeur, pour faire place à ce grésil typique des silences téléphoniques, fussent-ils en haute définition, et j'ai cru défaillir : j'avais ce foutu Nokia collé à l'oreille et c'était comme si tes lèvres se trouvaient à moins de cinq centimètres.

Aussitôt, je me suis retourné. Tourner le dos au campement. À Tobias. Surtout, qu'il ne me voie pas – j'ignorais pourquoi, mais il fallait me cacher. Je me suis enfoncé dans le bois et je sentais mon cœur cogner. Sam, répétais-je, à chaque pas et la voix tremblante. Sam, nom de Dieu. Je t'entendais respirer. C'était toi. Aucun doute. Toi. Le premier contact depuis cinq mois. Je t'ai demandé comment tu allais. Si tu m'entendais bien. Tu n'as pas répondu. Ta respiration et rien d'autre. Pas un mot.

Oh Sam, s'il te plaît.

Je t'ai dit J'arrive. Je t'ai dit Je suis en route pour te retrouver et dit de la sorte c'était con, mais je n'ai pas trouvé d'autre manière. À moi aussi les mots manquaient. Alors j'ai changé d'avis : j'ai fait demi-tour et me suis dirigé vers le campement.

Tu veux parler à Tobias ? Je vais te le passer. Je suis certain que ça lui fera plaisir.

Et je courais à travers la clairière en criant Tobias ! et en faisant de grands signes. Tobias, c'est pour toi, il y a quelqu'un pour toi au téléphone !

Quand je suis arrivé près de lui, je le lui ai tendu et il m'a dit : Y a rien.

Si ! Parle, je t'assure !

Y a rien du tout, papa. Ça va pas.

Il m'a rendu le portable et j'ai écouté à mon tour et c'était vrai : tu avais raccroché.

Tu n'as pas faim ? m'a demandé le vieil homme, me tendant une gamelle pleine d'un énorme steak.

Je lui ai répondu Non merci, et il a repris sa viande et je l'ai remercié encore.

Pourquoi ?

Pour avoir sauvé mon fils.

*Moi*, j'avais faim, m'a-t-il dit, affichant un large sourire, mâchant un carré de chair dont le jus empourprait ses lèvres. Je l'ai regardé une seconde. Son visage crasseux. Son regard d'un vert étonnant, illuminé d'une lueur rare et qui me fixait sans détour. Confus, j'ai baissé les yeux longtemps avant lui. Quand il a eu fini de manger, il s'est empoigné les dents et les a dégagées de sa bouche. Les a rincées à l'eau claire. Puis accrochées au collier de cordelette qu'il portait autour du cou, avant de nettoyer ses gencives à l'aide de son pouce et de me sourire à nouveau. Pointant le fusil du menton, je lui ai demandé s'il chassait. Il m'a répondu Non.

Je veux dire, pas maintenant. En général.

Il m'a dévisagé, sans ciller, sans émettre un son.

Vous vivez dans le coin ?

Il a promené son regard sur les alentours. J'ai attendu sa réponse un moment mais rien n'est venu. L'homme causait volontiers la bouche pleine. La bouche vide, beaucoup moins. Faute de mieux, alors, je lui ai dit mon nom. Une manière comme une autre de meubler.

Je m'appelle Jerry.

Walt Whitman. Enchanté.

Au début, j'ai cru qu'il se moquait de moi, et pour ne pas le contrarier je me suis fichu à rire. Bien sûr, sa blague ne valait pas un centime, mais la question se résumait à savoir qui semblait le plus dingue des deux et surtout lequel avait un fusil.

J'ai dit kekchose de drôle ?

Le vieux, soudain plus raide qu'un pieu de potence, s'est dressé devant moi et m'a toisé du haut de son mètre cinquante, l'œil méfiant ; prenant conscience de mon erreur, j'ai ravalé mes éclats de rire aussi net.

J'ai dit kekchose de drôle ?

Non, me suis-je empressé de répondre.

Le vieux a repris sa place, assis à nos côtés, et bu une longue rasade de je ne sais quelle gnôle au goulot d'une flasque aussi rouillée que ses vieux os. Après quoi il s'est essuyé les lèvres avec la manche de sa chemise et m'a regardé à nouveau, tout sourire, comme si rien ne s'était passé. Au bout d'un moment, j'ai rassemblé mon courage et me suis excusé auprès de lui et il m'a demandé pourquoi et je lui ai dit Je ne suis pas certain d'avoir compris votre nom. Vous me disiez vous appeler Walt… ?

Whitman, a-t-il conclu, péremptoire.

Comme le…

Comme moi.

Comme vous. Oui. Whitman comme Walt Whitman.

C'est mon nom.

J'ai réfléchi une seconde. Puis lui ai demandé : Vous êtes sûr ? Alors il s'est raclé la gorge et a craché un glaviot épais et rouge du sang de la bête qui lui restait entre les mâchoires, et il s'est penché vers moi et m'a demandé à son tour : Explique-moi, gamin. T'aurais pas des ennuis d'audition, par hasard ? Je lui ai fait signe que non. Que ça allait. Il m'a demandé T'es sûr ? et je lui ai dit Oui. Certain. J'ai laissé tomber. Ce con pouvait s'appeler George W. Bush ou Madonna : au final, qu'en avais-je à faire ? Après avoir éteint le feu – sans demander son avis au vieux –, je me suis levé. Ai dit à Tobias de rassembler ses affaires : il était onze heures, ou pas loin, largement temps de partir. Quand on a eu terminé de replier la tente et de tout ranger dans la voiture, l'ancêtre était toujours là. Assis. Face aux pierres noircies et aux cendres. Impassible. Je me suis approché de Tobias. Lui ai demandé d'aller lui dire au revoir, et le petit s'est tourné vers moi et m'a dit On pourrait pas le prendre avec nous ? et je lui ai répondu Non, qu'il n'avait pas l'air perdu, même si en vérité je n'en savais rien. Tobias a pris une moue boudeuse. Je l'ai poussé du pied, doucement, l'encourageant d'un Va, ne complique pas les choses, et il a marché jusqu'au vieil homme. Depuis la route, je les ai observés. Tobias, si jeune, et le vieillard. Quand j'en ai eu assez d'attendre, j'ai donné un coup de klaxon et Tobias est revenu. Suivi du type. Il m'a demandé : Papa, s'il te plaît, et je n'ai pas eu envie d'écouter la suite.

Bon sang, Tobias, je t'avais dit non.

Mais papa…

Je me suis appuyé contre la portière. Plus emmerdé que jamais. Nom d'un chien, ce mec semblait un pauvre fou. Un paumé, doublé d'une enflure à haut potentiel. Mais il avait probablement sauvé la vie de Tobias, et l'idée de l'envoyer se faire pendre ne me plaisait pas non plus.

Vous allez où ? il m'a demandé.

Ce n'est pas vos oignons.
Papa…
C'est-à-dire ?
Nulle part, j'ai tranché.
Le vieux s'est tourné vers la ligne de bitume, a scruté la distance et conclu : Parfait. C'est pile ma direction.

Tu te faisais appeler Magdalena, je crois, ou peut-être Lucìa, pour payer ton loyer tu dansais le tango dans les bars et c'est là-bas, un soir – une nuit prodigieuse –, que je t'avais rencontrée. Peu auparavant mon ex et moi nous étions séparés – deux adolescents qui s'étaient aimés six années durant, avaient cru s'aimer six autres ; je n'étais pas au mieux de ma forme. J'étais seul et me sentais seul et pour tuer ce trop-plein de solitude j'écumais les zincs, d'un pub mal éclairé au suivant. Ce soir-là, amarré au comptoir, dans ce club argentin bondé, affublé d'une paire de tongs et d'un tee-shirt sur lequel un énorme pingouin vautré dans de la glace vanille-fraise affirmait *Häagen-Dazs c'est la vie !* j'avais ingurgité tout ce que le barman m'avait envoyé. Mais alors que j'éclusais ses réserves de rhum, tu t'étais avancée sur la piste au bras d'un type et, dans un silence soudain et sous le regard de tous, tu avais remonté tes cheveux en un chignon approximatif et susurré à l'orchestre : Francisco Canaro, por favor.

Je n'avais plus été capable de respirer. De boire. D'entendre autre chose que ta voix, de voir autre chose que tes jambes pour lesquelles Jésus, Joseph et toute la clique auraient vendu leur âme au diable. Peu à peu les clients, invités à te rejoindre, avaient pris possession des lieux, et quand avant de disparaître ton regard s'était coulé dans le mien je m'étais levé à mon tour, t'avais cherchée parmi les silhouettes grouillantes, sans succès, mais enfin tu avais réapparu, devant moi, dégorgée par la foule, la fournaise, les gouttes de sueur giclant de la main du guitariste et de près tu semblais moins jeune, tu n'étais pas parfaite mais bouffais tout l'espace et avais cette façon de bouger, le monde t'appartenait, le monde avait été créé pour être foulé par toi, toi et ton tango, et tu t'étais approchée de moi, Sympa le smoking, Merci, d'habitude je porte un pull avec une tête de cerf, mais pour les grandes occasions…, Il faut savoir faire un effort, Absolument, et tu avais ri et moi : Je m'appelle Jerry, enchanté, et tu avais pris ma main pour la poser sur tes hanches et tu t'étais avancée, encore, jusqu'à te serrer, et deux heures durant nous avions dansé sur la piste maculée de sueur et d'alcool, entre la pénombre et la chaleur des rares lumières orangées où n'existaient plus que ta nuque et la cambrure de tes reins et quand j'écris *nous*, Sam, autant avouer que je ne savais pas, mais toi, bon sang, toi, tu savais. Plus tard, je t'avais suivie aux toilettes. La moiteur de nos peaux. Le tee-shirt plaqué sur le corps.

Contre l'évier et le miroir tagué, tu avais libéré mon sexe et l'avais guidé en toi, encore vêtue. Ta culotte sur les chevilles. Le bruit sourd des riffs de guitare faisant vibrer le plafond fendu et moisi, avec les rires et le martèlement des pas sur les planches de la scène, l'ampoule nue grésillant au-dessus de nos têtes.

Je m'étais réveillé vers quatorze heures. Gueule de bois. Sous la table du salon, où je m'étais écroulé. Au matin, tu étais sortie de la chambre, enveloppée de couvertures. J'avais entrouvert les yeux et t'avais devinée, allongée contre moi. Même endormie, tu rayonnais.

Nous – et je veux dire toi et moi, toi divine et le misérable cancrelat que je me sentais à tes côtés – avions passé ce qu'il restait de jour ensemble – tu avais hésité, mais finalement… – et c'était une évidence. Toi. Moi. Tu ne voulais pas l'admettre, mais. Dès le début. C'était limpide. Nous nous étions promenés dans les rues de la ville. Je n'en avais rien vu, incapable de te lâcher des yeux. Seule m'était apparue, là-bas, l'insoutenable évidence du soleil allant de ses mille rayons chauds sur ta peau parfaite et de cette robe courte et rouge et qui flottait autour de toi à chacun de tes pas (autour de tes hanches, du haut de tes cuisses – à me fiche le vertige). Car tu marchais. Dieu. Tu marchais à en redéfinir ce verbe et la journée durant je t'avais regardée faire. Marcher. De ma vie je n'avais rien vu de plus beau. Toi. Tes jambes et ta peau et tes hanches et tes pieds magnifiques et menus et habillés d'escarpins et d'une chaînette en or que jamais je n'oublierai et. Et ? Et ce soleil. Ce vent léger qui ne soufflait que pour toi. Tes lèvres. Tu marchais devant moi, à côté de moi, je t'avais regardée la journée durant sans jamais me lasser. Comparée à toi, aucune autre ne méritait le sol sur lequel elle posait les pieds. Ne méritait le vent. Le soleil. Aucune.

Plus tard nous nous étions arrêtés au cœur de la vieille ville. Quelques tables en terrasse. La nuit à nouveau. Le garçon de café s'était pointé, nous avait demandé ce qu'on buvait, Du vin, il nous avait demandé lequel en nous balançant son petit savoir du type qui a lu l'*Œnologie pour les nuls* en deux chapitres et demi et je lui avais répondu Je ne pige rien à votre charabia alors on va faire simple, regardez-la, regardez-moi cette femme et donnez-nous ce qui va bien, ce qui va faire que ce soir elle quittera cette table heureuse et avec l'envie de revoir ma pomme d'ici quarante-huit heures grand max. Je l'avais vexé, je savais ça, il s'était barré aussi sec avec ses grands airs de dandy moitié guimauve-grande époque moitié hipster à la con. Et tu avais ri. Tu m'avais lancé un de tes regards amusés amoureux (pas déjà mais quand même) qui me donnaient le sentiment d'être un héros. Bon sang. Tu posais ces yeux-là sur moi et je planais, les pieds à mille mètres de ce sol que tu foulais comme personne.

Une fraction de seconde plus tard, Monsieur Château Petrus me les y avait ramenés. Il nous avait ouvert une bouteille. Ne s'était pas fichu de nous – une bonne.

La soirée durant nous avions parlé de nous, qui nous étions, nos vies, tout, nous nous étions livrés l'un à l'autre à tour de rôle et sans fard, une mise à nu intimiste, autour de nous plus rien n'existait, plus personne, nous étions dans une bulle. Les autres… Quels autres ? Tout ce qui se trouvait à plus d'un mètre de nous n'était plus qu'une idée vague et abstraite, un bruit de fond, un poisson frayant sous l'eau froide d'une rivière à nos pieds et qui nous sera à jamais et totalement, infiniment étranger, et dont nous ne percerons jamais les mystères, et qui ne saura jamais rien des nôtres ni de nos espoirs enragés ni de l'impatience qui déferlait dans nos veines aussi bien qu'un torrent. Je n'étais pas certain de te revoir. Demain serait sans doute exempt de toi. Aussi m'étais-je raconté à toi avec une sincérité absolue, avec la sensation grisante d'offrir ce qu'il y avait de plus vrai en moi à une femme qui dès le lendemain ou peut-être dès cette fin de soirée sortirait de ma vie. Et nous avions bu ce vin. Nous étions un peu saouls. Je l'étais – pas trop. C'était l'été et la nuit était une étuve mais nos mains, feignant quelques frissons, s'étaient retrouvées autour d'une bougie que Château Petrus avait eu le génie – il faut rendre à César ce qui appartient à – de poser au milieu de la table, très exactement entre nous. Elles s'étaient approchées de la flamme. Timidement. Se cherchant. Se frôlant. Entre nos confidences s'était alors immiscé un silence ou plutôt *des*, entre chacune de nos phrases, chacun de nos mots, des silences emplis de ces choses que l'on n'ose pas se dire et qui embrasent et qui relèguent tout au cinquante-deuxième plan. Assis, immobile, à te regarder, je brûlais de flammes impétueuses et folles. Déjà je brûlais pour toi. Sam. Déjà je me consumais, et je me sentais nu et fragile et vulnérable. À ta merci. Et c'était un sentiment qui m'incendiait jusqu'à l'âme.

Après l'aube j'avais enfilé cette vieille paire de baskets que j'avais retrouvée par hasard dans une boîte en carton et, à cette heure du jour où le jour lui-même faisait la gueule, hissant péniblement son visage bouffi de fatigue par-dessus la rocaille et le bois et les ruisseaux exsangues, j'avais remonté en courant une large allée de cailloux ocre tracée dans la nature qui serpentait le long d'un flanc de colline, face à la brise et au levant, et sur laquelle j'avais épuisé ce que la nuit avec toi m'avait laissé d'énergie. J'avais couru loin de tout. Du monde. De mes semblables – bien qu'à cet instant je ne me sente plus pareil à personne. Le vent tiède buvait la sueur perlant sur mes épaules, dévalant les creux de mon dos. Ailleurs le monde dormait encore et je courais contre ce vent, criant ma joie, ma démence, mes cent poumons inassouvis.

Nous avons roulé la journée entière, sans nous arrêter, sans rien manger ni boire si ce n'est les quelques provisions que nous avions dans la voiture – des biscuits et du pain et un morceau de viande fumée dont l'odeur emplissait l'habitacle. Nous n'avons fait qu'un break. Deux. Un moment pour refaire le plein et un autre, pour permettre à Tobias de se soulager, quelque part à l'orée d'une forêt d'épicéas. Les arbres étaient cernés de brume. La route. Depuis des heures nous avancions et tout était blanc. Nous ne protestions pas ; la Honda, si. Elle émettait de drôles de bruits métalliques et le vieil homme, au matin, avant que nous ne démarrions, l'avait jaugée d'un œil suspicieux.

Nous n'avons pas vu le soleil de la journée, pas le moindre coin de ciel. Le gris clair de la brume partout. Les contours imprécis des alentours les plus proches et au-delà plus rien. Les nuages rasaient le sol. Écrasaient les forêts et nous parlions peu. Souvent le vieil homme, à la fenêtre, scrutait ce ciel que nous ne pouvions voir.

Il semblait inquiet. À l'affût. Je ne prêtais aucune attention à ce fou mais quand Tobias lui a demandé ce qu'il regardait le vieux a répondu Les poissons et j'ai hésité entre :

– me fiche à rire,
– à pleurer,
– m'arrêter fissa et débarquer ce vieux cinglé.

Je n'ai opté pour aucune des trois options. Opté pour rien, en vérité. Je me suis contenté de conduire tandis que Tobias se pressait contre la portière et inspectait le ciel à son tour.

Il n'y a rien, il a dit, presque déçu.

Ça t'étonne ? j'ai marmonné.

Mais l'ancêtre, sans décoller son visage de la vitre détrempée, a murmuré Il y a, et quelque chose dans sa voix qui était comme un gouffre noir a collé un drôle de frisson au petit, et pour se rassurer Tobias s'est tourné vers moi et je lui ai souri et ébouriffé les cheveux.

Ça te dirait de conduire ?

Pour de vrai ?

Pour de vrai.

J'ai décéléré. Il a enlevé sa ceinture de sécurité et je l'ai aidé à s'installer sur mes genoux, invité à poser ses mains sur le cuir pelé du volant.

Maintenant c'est toi le pilote.

Il souriait, bouche grande ouverte, à s'en décrocher la mâchoire. Hier encore il regardait la baignoire se remplir en criant L'eau pousse ! comme s'il s'agissait d'herbe, et s'extasiait de la même façon devant les frasques de N'a-qu'un-œil, le chien des voisins, un bâtard borgne auquel il s'était attaché. La perception du temps. Parfois le sentiment qu'elle me trahit.

Un peu plus loin, quelque chose nous a heurtés, a percuté le pare-brise de plein fouet en un choc sourd et violent et Tobias, effrayé, a donné un mauvais coup de volant et j'ai tenté de reprendre le contrôle mais déjà la voiture avait quitté la route.

Elle s'est immobilisée, les pneus enfoncés dans la neige, après que son flanc a percuté un bloc de roche. Mais nous étions indemnes. Tobias, moi. Rien de cassé. Quand j'ai recouvré mes esprits je me suis rendu compte que je serrais Tobias avec tant de force qu'il avait du mal à respirer, et doucement j'ai relâché mon étreinte en lui murmurant Tout va bien, c'est fini. Je me suis tourné vers la banquette arrière. Ai demandé à l'ancêtre s'il était blessé mais il ne m'a pas répondu. Cramponné à son fusil, il mettait en joue la portière défoncée et ne la lâchait pas des yeux, prêt à en découdre. Avec qui, avec quoi, je n'ai pas bien pigé, mais j'en ai déduit que le vieux était au top de sa forme.

Devant moi, le pare-brise explosé, fendu de mille fissures aux courbes excentriques et rappelant celles d'une toile d'araignée, dont le cœur me faisait face – pile à hauteur de mon visage. Que s'était-il passé ? Je l'ignorais. Je n'avais rien vu. Tobias non plus, et je préférais ne pas demander son opinion au doux dingue qui derrière nous vivait sa crise de Cuba, sous tension maximale, traversant un conflit diplomatique majeur l'opposant à une portière de bagnole. Je suis sorti de l'habitacle. Quelques pas dehors. Bouger. Tâcher de recouvrer mes esprits, de me remettre les idées en place. Comprendre. J'ai fait le tour de la Honda, l'examinant en détail, jusqu'à m'arrêter face à elle, aux phares et au coffre qui ne m'ont pas semblé plus amochés qu'auparavant. Seul le pare-brise avait été touché. Comme si un gosse avait jeté une pierre depuis le bord de la route – un enfant ? Non : vu l'impact, un homme, plutôt castard. J'ai fouillé les alentours du regard. La prairie. Les arbres, là-bas, clairsemés, ployant sous le poids de la neige et des stalactites de glace poussant sous leurs branches efflanquées. J'ai fait quelques pas encore et suis remonté sur la route : personne. Pas un bruit. Pas un mouvement. Pas une bête. Rien. Pas âme qui vive de ce côté-ci de la galaxie. Nous étions seuls. Il n'y avait que nous et la Honda dézinguée et nulle part la moindre trace du moindre cadavre d'oiseau ou de je ne sais quelle saloperie de bestiole qui aurait pu traverser la route d'un bond pour venir s'encastrer dans le pare-brise.

Alors il y a eu un coup de feu, un coup tonitruant et dans le silence blanc de l'hiver la détonation a paru plus imposante encore, comme celle d'un bâton de dynamite (ou deux ou douze ou cent), et je me suis couché sur le bitume le cœur cognant et j'ai rampé jusqu'aux herbes hautes et transies où je me suis caché, guettant les environs et enfin la voiture, où se trouvait Tobias, mais n'osant l'appeler de peur d'attirer l'attention. Là-bas, avec un grincement qui était comme un râle, un aveu d'abandon, une portière est tombée. Littéralement. Elle s'est délogée, désolidarisée du reste de la carcasse et s'est écrasée au sol en un mouvement lent et résigné – si bien qu'*écrasée* n'est pas le bon terme : *abattue*, plutôt, ou peut-être *affalée*. De l'intérieur de la voiture s'est alors extrait Walt Whitman, son Smith & Wesson à la main, canon fumant, piétinant la portière avec plus de dédain qu'un empereur marchant en territoire conquis. Ce n'était plus un poète. C'était Marc Aurèle.

Le con.

Il avait flingué ma bagnole.

Je me suis redressé et dirigé vers elle et Tobias en est sorti à son tour. Pas plus choqué que ça.

Je peux ?

Oui. Mais ne t'éloigne pas trop.

Au milieu de la prairie le vieux a déboutonné son pantalon qu'il a abaissé jusqu'aux genoux avant d'uriner, marmonnant je ne sais quelles dingueries sur un ton enflammé alors même qu'il pissait.

C'était quoi, 'pa ? Ce qui a cassé la vitre ?

Aucune idée, j'ai répondu, et tandis qu'il partait en courant j'ai répété Pas trop loin ! et me suis assis côté conducteur et j'ai tourné la clef de contact, mais rien, le moteur n'a pas bronché. J'ai ouvert le capot. Rouillé, démoli par le saule de mon jardin. Vérifié la batterie et les câblages électriques et c'est vrai qu'ils avaient une sale gueule, même si au fond je me doutais que le problème était ailleurs, dû au choc, ou quelque chose de ce genre. Seulement je n'étais pas mécanicien. Au bord de la route Tobias s'est arrêté de courir pour donner de grands coups de pied dans l'herbe. Quand il m'a appelé il s'était figé et fixait cette chose au sol qu'à cet instant encore lui seul pouvait voir et je n'ai pas réagi tout de suite, je n'y ai guère prêté attention, je voulais trouver le moyen de redémarrer cette fichue guimbarde et ne pas m'attarder dans ce trou.

'Pa, a insisté Tobias.

Déjà le vieux arrivait à sa hauteur. Je les ai laissés se débrouiller seuls ; je feuilletais le manuel de la voiture dans l'espoir d'y trouver l'astuce qui nous sortirait de là. Près de Tobias, le vieil homme a poussé un cri aigu en découvrant ce que le petit lui montrait et il a fait un bond en arrière et a épaulé son fusil et Tobias m'a appelé encore.

Une truite. Voilà ce qui se trouvait aux pieds de Tobias. Une truite à l'état de cadavre et qu'il avait débusquée, là, dans ce champ, aussi morte qu'un poisson couché sur de la terre pouvait l'être, mais qu'à présent le vieux flingueur tenait en joue avec une hargne similaire à celle qui avait été la sienne lors du conflit Whitman / la portière.

Baissez votre fusil, nom de Dieu. Vous allez finir par blesser quelqu'un avec vos conneries.

C'est un poisson.

Un poisson mort.

Un poisson.

Vous craignez qu'il vous saute à la gorge ? Baissez votre arme, je vous dis.

'Pa, pourquoi y a un poisson ?

Pourquoi pas.

Le vieux, tendu comme une crampe, a fait remarquer qu'il n'y avait pas un point d'eau à moins de cinq kilomètres : Pas un ruisseau, rien, et je connais ce pays mieux que ma poche.

Foutaises, j'ai répliqué.

Je ne voulais pas laisser l'ancêtre marquer le moindre point. Toutefois, je n'ai pu m'empêcher de parcourir l'horizon du regard, avant d'ajouter : Un pêcheur a dû l'oublier.

L'oublier ?

C'est quoi un pêcheur ? a demandé Tobias.

Je lui ai répondu, ignorant ostensiblement le vieux qui hochait la tête de droite à gauche en pointant un doigt aussi tordu que lui en direction du ciel.

Bientôt le jour s'est obscurci et à l'aide de bouts d'adhésif j'ai refixé la portière ; à défaut de nous emmener plus loin, la bagnole nous servirait de tanière. Alors que la nuit avançait sur nous, j'observais les premières étoiles là-haut et le vieil homme a murmuré Les poissons en me lançant un regard entendu ; je n'ai rien rétorqué

– à quoi bon. Plus tard nous nous sommes abrités du vent et du froid intense dans la voiture, emmitouflés dans des couvertures, une maigre bougie allumée en guise de feu de camp. Nous n'avions aucune idée de l'heure. Il devait être tard lorsque nous nous sommes assoupis. Le lendemain, à l'aube, le froid avait gagné l'intérieur de l'habitacle où même nos couvertures étaient couvertes de givre. Lorsque Tobias s'est éveillé ses premiers mots ne furent pas pour s'en plaindre, ni pour réclamer à manger. Il m'a juste demandé : Pourquoi y avait un poisson, 'pa ? et en guise de réponse je me suis extirpé de mon sac de couchage et j'ai noué mes chaussures, concentré sur les vapeurs tièdes qu'exhalaient mes poumons à chaque expiration – au moins avions-nous survécu à la nuit.

Tu crois que c'est le poisson qui a cassé la fenêtre ?

J'ai tendu à Tobias un bout de pain gelé, aussi dur que de la pierre.

Tu dois prendre des forces. Aujourd'hui nous allons marcher.

À l'est un soleil rouge et froid s'élevait et Tobias a pointé le ciel du doigt en criant Papa, un aigle ! mais ce n'était qu'un faucon pèlerin, je pense, ou peut-être un busard et pourtant je n'ai pas tenté de le corriger. Je l'ai aidé à sortir de son sac et à enfiler des vêtements propres. Il tremblait. Dépêche-toi papa dépêche-toi ! Quand j'en ai eu fini de le vêtir je lui ai dit Va jouer dans l'espoir qu'il se réchauffe et il a couru dans la prairie blanche. Ensuite j'ai empoigné un sac à dos que j'ai rempli de ce qui me semblait essentiel à emporter. Évalué le reste en pensant : ok, on peut s'en passer. Quel autre choix avions-nous ? Pendant tout ce temps Whitman, enroulé dans sa peau de bête, couché sur la banquette arrière de la voiture, dormait à poings fermés et n'avait pas bougé d'un poil. L'idée de partir sans lui m'a traversé l'esprit, mais quand je me suis approché pour prendre mon carnet il a ouvert les yeux et m'a fixé et m'a dit, lentement, articulant chacun de ses mots comme s'il en soupesait le poids, Sais-tu comment je suis mort ? et quelque chose dans sa question ou le ton de sa voix m'a rappelé mon grand-père et ce jour lointain où il avait tenté de s'évader de la maison de repos.

La matinée durant nous avons marché. La route. Le bitume craquelé par le gel, sinuant dans l'hiver et au travers de paysages immenses et sauvages et épurés. De temps en temps une voiture. Très peu. Deux ou peut-être trois en une demi-journée. À leur passage nous avons levé le pouce. Aucune ne s'est arrêtée.

Là-haut le soleil brillait dans le ciel nu et la terre et les monts et les lacs jusqu'à l'horizon étaient d'une blancheur aveuglante. Malgré lui nous expirions des vapeurs tiédies par la chaleur de nos corps. Nous ressentions les morsures du froid. Mais mes yeux étaient tant saturés de beauté, de cette beauté infinie et douloureuse qu'ils ne savaient plus où se poser.

Le long de la route, nous avancions.

Tobias, quelques pas devant moi, dont seules les jambes dépassaient de son cartable Dusty – il avait tenu à le prendre –, agitait un bout de bois et s'inventait des histoires. Cinquante mètres derrière nous, le vieil homme suivait.

Quand nous nous sommes arrêtés il devait être midi ou treize ou quatorze heures, va savoir, aucun de nous ne portait de montre et mon portable était HS – plus de batterie. Mais le soleil culminait à la verticale de la route. Entre midi et quatorze. Environ. Au final nous nous en moquions. Seules importaient la fatigue et la faim. Elles seules nous dictaient leur loi.

Nous avons quitté la route et nous sommes installés à la lisière d'une forêt de résineux. Nous étions en pleine lumière. Nous en espérions la chaleur ; ce pays avait l'hiver pour unique saison. Quand je t'avais rencontrée, tu arrivais tout droit de la Réunion, l'île où tu étais née et avais vécu plus de trente ans. Tu avais accompagné ton ex jusqu'en Belgique pour des raisons qui étaient les vôtres. Avais rompu peu de temps après. M'avais trouvé dans ce bar. Tu abhorrais mon pays. Trop gris, trop pluvieux, trop plat, trop pas la Réunion. Trop loin des tiens, surtout. Mais tu étais restée pour moi. Le soleil te manquait. Tu t'en nourrissais comme un assoiffé s'abreuve d'eau. Combien difficile avait dû être pour toi la décision d'aller plus au nord encore, ici, en Norvège ? Dieu. J'avais planté une orchidée en enfer.

Le vieil homme a rassemblé quelques branches mortes et allumé un feu autour duquel nous nous sommes serrés. Tobias l'a regardé faire. Puis le vieux s'est levé et a empoigné son fusil et il s'est enfoncé dans les sous-bois, à l'ombre des grands arbres, et bientôt un coup de feu a retenti et il est revenu avec un lièvre qu'il s'est empressé de dépiauter. Tobias l'observait toujours. Le vieux lui a demandé s'il avait déjà mangé de la viande aussi fraîche, mais il n'a pas répondu. Juste un signe de la tête, timide. Longtemps Tobias a cherché dans l'œil vitreux de la bête quelque chose comme une lueur rappelant qu'elle avait vécu.

Sais-tu comment je suis mort, petit ?

Sur le visage émacié du vieil homme, où les années avaient creusé leurs sillons, dansaient les reflets pourpres des flammes et Tobias, impressionné, a eu un mouvement de recul et j'ai mis le vieillard en garde, Il n'a que cinq ans : il savait à présent que s'il effrayait l'enfant avec ses divagations, peu importerait son fusil.

*Ô mon capitaine ! Notre voyage effroyable est terminé.* Tu connais mes poèmes, petit ? Tu connais celui-là ? Je l'ai écrit il y a longtemps. À propos d'un bateau et de deux marins. Ce n'est pas un poème pour les enfants.

Au cou du vieux pendaient ses dents. Il les a renfilées d'un geste avant d'arracher un peu de viande, d'un coup de mâchoires, à la carcasse cuite du lièvre, qu'il a mastiquée bouche ouverte.

Mon nom est Walt Whitman et un jour j'irai nager dans l'océan à nouveau. Autrefois, je l'ai bien connu. Je me suis perdu sur ses eaux, elles qui se soulèvent comme bat le cœur d'une femme, avec des creux d'où tu envies les hauts et des hauts, petit, des hauts…

Le vieux s'est étiré vers le ciel autant que son corps usé le lui permettait, bras levés, tendus vers ces vagues qu'il semblait voir se dresser devant lui. Puis il a relâché son effort. A craché un bout d'os dans le feu, s'est curé le nez et a jeté d'une pichenette ce qu'il en avait retiré. Tobias, bouche bée, le regardait sans comprendre.

As-tu connu la mer, fils ? Non. Sûr. Alors tu ne sais rien : ceux qui n'ont pas connu la mer ne savent rien. Cette nuit-là dont je te parle, elle était couleur d'encre. Reflétait les étoiles. Nous fichait comme l'idée de voguer dans ce foutu foutoir d'espace. La Voie lactée, gamin. Le bordel avec un grand B. La nuit d'avant oncle Almut s'était levé en pleine nuit en criant Je veux parler à Dieu, mais Il avait pas répondu, alors l'oncle avait empoigné son arbalète et ouvert sa porte de bambou pour s'enfoncer dans les ténèbres, bien décidé à aller débusquer ce Fils de Chienne au fin fond de sa tanière s'il le fallait. C'était en été. L'air était brûlant. Selon ce qu'Almut en pensait, aucun doute : si le Seigneur vivait quelque part, pouvait pas être au-dessus des nuages ou quoi mais bien planqué sous l'océan, avec les morues et les poulpes – trop de merdier ici-bas pour qu'Il mérite d'aller plus haut. Jamais su s'il a trouvé quoi que ce soit. Mais je suis certain d'une chose : le lendemain des vagues se sont levées, plus lourdes qu'une main de géant. Elles nous ont pris. La maison, Al, moi. Nous ont emportés jusque dans l'Atlantique. *Au commencement Dieu créa les cieux et la terre*, récitait Al. Tiré de mon demi-sommeil j'ai ouvert les paupières et l'ai vu – un pantin, désarticulé, plus maigre qu'un clou, une silhouette roussie par la chaleur aveugle dans laquelle il baignait, déclamant des extraits de la Genèse, l'Ancien Testament à la main. Merde. Il battait la breloque. Mais la Bible mentait. Autour de nous, aucune prairie, aucun mont. Aussi loin que nos yeux pouvaient voir c'était que de l'eau.

Le vieux a marqué une pause. Promené son regard alentour et à son visage, à ses yeux qui cherchaient sans trouver et où se lisait l'égarement, j'aurais pu jurer, sans rire, qu'à cet instant précis il était perdu en haute mer.

Le soleil cognait, petit, t'as pas idée combien. Cloquait l'air et nos peaux. Nos carcasses affamées. À peine éveillé, j'ai scruté l'horizon. L'océan. Quasi immobile. Pas de houle. Pas de vent. Aucun oiseau dans le néant bleu. Al avait été formel : si y avait une terre, pas loin, y aurait des mouettes ou quelque chose comme des pélicans. Mais y avait rien. Rien de plus que la soif. La faim. La bicoque en dérive et ce qu'elle traînait de lambeaux – tissus, boiseries, piano, coussins, un ou deux fauteuils en osier et tant d'autres saloperies qu'elle avait dégorgées, et qui, depuis, nous suivaient à la trace, flottant derrière nous. La baraque avait plus de façade. Perdu la moitié de ses murs et du toit et j'étais couché sur le plancher du salon, écoutant le clapotis de l'eau qu'allait et venait autour de moi. Le tintement des cuillers. D'une marmite de cuivre délogée de sa cuisine. Le grincement du bahut, blanchi par les embruns, dont les tiroirs et les portes cessaient pas de tanguer, faisant couiner les gonds. À croire que du roulis, finalement, y en avait un peu. Parce qu'y avait rien de mieux à faire, je me suis rendormi. Ça devait être le jour même ou peut-être le lendemain, j'en tenais plus le compte, mais quand je suis revenu à moi j'ai senti les flots tièdes caresser mon visage et j'avais, dans la bouche, un peu de leur goût salé. J'ai rendu mes boyaux jusqu'à ne plus avoir de salive. Parfois, quand je ferme les yeux, aujourd'hui encore j'ai le sentiment d'avoir ce goût au creux de la gorge. Au prix d'un effort, j'ai réussi à me lever, à me tenir debout et mes vêtements pendaient, sales, trempés, déchirés. Aucun d'eux habillait plus mon corps décharné, rongé par la lumière. Et partout l'océan. Le ciel. Brûlés. Là-haut, juste au-dessus de moi, j'ai deviné une masse. Oncle Al, perché sur la cheminée. Je percevais à peine sa présence, mais au bout d'un moment les choses se sont définies et j' l'ai entendu gueuler, bras tendu vers le large. Au début j'ai rien vu. Scruté aussi loin que je pouvais. Pas d'oiseau. Pas de bateau. Pas de rivage. Rien d'autre que du bleu sur fond bleu. Purgé. Implacable. Pendant une seconde j'ai pensé qu'Almut yoyotait de la touffe à nouveau et je me suis recouché, à l'ombre des draperies battues par le vent. Alors y a eu ce bruit. Énorme. Puissant. Un bruit dingue et mon cœur de morveux s'est arrêté de battre. Tant de beauté en un seul lieu. Seigneur. J'avais pas assez de place dans ma maigre poitrine pour en contenir autant, pas assez de vécu dans la chair pour comprendre, et *elle*, sa force et sa grâce et sa peau épaisse, luisante, sa peau vieille comme le monde, son dos colossal s'élevant comme un espoir et sa queue, Seigneur, ça s'écrasait avec fracas et vous envoyait des éclats d'Atlantique jusque dans l'atmosphère, plus haut encore que tout là-haut. Face à elle on était que des fourmis. Deux miséreux nabots tentant d'ouvrir l'âme assez grand pour encaisser sa danse et ses chants, ses élans de joie comme ceux d'un monde tout entier et bien rond à lui seul, crevant ses frontières pour éblouir le nôtre, celui où un gamin se tenant sur un matelas gonflé de rêveries rêvait éveillé à présent, n'en croyant pas ses yeux, n'en croyant pas le ciel et l'océan et la vie gigantesque qui s'élevait au milieu, à quelques pas à peine si ce gamin avait pu marcher sur l'eau, n'en croyant pas cette vie – tant de vie ! –, la vie en quinze mètres sur trente tonnes qui roulait et s'enroulait et balançait sa grâce sur le plancher de la chambre, ça venait mouiller les pieds, forçait la surprise du garçon et de son oncle qui s'était approché, avait posé sa main sur son épaule et dit : Joyeux anniversaire, fiston. Rien de plus. Rien de moins. Jamais j'avais vu de baleine auparavant. C'était la première fois. La seule pendant longtemps. Elle est restée qu'un moment. Une poignée de secondes. De celles qui valent un siècle et tu sais quoi ? C'était pas mon anniversaire. Même pas, non. Haha ! Al s'était gouré. Trompé. Planté. Fourvoyé.

Le vieillard, qui paraissait avoir mille ans tout à coup, s'est arrêté de parler et ses lèvres tremblaient, son regard était perdu dans les flammes. Alors il s'est tourné vers

Tobias et lui a demandé à nouveau : Sais-tu comment je suis mort ?

Il a ouvert sa flasque. Bu une longue lampée de gnôle.

Je le suis pas. Mon nom est Walt Whitman, je suis né y a deux cents ans et je sais pas mourir.

Son histoire terminée, le vieil homme a éteint le feu à coups de botte et nous nous sommes remis en chemin. Papa, m'a demandé Tobias, deux cents ans c'est beaucoup ? Je lui ai expliqué que personne ne pouvait vivre aussi longtemps. Que les dingueries de l'ancien n'étaient que ce qu'elles étaient.

Alors lui il est vieux comment ?

J'ai jeté un regard discret vers l'autre cinglé qui avançait devant nous, à quelque distance, en chantant le « Boogie Wonderland » d'Earth, Wind & Fire avec une voix d'eunuque et aussi faux qu'il était humainement possible.

C'est surtout son cerveau qui est vieux. Usé jusqu'à la corde. Plus un neurone de bon.

C'est quoi un neurone ?

Ce sont des petites cellules qu'on a dans la tête. Des petites cellules magiques, si tu veux. C'est grâce à elles qu'on pense, ou qu'on réfléchit.

Et lui, il en a plus ?

Emporté par sa propre énergie, Boogie Wonder Man a bondi au milieu de la route, bras et jambes écartés, tel un Philip Bailey perché sur une scène de trente mètres et saluant la foule en délire. Do you want some more ?

il a gueulé à ses fans imaginaires. Visiblement, ceux-ci lui ont répondu oui : avec un enthousiasme confinant au danger, le chasseur-anciennement-poète-qui-était-maintenant-devenu-une-vedette-du-show-biz s'est lancé dans une chorégraphie dont lui seul devait avoir les clefs de lecture, s'agitant avec tant de vigueur qu'il aurait pu y laisser un membre. Ensuite, usant de son fusil comme d'un micro, il en a empoigné le canon pour meugler le dernier couplet entre deux grands mouvements de rotule. À ce moment-là, la crosse du Smith & Wesson a heurté le bitume et bang ! un coup est parti – un de ceux qui vous mettent fin à une carrière. La balle aurait pu occire le génie ; elle n'a fait que lui frôler la joue. Coupé dans son élan, il a porté la main à son visage d'où coulaient quelques gouttes d'un rouge sombre, et fouillé le ciel du regard.

Non, ai-je confirmé. Il n'en a plus aucun.

Une heure encore nous avons marché. Deux. Ni voiture ni camion. Plus loin un pick-up nous a dépassés sans même freiner malgré nos appels et nos signes. Je l'ai regardé s'éloigner en l'injuriant. Ai promis au type qui le conduisait de le pendre si jamais je le retrouvais. Nous marchions depuis l'aube. Éreintés. Bientôt nous n'aurions plus d'autre choix que de passer la nuit dehors.

Trois gars, a constaté Whitman. Le petit, toi, moi.

Il s'est éloigné de la route. A posé son sac sur une souche et en a retiré une perruque. Une robe. Des escarpins. Nom de Dieu vous faites quoi ? lui ai-je crié, et il m'a rétorqué Trois gars, comme si c'était la plus limpide des réponses. Quand il est revenu près de nous il était en femme et je l'ai regardé, sidéré, convaincu – si j'avais encore besoin de l'être – qu'il avait grillé jusqu'au dernier de ses fusibles, et c'est à croire que j'avais pensé tout haut parce qu'il m'a dit Personne s'arrêtera pour trois gars, et je n'ai pu m'empêcher d'enfoncer le clou, Vous croyez qu'un vieux cinoque fagoté en Mary Poppins ça sera plus convaincant ? Je l'ai envoyé se faire voir. Ce qu'il a fait. Sur le macadam, à la façon d'une vieille pute sur le retour, non sans s'être psshit-psshité une demi-bouteille de désodorisant. Les vraies dames portent du parfum, m'a-t-il dit sur le ton du mec qui en éduque un autre, s'aspergeant la barbe de Citron Pur WC. Une fois le rouge appliqué sur ses lèvres il s'est posté sur le bitume, pouce levé, bien en évidence. Médusé, je l'ai regardé faire. Combien de temps allais-je encore perdre aux côtés de cet illuminé ? J'ai pris Tobias par la main, ignorant ses protestations. J'ai avancé sans plus me retourner.

Nous n'avons pas fait plus d'un kilomètre. Quelques minutes de répit durant lesquelles Tobias a traîné, s'arrêtant puis courant pour me rejoindre avant de s'arrêter à nouveau, tentant d'apercevoir encore la silhouette de Whitman malgré les méandres de la route. Papa, répétait-il en gémissant. Je regardais droit devant. Chaque pas était un poids que l'on ôtait de ma poitrine.

Chaque mètre parcouru. Mais. Pas plus d'un kilomètre. Car au loin un moteur s'est bientôt fait entendre, annonçant une voiture qui a déboulé à toute blinde et s'est arrêtée devant nous dans une grande embardée.

Ohé ! a beuglé Whitman, sortant sa fiole emperruquée de l'habitacle. Je nous ai trouvé un taxi !

C'était mon jour de chance.

J'ai baissé la tête, les épaules, les bras, tout. J'ai laissé tomber jusqu'à mes convictions et me suis résolu à accepter ce destin qui semblait absolument vouloir (ô foutu salopard !) que je partage ce moment particulier et fragile de ma vie avec ce... – ce quoi, finalement ? Je me suis approché de la voiture. Je te présente Álvaro, a fait le vieux, enjoué. Un gars épatant ! Puis, à l'intention de Tobias : Monte, derrière il y a de quoi te tenir chaud. Tobias ne s'est pas fait prier. S'est emmitouflé dans un plaid et calé sur la banquette arrière, heureux de pouvoir se reposer. Faut t'envoyer un carton d'invitation ? m'a demandé Whitman. Non. Il ne fallait pas. Par contre je voulais savoir où allait ce type et Walt m'a répondu Un bled vers Lenvik ; j'ai décidé que c'était correct. Une fois à l'intérieur le conducteur m'a salué d'un Álvaro Luis Cortázar y Machado de Assis, enchanté, et j'ai répondu Pareil et il m'a dit Vous aussi vous vous appelez Álvaro ? et là j'ai eu un doute. Pour la première fois j'ai posé les yeux sur lui. Inquiet. Convaincu que je n'aurais pas la patience de tolérer un second cas clinique. Je m'appelle Jeremiah, ai-je clarifié, espérant de sa part une réaction rassurante. Jerry, si vous préférez. Il m'a répondu C'est bien aussi Jerry et je ne sais pas si ça venait de ces mots ou du fait que ce type, planqué derrière une paire de lunettes noires, souriait au plafond alors qu'il me parlait, mais j'ai eu le sentiment que la suite n'allait pas être triste.

Un gars épatant, m'avait prévenu Walt. En moins d'une minute, le vieux fou s'était senti franc camarade de cet Álvaro machinchouette. Dès l'instant où ce dernier a redémarré, j'ai compris pourquoi.

Le type a décollé en trombe, pied au plancher, décollé comme seuls savent le faire les avions et lui, désormais, au volant de sa guimbarde, arrachant au sol un nuage de cristaux de glace comme le font ces bagnoles dans les films américains, au cœur de déserts poussiéreux. À fond de train il a démarré ; à fond de train il a roulé. Steve McQueen en Renault 5. Et le pire, c'est qu'il ne voyait rien. Aveugle. Ou à peu près. Quand je m'en suis rendu compte – c'est-à-dire tout de suite (je veux dire, tout de suite après qu'il a enfoncé l'accélérateur de tout son poids) – je lui ai demandé de s'arrêter mais il n'a rien voulu savoir : il n'avait pas l'usage de ce que le reste de l'humanité appelle la pédale de frein. À fond de train il avait démarré ; à fond de train il a roulé et, aussi surprenant que cela puisse paraître, il est parvenu à rester sur la route. Paniqué, j'ai crié le nom de Walt et lui ai dit Prends le volant empêche-le de nous tuer mais Álvaro s'est tourné vers moi (c'est-à-dire vers le plafond) et s'est étonné, Qui est Walt ?, et le vieux s'est penché vers moi et m'a murmuré à l'oreille, Je m'appelle Margaret. Il m'a fait un clin d'œil. A repris sa place, aux côtés d'Álvaro. Tout va bien, mon chou. À l'approche du premier virage j'ai fermé les yeux et prié ces dieux en lesquels jamais jusqu'à ce jour je n'avais eu foi, quémandant leur clémence, un sursis, une chance de m'en sortir et surtout : une chance pour Tobias. J'ai supplié pour lui. Le premier virage est passé. Sans que je m'explique comment, Álvaro a braqué au bon moment ou presque. Suffisamment, en tout cas, pour ne pas nous envoyer dans le décor. Sur le siège passager, puant la cocotte, engoncé dans son déguisement foireux, Walt récitait,

*M'embarquer à la mer !*
*Je veux tellement quitter ce sol insupportable,*
*Tellement quitter l'usante monotonie des rues, des maisons, des trottoirs,*
*Tellement te quitter terre immuable, oui monter à bord d'un vaisseau,*
*Lever l'ancre, mettre à la voile, à la voile !*

Tandis que la voiture, à l'instar d'un trois-mâts fouetté par les embruns, valdinguait d'un côté puis de l'autre, flirtant avec le naufrage, l'engloutissement, infichue de tenir le cap même lorsqu'il suffisait d'aller droit. Et pourtant. Nous étions toujours là. Entiers. Vivants. Je hurlais à chaque virage. Ils se sont succédé. À chacun d'eux nous avons survécu.

Comment faites-vous ? ai-je demandé à Álvaro, cramponné à ma ceinture.

Quoi ?

Pour conduire sans voir.

Vous avez remarqué mon problème.

À peine.

En se tournant vers moi (le plafond, toujours) il a entraîné le volant avec lui et la voiture a piqué vers la droite et j'ai crié Redresse bon sang, avant d'ajouter Désolé.

Álvaro a ri.

Ce n'est rien.

Virage. En épingle à cheveux. J'ai failli pleurer.

Je ne suis malvoyant que depuis quelques années.

Voilà qui me rassure.

Mais je fais cette route depuis toujours, alors… je la connais par cœur.

Évidemment.

J'ai toujours été bon conducteur.

Bien sûr. Et lui ?

Lui ?

Je veux dire… elle.

Margaret ?

Oui.

Devant moi le vieux fou jubilait, fier que soit reconnue sa condition de femme.

Comment avez-vous fait pour le… la voir, au bord de la route ?

Le parfum, a expliqué Álvaro en se tapotant les narines. J'ai l'âge d'un grand-père et la vue d'un macchabée, mais le nez de mes vingt ans. Et cette demoiselle… Avez-vous noté combien elle sent bon ?

Se penchant vers sa jolie blonde, Álvaro l'a reniflée, manquant nous envoyer ad patres par la même occasion. Tu fleures bon l'amour, lui a-t-il susurré. Walt frétillait sur place. Littéralement. Un peu plus et on le perdait, victime d'euphorie. Un mot supplémentaire, il crevait de contentement. Quittait le plancher des vaches. Cette *terre immuable* qu'il ne supportait plus. Mû par l'instinct de survie, j'ai proposé à Álvaro de conduire ; il a refusé. M'a dit Cette route est dangereuse. Et il a enfoncé l'accélérateur.

Nous avons survécu. Par je ne sais quel miracle nous avons tenu la route, la vie, tout – accrochés à elles, suspendus à leurs chevilles comme on tient un bout de corde avec mille mètres de vide sous soi. Nous n'avons percuté aucun arbre ni rien ni personne. La chance. Nous n'avons croisé qu'un élan, con comme la pluie, mâchouillant quelques feuilles au milieu du jeu de quilles. L'avons évité par hasard. Aussi il y a eu cette fille, celle que j'avais aperçue en pleine nuit après avoir quitté Oslo, marchant au bord de la route. Elle était là. Marchait. Pieds nus et en chantant, exactement pareille à cette nuit où pour la première fois je l'avais vue. Quand je l'ai reconnue j'ai demandé à Álvaro de s'arrêter mais il n'en a rien fait, n'a pas décéléré d'un kilomètre-heure. Derrière nous, happée par la distance, la fille a disparu. Je l'ai regardée s'évanouir dans l'hiver blanc, seule avec ses pieds nus et sa robe et ses cheveux blonds et rien d'autre que cette guitare dont elle jouait déjà l'autre fois.

Plus loin nous avons pris un chemin de terre au bout duquel se trouvait la maison d'Álvaro, une sorte de grande cabane faite de rondins de bois brut et dont le toit était couvert de végétation. Elle se trouvait au pied d'un sapin dont les branchages ployaient sous le poids de stalactites immenses et qui semblaient s'y former depuis mille ans au moins, étreignant la demeure avec la délicatesse d'une mère. Une douceur mêlée de jalousie. Je regardais la cime de l'arbre, croyant y deviner une paire d'yeux et ils me regardaient, eux aussi. Alors que j'observais le faîte du géant, Walt s'est approché de moi, curieux, basculant la tête à son tour et scrutant le ciel plus ou moins dans la même direction que moi. Puis, sur le ton de la connivence, il m'a dit : Les poissons ? Je l'ai dévisagé. Sa gueule taillée au burin où couraient rides et balafres. Son regard habité. Aucun doute : il était plusieurs. Ça se bousculait au dernier étage. Et lui – ou plutôt eux – a posé son index sur ses lèvres et fait Ssshhut, avant de rejoindre Álvaro. Tobias. La maison.

Dehors c'était une baraque oubliée, décatie, appuyée contre un tronc. Dedans c'était propre, rangé, chaleureux. La maison des Sept Nains. Dans une cheminée brûlait un feu et Tobias s'en est approché. Aussitôt, là-bas, je me suis senti bien, empli d'un calme étrange et d'un bien-être qui m'avait quitté, je crois, depuis déjà longtemps. Une femme s'est avancée vers nous. Plus jeune qu'Álvaro. Soixante ou soixante-cinq ans peut-être, de longs cheveux gris. Des yeux d'un noir intense. Belle. Mon épouse, ainsi nous l'a présentée Álvaro. J'ai pensé qu'il avait de la veine. Sa maison, dans cet endroit magnifique, loin du monde et de ces choses dont on croit avoir besoin. Sa femme. La vie simple que je leur imaginais, ici, en découvrant ce lieu. Alors je me suis rappelé ses yeux aveugles et me suis dit qu'en vrai j'ignorais tout de lui.

Je m'appelle Beatriz.

Jerry. Et Tobias, mon fils. Merci de nous accueillir.

Ce n'est rien. Nous sommes toujours heureux de recevoir du monde.

Je me suis demandé s'il passait tant de gens, ici. Me suis gardé de poser la question.

Margaret, a nasillé Walt dans son accoutrement foutraque, tenant son rôle avec l'assurance d'une Bardot. Beatriz, interdite, en est restée muette un instant, ne sachant comment réagir face à cette folle à barbe qui se tenait devant elle.

Nous aurons assez pour nourrir ce petit monde ? a demandé Álvaro à sa femme.

Oui, a-t-elle fini par répondre.

Je vous indique la salle de bain. Si vous le souhaitez, bien entendu.

Nous ne voudrions pas abuser, a fait Walt.

Vous n'abusez pas.

Merci, ai-je dit. Au moins pour mon fils. Ça lui fera du bien.

Ce soir-là, nous avons bu et mangé à notre faim, à notre soif et au sec et il y avait du vin, beaucoup, assez pour m'enivrer juste ce qu'il fallait. À table, Álvaro a demandé ce que nous faisions sur cette route, où nous allions, et Walt-Margaret, sans cesser de se goinfrer, a levé les yeux de son assiette pour les poser sur moi, curieux lui aussi.

Je cherche la mère du petit. Ma femme.

Pendant un instant, Walt a cessé de mâcher, attendant la suite. Comprenant qu'il n'y en aurait pas, il a repris sa besogne, se contentant de ces quelques mots. Depuis deux jours il nous suivait sans savoir ; il avait maintenant, j'imagine, de quoi marcher une semaine.

Vous savez où la trouver ? m'a relancé Álvaro.

Je lui ai répondu Shotenafberg et il a répété ce nom, Shotenafberg, dans le comté de Finnmark, et je lui ai dit Oui et il a « regardé » sa femme et enfin il m'a dit Pas tout près. Je lui ai répondu Non.

Vous dormirez ici. Il y a assez de place. Demain matin vous prendrez mon bateau.

Bateau ? a répété Walt, la bouche pleine, oubliant soudain sa voix de fausset.

Je me suis tourné vers la fenêtre. La rivière, qui coulait derrière la maison.

Il y a peu de routes par ici, a expliqué Beatriz.

Là où vous vous rendez, il y en a moins encore, a ajouté Álvaro.

Nous avons achevé le repas sans plus parler.

La nuit. Le feu brûlait dans l'âtre. Nous étions au sec. Álvaro tentait d'apprendre les échecs à Tobias. De l'autre côté du salon, Whitman, toujours vêtu de son costume, s'est penché vers Beatriz.

Savez-vous comment je suis mort ?

Elle a posé son tricot. Tourné ses yeux noirs et doux vers lui.

Un jour je rentrais au bercail. C'était l'été. Sur le chemin il y avait cette fille. J'allais dans un sens, elle dans l'autre. Nous nous sommes croisés. J'avais quinze ans.

Aussi ahuri que si la fille en question repassait devant lui, Walt s'est enfoncé dans le divan et a retenu son souffle, des larmes plein les yeux. Beatriz l'a écouté sans mot dire. Elle avait la patience d'une sainte.

À un des murs de rondins avaient été rivées des planches sur lesquelles se trouvaient des livres. Des romans, pour la plupart. Dont un. *Jonathan Livingston le goéland*. Une ancienne édition, à la reliure abîmée, mais agrémentée de croquis et pleine de ces lignes,

*C'était le matin et l'or d'un soleil neuf tremblait sur les rides d'une mer paisible.* Dès la première j'ai eu sept ans à nouveau. Enfant, ce bouquin ne me quittait jamais. Un des chroniques de ma mère me l'avait offert. Un de ces types qu'elle fréquentait à l'époque. Un idéaliste. Il était espagnol, exilé volontaire, écœuré par le souvenir de Franco. Un « vétéran » du Vietnam qui n'était revenu de nulle part, n'ayant jamais foulé le sol de ce pays dont il parlait pourtant avec autant de hargne que s'il avait rampé lui-même dans les rizières et la jungle pour entendre pleurer *The Star-Spangled Banner* au son des bombes de napalm. Luis, il s'appelait. De loin en loin, il réapparaissait. Restait une semaine, fricotait avec ma mère, puis plus de nouvelles pendant des mois. Chéris-tu la guerre ? me demandait-il souvent. Je ne savais quoi répondre, et il m'énumérait les techniques de torture appliquées par les troupes bulgares dans le golfe du Tonkin.

Elle était au Vietnam, la Bulgarique ?

Tout le monde y était, petit. Absolument tout le monde.

Regard perdu à l'horizon, il s'allumait alors un joint qu'il fumait jusqu'au crépuscule, assis sur le capot de son tas de boue. Parfois, ma mère sortait de la maison et s'installait près de lui. Nichait sa tête au creux de son cou. À l'époque, je lui en voulais. Je ne la comprenais pas. Ce mec était un folklorique, un cliché ambulant qui vivait dans un mythe. Mais sous l'air roussi des ciels d'été monotones il transpirait la légende quand d'autres se contentaient de puer. En ce sens, j'imagine, lui aussi était un héros. Un jour, au bout d'une longue absence, il avait frappé à la porte et m'avait donné ce livre. Joyeux Noël, petit. C'était un matin d'août et je savais à peine lire, mais j'avais balbutié un semblant de merci, obnubilé par l'oiseau tatoué sur sa main droite. Cette même main avec laquelle il avait passé ses cheveux longs derrière son oreille avant de me faire un clin d'œil. (Pas par sympathie. Par tic. Un truc « rapporté » du Viet-Cong.) Puis il s'en était allé et ma mère avait été malheureuse. Malgré tout elle me l'avait lu. *Jonathan Livingston le goéland.* D'innombrables fois. Chaque soir, c'était la même scène. Elle, assise au bord du lit, la lumière jaune de la lampe de chevet et les pages usées sur ses genoux ; moi, couché sous la couette, la tête enfoncée dans les airs et des vents marins plein les tripes, le cœur battant à grands coups d'ailes. Cet oiseau crève-la-faim, brûlant de passion pour l'envol, m'avait ensorcelé.

J'ai couché Tobias sur ce qui n'était en fait qu'un matelas posé à même le plancher. Mais il était confortable. Les couvertures étaient épaisses. Pour l'endormir je lui ai lu les quatre premières pages du *Goéland* comme l'avait fait ma mère pour moi, trente ans plus tôt. Il m'a dit Tu as trouvé une vraie histoire et je lui ai répondu Oui. Une vraie histoire dans un vrai livre. Il a aimé, je crois. Après qu'il s'est assoupi j'ai éteint la lampe à pétrole et l'ai rallumée, craignant qu'il ne s'éveille en pleine nuit et ne prenne peur dans ce lieu inconnu. Ensuite je suis redescendu. Me suis installé au coin de la table. J'ai pris mon carnet, un crayon que j'ai retaillé au couteau. Tracé un grand 1 dans la marge d'une page neuve, et.

Sam.

Dire ton nom combien de fois pour te faire revenir, mmh ? À la lumière du feu j'ai noirci les premières pages du cahier, y couchant les mots qui, des mois durant, m'avaient fait défaut, et qui à présent venaient à moi avec la force d'un torrent et une évidence affolante.

Le lendemain nous nous sommes éveillés à l'aube et dehors, sur la rivière et partout, le soleil brillait. Je me tenais sur le ponton. Ses planches de bois irrégulières et trempées et bouffées par la mousse. Alentour, c'était la brise. La barque. Les plaques de glace charriées par le courant. L'eau était d'un bleu cristallin, pareille à de l'eau de montagne issue des fontes, l'été. Et pourtant. Tout était gelé d'ici jusqu'en enfer. Après, mais pas beaucoup plus tard, Beatriz m'a appelé et m'a dit Ton fils est levé, et je suis monté dans sa chambre ; il était en sueur. Fiévreux.

Vous ne partirez pas aujourd'hui, elle m'a dit.

D'un geste presque tendre elle a ajusté la couverture au-dessus de Tobias et sa voix était calme, aussi. Mais les mots sans appel. La grippe. Vous partirez dans deux jours. Au mieux.

Deux jours.

Quand ce matin-là j'ai vu le vieux fou il portait encore cette robe dans laquelle il avait passé la nuit, froissée, démise, à l'image de la perruque qu'il avait abandonnée sur la table. Son maquillage grossier s'était étiré sur son visage durant son sommeil, dont on devinait qu'il avait été agité. Il était assis sous l'auvent. Appuyé sur son fusil. Je lui ai dit : Bonjour Walt. Il m'a dit : *Vrai, j'ai trop pleuré ! Les aubes sont navrantes, Toute lune est atroce et tout soleil amer*. Je lui ai rétorqué, ironique, que ce n'était pas du Whitman mais « Le bateau ivre » de Rimbaud ; il a levé sur moi un regard dur et vide et je me suis tu. Au terme de ce silence je suis rentré. Me suis installé sur le divan. À côté de moi il y avait le carnet et le crayon que j'avais laissés la veille. Sur une page vierge :

*14 avril – environ.*
*Tobias est malade. Nous attendons.*

Le temps. Il refusait d'aller. Le monde tournait au pas. Dans l'âtre les trois mêmes bûches n'en finissaient plus de brûler, brûlaient depuis vingt siècles au moins. Là-haut mon petit garçon toussait. Parfois. Le plus souvent il dormait et Beatriz veillait sur lui. Ce jour-là j'ai aimé cette femme. J'ignorais si elle avait été mère ou médecin mais elle avait mon amour et la confiance de Tobias. À la mi-journée, Álvaro m'a dit Il y a du bois à débiter et je l'ai suivi jusqu'à l'arrière de la maison, où étaient rangés ses outils, une cognée et des coins dont le fer était corrodé. Ils sont bons, m'a assuré Álvaro. Prends-les. Nous avons remonté la rivière et trouvé un arbre, plus loin, en amont, un bouleau qui s'était effondré et qu'il m'a indiqué du doigt en précisant Celui-ci, bien que je n'aie pas compris, une fois de plus, comment il faisait pour voir avec des yeux aveugles. Des heures durant nous avons fendu le bois, ou plutôt je. Álvaro, assis sur une racine, « contemplait » le ciel et me parlait. Malgré le froid, j'étais en sueur. Cognais ferme pour trancher les rondins. À cause des chocs et de mes halètements, certaines de ses explications m'ont échappé. Mais j'ai retenu qu'il était né en Espagne. Qu'il avait travaillé dès l'âge de douze ans, et bu aussi.

À seize ans je suis monté à Madrid, il m'a dit. J'éclusais une bouteille de rouge par demi-journée de boulot.

Là-bas il avait rencontré Beatriz. Il était maçon ; elle était mariée à un type de vingt ans son aîné, un vieux con de parvenu qui s'était payé une jeune. *Payé*, a dit Álvaro. C'est le terme qu'il a employé et je n'ai jamais su s'il fallait l'entendre au sens propre. Quoi qu'il en soit, le type faisait construire une villa dans la banlieue riche et il avait emmené sa femme pour frimer. Álvaro s'y trouvait, la peau sale et tannée et portant un bleu d'ouvrier. Mais il l'avait vue et elle l'avait vu et une semaine plus tard ils quittaient le pays ensemble et c'est à peu près tout ce que j'ai retenu. Plus tard, las de tout et de tous, ils avaient décidé de se retirer. La vie dans la forêt, à la façon d'Henry David Thoreau. Il y avait eu des coups durs, mais il n'avait plus bu une goutte d'alcool depuis quarante ans. La plupart du temps, ils avaient été heureux.

Plusieurs allers-retours ont été nécessaires pour rapporter le bois à la maison. Il n'y avait aucun sentier et dans cet enchevêtrement de nature Álvaro n'a pas trébuché une fois. Les rondins pesaient. Jamais il ne s'en est plaint. Quand nous sommes rentrés j'ai pris des nouvelles de Tobias et Beatriz m'a dit : Moyen. À travers le plancher je l'ai entendu tousser et bouger dans son lit alors je suis monté et je lui ai parlé un peu. Sa tête était posée sur mes cuisses. Je caressais sa joue et ses cheveux trempés de fièvre et il me regardait et ses yeux étaient malades, eux aussi. Vitreux. Il m'a dit Raconte-moi et je lui ai demandé Le goéland ? et il m'a répondu Oui. Je lui en ai lu quatre autres pages ; il s'est rendormi dès la première. J'ai posé le bouquin sur le sol et fermé les paupières et je suis resté là un instant, immobile, son souffle caressant la main que j'avais tendue près de lui. Un soir, quand il venait de naître, j'étais entré dans sa chambre et il ne respirait plus. Je l'avais poussé un peu, puis davantage : rien. Enfin je l'avais secoué et il avait pris une inspiration profonde et s'était remis à respirer, imperturbable, sans même s'arrêter de dormir. J'avais rejoint le couloir en tremblant. La chance m'avait fait entrer dans sa chambre à ce moment-là, et jamais plus depuis lors je n'avais pu le laisser s'endormir sans moi. Il fallait que je l'entende. Respirer. Vivre. Aujourd'hui, malgré la fièvre, il le faisait avec abondance, s'étalant de tout son long en travers du matelas. Sa main est venue se poser sur mon poignet. Elle était légère. Menue. Une main d'homme en devenir. Enfin je l'ai laissé et quand je suis redescendu Beatriz m'a proposé de quoi me nourrir et j'ai mangé un peu et écrit longtemps et la soirée a passé. À la nuit tombée Álvaro m'a proposé un bain et je n'ai pas refusé. Il n'y avait pas de baignoire. Juste une bassine de métal qu'il a remplie d'eau chaude avant de me laisser seul. J'en ai profité un long moment, repensant à cette nouvelle de Carver que j'avais lue quinze ans plus tôt. Ça parlait d'un type en transit, un ancien alcoolique qui sort de cure et se loue une chambre quelque part parce que sa femme ne veut plus de lui. Désœuvré, il finit par couper huit stères de bois qui viennent d'être livrés à ses hôtes et bref, ce qu'on avait fait aujourd'hui et notre situation ici, et puis l'histoire d'Álvaro et le reste, ça m'a rappelé ce texte. Un de ceux qui avaient marqué mes vingt ans.

Je me suis réveillé en sursaut, dans la bassine. M'en suis extirpé avec maladresse. L'eau avait refroidi et je frissonnais. J'étais plus fatigué que je ne l'avais cru ; je m'étais assoupi sans même m'en rendre compte. Aussi vite que possible je me suis séché. Habillé. Suis redescendu au salon et y ai ravivé le feu. Il m'a fallu du temps pour cesser de trembler.

Dehors, sous l'auvent, se trouvait toujours Walt, accroché à son fusil.

Il n'avait pas bougé.

Pas dit un mot de la journée.

Le lendemain il avait disparu.

Nous nous sommes levés aux aurores, éveillés par les lumières du jour et il n'était plus là. Il était parti. Un départ aussi net que l'avait été son irruption dans nos vies ; un fichu diable sorti de sa boîte pour y retourner aussitôt, sans que personne comprenne ni comment ni pourquoi. Au rez-de-chaussée Beatriz, levée la première, nous avait préparé le petit déjeuner et dehors, tandis qu'elle fumait l'unique cigarette de sa journée, elle avait vu les traces de pas dans la neige.

Il est où ? a demandé Tobias.

Le petit était encore couché, à moitié endormi, lorsque je lui ai appris la nouvelle. Six mois plus tôt, dans une autre chambre, sur un autre lit, je lui avais appris la disparition de sa mère. J'ai pensé : il finira par ne plus vouloir se laisser gagner par le sommeil, de peur de ces réveils foireux.

Mais Tobias allait mieux. Pas assez pour reprendre la route, mais mieux et je m'en suis senti soulagé. Lorsque j'ai posé à Beatriz la question qui me rongeait les tripes elle m'a répondu Demain et j'ai passé une longue partie de la journée à remâcher ce mot, assis sur le ponton, observant la surface de l'eau, écoutant les plaques de glace qui s'y rencontraient en de grands chocs sourds et grondaient et éclataient, sous le soleil impuissant, sous le soleil et le vent qui pas toujours mais parfois se levait et arrachait aux flots des traînes de poussière blanche dont il se séparait plus loin, en aval, là-bas où la rivière s'entourait de monts impressionnants. Pas un instant je n'ai cessé de penser à toi. Où étais-tu ? Comment allais-tu ? J'ai tenté de t'écrire. Rien. J'avais l'âme oppressée. J'aurais voulu t'entendre, entendre ta voix même parasitée mais mon portable était mort et nulle part à moins d'un million de kilomètres il n'y avait de prise électrique pour le ramener à la vie et je me suis senti comme lui, aussi minable que lui et que cette comparaison plus lamentable encore, me demandant si Carver ou ce Kerouac que tu aimes tant, ou ce Whitman qui venait de nous quitter, aurait osé pareille figure de style, associant un homme à un foutu téléphone.

Mais je n'étais pas écrivain. Ne l'étais plus.

À quinze ans je m'étais rêvé cinéaste et avais participé à deux tournages, le premier en tant que figurant, le second en tant qu'assistant du bras droit d'un sous-fifre, responsable du bon fonctionnement de la machine à café. Deux expériences dont j'étais sorti désabusé mais empli d'une joie nouvelle. Désabusé parce que ce processus de création m'était apparu, en vérité, industrieux et lourd, comme un vieux gros bœuf claudicant. Empli de joie parce qu'à la librairie du coin – le campus universitaire où s'était tourné le second film – j'avais rencontré ce type, gay jusqu'à la moelle, plus érudit que Pivot. J'étais entré par hasard, une fin de journée qui était déjà une nuit. Dehors il pleuvait des cordes. Là-bas, entre deux rangées d'étagères, se trouvait Gilles.

Gilles tenait la boutique et avait quoi, quatre ou cinq ans de plus que moi, mais il connaissait chaque fichue ligne de chaque fichu bouquin – je veux dire celles de ceux qui comptent – et il m'a fait découvrir ces femmes et ces hommes farouches qui avaient l'âme comme le torse sec et tanné et noueux d'un Sugar Ray Robinson et plus acérée encore, l'âme comme dix chevaux galopant, et qui écrivaient comme ils vivaient, sans concession, et dont je pouvais lire les mots et en ressentir l'intensité et. Surtout. Deviner la main tenant le stylo, vibrante, et le cœur. Il n'y avait plus pour intermédiaire entre eux et moi qu'une feuille de papier ; j'avais trouvé l'art absolu. Pur. Brut. Immédiat. Toutes ces années depuis *Jonathan Livingston* – si peu en vérité mais qui du haut de mes quinze printemps me semblaient si nombreuses. Toutes ces années et enfin je comprenais. Il n'existait plus, à mes yeux, d'autre chemin possible. J'avais trouvé le mien. J'allais devenir écrivain.

J'avais écrit partout, tout le temps, chez moi autant qu'ailleurs, je partais pour la plume plus que pour les falaises. L'escalade n'était souvent qu'un mobile. Un contexte. Une manière de me placer en situation d'inconfort suffisant pour révéler la nécessité d'écrire. Grimper était une provocation – provoquait l'accouchement. J'avais écrit sous la tente, plié en trois, à m'en casser les reins. J'avais écrit dans la pénombre, éclairant la feuille à la lampe frontale. J'avais écrit dans le froid, l'humidité, le vent ou sous une chaleur écrasante. J'avais écrit tard le soir ou à l'aube, les yeux explosés d'avoir trop peu dormi. J'avais écrit, emmitouflé dans des couches de vêtements, les doigts pelés par la roche, la tête pleine d'émotions que je m'empressais de livrer. J'avais écrit à l'arrache, frappant le clavier d'un PC qui affichait huit pour cent de batterie, me pressant – ne rien oublier –, le fusil du temps sur la tempe. J'avais écrit par téléphone, quand il n'y avait plus de papier, quand l'ordinateur m'avait lâché, m'envoyant mes lignes par message vocal ou par texto. J'avais écrit, crevant de faim, de froid, mais qu'importe. J'avais écrit à m'en poncer les peaux plus encore que sur le calcaire, un crayon minuscule à la main qui sans cesse s'amenuisait entre mes doigts bouillant de la fièvre d'exister.

J'avais écrit. Jusqu'à rédiger ce manuscrit. *Je suis un Apache*. J'avais vingt et quelques années, la naïveté d'un enfant de chœur et non moins d'enthousiasme. J'étais un boxeur. J'écrivais en short, gants aux poings, frappant le clavier avec ferveur. Désormais les mots, innombrables, s'écrasaient contre les feuilles s'amoncelant, arrosés de sueur, celle-là même qui ruisselait de mon front pour pleuvoir en grosses gouttes sur la table de vieux chêne, sombre et fêlée par le temps, d'où se déployaient mes territoires imaginaires et que je ne quittais plus. Quelques gros clous y étaient fichés. Une lampe de chevet l'éclairait d'une trop maigre lumière mais je l'aimais, cette table : depuis ses bords écorchés s'élevaient des cols et s'étendaient des plaines, nom d'un chien (d'un goéland !), des océans comme jamais on n'en avait vu. Deux années durant j'avais écrit seul, ainsi, dans cette pièce, sans le moindre contact avec le « milieu » littéraire. Je n'avais pas mes entrées. Avais le bras moins long qu'un manchot de Humboldt et ignorais si mes efforts porteraient leurs fruits. Quelle importance ? Seule comptait à mes yeux la nécessité d'écrire, ce besoin essentiel, presque vital, et je me sentais l'âme d'un Cassady, écrivant à l'arrache, sans me soucier du lendemain, et je me sentais vrai.

J'avais écrit. Mais j'avais cessé d'écrire aussi. Un matin, j'étais assis devant un fond de café et j'avais su. En moi il n'y avait plus rien. C'était parti. Je n'étais plus capable que d'écrire quelques lignes, tout au plus, avant d'avorter les projets, de vouer à l'oubli ces héros en lesquels j'avais pourtant cru sans réserve cinq minutes plus tôt. Paumé. Voilà ce que j'étais. J'avais perdu la boussole, la carte de mon propre pays, égaré en ces terres que je m'échinais à réinventer. Elles me semblaient infertiles. Misérables. Elles ne ressemblaient plus à rien. Tantôt j'avais le sentiment d'y être perdu, tantôt d'en être tenu à l'écart, repoussé au-delà de leurs frontières, comme un vulgaire étranger dont on ne voudrait plus. Les histoires ? Je n'en savais plus une. Je n'y croyais plus.

Un long moment je suis resté au bord de la rivière et j'ai pensé à toi, à toutes ces choses, avec au ventre des tisons qui étaient comme une urgence d'écrire. *Sam.* Mais rien. Un soir je t'avais dit Je voudrais devenir quelqu'un d'important, je voudrais que tu sois fière de moi et tu m'avais répondu Tu es important et j'avais corrigé, Je voudrais *faire* quelque chose d'important, et tu avais compris. Un autre soir encore tu m'avais demandé À quoi tu penses ? et je t'avais dit À la vie À l'importance des mots – écrire était devenu une obsession – À te faire l'amour. Ce soir je vais te faire l'amour et je voudrais que tu gardes tes talons aiguilles. John Coltrane jouait, nous avions poussé le volume et nous étions affalés sur le divan et tu portais cette jupe, tu avais posé tes jambes d'une douceur indicible sur les miennes et nous avions bu, je tenais mon verre dans une main et la bouteille de vin dans l'autre – cette bouteille de givry premier cru que m'avait offerte mon grand-père et que nous avions bue, toi et moi, ce mardi soir et sans raison, sans autre raison que l'envie de boire – et nous avions écouté le jazz de Coltrane que tu aimais mais sans plus et déjà nous avions fait l'amour, debout, contre la table, mais nous savions que nous allions recommencer. Nous étions Faye Dunaway et Warren

Beatty. Jane Birkin et Gainsbourg. À tes côtés je me sentais un héros. Invincible. Tu passais tes bras autour de mon cou et ma vie prenait une ampleur nouvelle. Ce n'était plus ma vie. Je n'étais plus seulement moi. Tout devenait plus grand et beau et savoureux et intense.

La nuit. Tobias, auprès du feu, allongé sous une couverture. J'ai rassemblé nos affaires. Préparé nos sacs. Beatriz les a remplis de vivres pour les jours à venir tandis qu'Álvaro, penché sur une carte qu'il était incapable de voir, me montrait en le pointant du doigt le chemin qu'il nous faudrait suivre dès le lendemain. Plus tôt dans le grenier il avait ouvert un coffre et en avait sorti une sacoche de cartouches et un fusil Winchester qu'il avait nettoyé et frotté et il me l'avait tendu. J'avais refusé et de l'autre main il m'avait proposé une sorte de grigri, Tu préfères te fier à la chance ? Bientôt ce fut l'aube et Tobias et moi et Álvaro et sa femme nous tenions sur le ponton et la barque était là, arrimée, avec ses planches millénaires, ses tolets bouffés par le sel et ses rames alourdies de vase. C'est un bateau 'pa, m'a expliqué Tobias. Je lui ai répondu Un canot et il m'a demandé C'est quoi, un canot ?

Une sorte de barque.

Une sorte de barque ?

Souvent il faisait ça. Quand je lui apprenais les choses il répétait mes mots à voix haute, sur le ton d'une nouvelle question. Il avait cinq ans. Tout l'étonnait. J'en comptais trente-trois de plus et rien ne me surprenait plus depuis longtemps.

En aval la rivière se jetait dans un fjord, je l'avais compris la veille en observant la carte d'Álvaro et ce matin j'en mesurais l'envergure avec plus de méfiance, n'osant imaginer ce qui nous attendait plus loin. Ici c'était calme. Mais là-bas ? Álvaro, impérial, surplombait ces eaux avec la superbe d'un César, toisant de ses yeux aveugles l'horizon qu'elles noyaient, où il semblait avoir mené quantité de luttes. J'ai pêché là-bas autrefois, a-t-il affirmé. Aujourd'hui, on y trouve davantage d'ennuis que de morues. Depuis vingt ans au moins, peut-être trente, plus un poisson. Je n'ai pas relevé. Pas voulu savoir et d'un geste décidé j'ai balancé nos sacs et la Winchester, et Tobias et moi avons embarqué sur ce vieux rafiot tanguant et grinçant, gémissant les enfers autrefois traversés, sa vieille existence de vieille chose, et l'homme m'a lancé les rames et a dénoué les cordages et nous nous sommes éloignés. Longtemps je les ai regardés. Beatriz, aussi belle qu'un matin d'hiver. Et lui. Álvaro.

Une nuit, il y a longtemps, j'ai rencontré cette femme, elle avait quarante ans, peut-être quarante-cinq – je n'en avais pas trente à l'époque. Après l'amour elle m'a dit Aucune ne se refuserait à un homme comme toi. Elle était belle. Futée. Vivait avec ses trois filles dans une maison cossue de la banlieue riche. Elle avait tout et je me sentais un morveux face à elle. À l'entendre, j'étais un de ces supers mecs. Aujourd'hui j'avance sur cette rivière et je ne suis rien. Je cours après ton ombre et me remémore cette femme et les fenêtres grandes ouvertes de sa chambre qui donnait sur la rue. Les passants qui battaient le pavé quinze mètres plus bas et la pluie. Au nord du monde il ne pleut pas. Il y a parfois des gouttes qui sont des cristaux de glace, de la neige transparente et qui tombe droit. Il tombe de la neige, de la grêle. Parfois. Ce matin c'est le cas. Il neige des flocons épars et tout est baigné dans la lumière bleue des matins froids. Nous progressons lentement. Le bruit des rames plongeant dans les remous. De part et d'autre de la rivière des arbres avancent vers l'eau avec leurs ombres et la brume, la nuit emmêlée dans les branchages. Fichés de travers dans le sol, penchés par-dessus la rivière, ils semblent vouloir nous héler. Nous murmurer quelque secret à l'oreille.

J'ai faim, a réclamé Tobias.

Il y a des galettes dans le sac. La grande poche.

Je veux une banane.

D'abord une galette. Cinq bouchées.

Quatre !

Six.

Cinq !

Vendu. Ensuite la banane.

J'ai souri. Ce besoin de s'affirmer ; Tobias grandissait.

Plus loin la rivière a été rejointe par d'autres cours d'eau et s'est élargie. Le courant. Le vacarme. Le canot chahuté, détrempé et nos visages, nos vêtements, nos godasses. Les cris de Tobias, les miens le rassurant ou tentant de. Plus loin la rive s'est élevée en un mur de roche noire d'où une cascade s'élançait – de l'eau encore, glaciale et se jetant dans la rivière mouvementée. En aval, l'accalmie. La rumeur de toute cette eau qui s'écoule. Avance. Plus rapide par endroits, poussée par un courant puissant. La rivière s'est élargie encore et a redoublé de violence. Un torrent. Nous n'étions que poussière. L'eau était partout. Enclavée par la quiétude implacable de falaises et de monts battus par les embruns et s'élevant à pic. Et là-haut les nuages. J'aurais voulu grimper, escalader ces faces de granit et bondir de leur sommet, m'envoler, crever la chape d'acier et aller voir plus haut s'il restait un peu de bleu au ciel, un peu de lumière, quelque part. Dans une lettre adressée à Kerouac, Neal Cassady écrivait : *Attendre des mots qu'ils donnent un aperçu de la vie, c'est comme attendre d'une grenouille qu'elle s'y connaisse en astronomie*. J'ai pensé qu'il avait raison. Que j'étais paumé, perdant le fil de mes pensées, de mon existence et de tout. Écrire. *Attendre des mots qu'ils donnent un aperçu de la vie*, nom d'un foutu pouilleux clébard ! Je t'avais attendue. Sam. Tu n'étais pas revenue.

J'avais au creux de la gorge le goût amer de cette allégation terrible, le sentiment de l'avoir trop remâchée. Cassady avait vu juste. Avais-je cessé d'écrire suite à la lecture de ses lignes ? Quelle importance ? Aujourd'hui, j'écris à nouveau. Ça ne vaut pas l'encre utilisée, pas plus que le papier, mais j'écris et puis merde. Dans ce carnet. Il faut. Écrire est respirer. Manger. Survivre. Je n'attends plus des mots qu'ils donnent un aperçu de la vie. J'attends d'eux qu'ils me la sauvent. Et – aussi stupide cela puisse-t-il paraître – qu'ils te ramènent à moi. Sam virgule à la ligne. Comme si t'écrire était déjà un peu (un tout petit peu) te retrouver te serrer contre moi respirer ta peau tendre et.

Le premier poisson est tombé dans l'eau, assez loin, suffisamment pour n'être qu'une tache obscure et floue et nous laisser croire à un oiseau foudroyé en plein vol.

'Pa ? T'as vu ça ?

J'avais vu.

C'est quoi ?

J'aurais préféré ne pas savoir. Ne voulais pas – j'avais vu mais avais dû mal voir. Seulement c'est tombé encore. Un deuxième, devant nous, à vingt mètres de nous, chutant à travers les flocons qui étaient en apesanteur là tout autour et partout, heurtant un bloc de granit avec un bruit mou et humide avant de glisser dans l'eau noire comme la masse inerte que c'était. Alors j'ai levé les yeux vers le ciel, scrutant le vide sans rien y déceler, rien d'autre qu'un silence absolu et subitement inquiétant.

'Pa ?

J'ai fait signe à Tobias de se taire. Il y avait ce silence, terrible, le fleuve lui-même s'était tu, mais je voulais être sûr, je voulais écouter du mieux que je le pouvais, fouiller le ciel des oreilles autant que des yeux. Pile au-dessus de nous, alors, il y a eu un point noir. Seul. Perdu dans l'immensité grise. Seul ? Non : j'en ai trouvé un autre, ailleurs, et un autre et encore un autre, quatre, dix, beaucoup, une constellation d'étoiles dépourvue de lumière et grossissant à vue d'œil, et j'ai crié le nom de Tobias, et je me suis précipité vers lui et l'ai plaqué au fond du canot et me suis couché sur lui.

Les poissons sont tombés en un déluge indicible, percutant la surface de l'eau avec une violence inouïe, frappant la barque contre laquelle ils s'éventraient, explosaient en morceaux de chair pâle. Ils étaient innombrables, cent par mètre carré, mille par centimètre cube, par molécule d'air respirable. L'eau et la terre et le ciel n'étaient plus qu'une multitude d'eux, un territoire n'appartenant qu'à eux et aux frontières duquel nous étions repoussés à coups de nageoires. Tobias hurlait. Sous moi il a bougé et un merlan lui a entaillé la peau du crâne en rebondissant contre le bord du canot. Cette saleté devait mesurer près de quatre-vingts centimètres. Pesait son poids. Le visage de Tobias s'est couvert de sang, son cou, son torse maigre où déjà dans le froid ça coagulait en une tache dense et sombre. Je criais, moi aussi. Un long moment encore j'ai tremblé sous les bruits creux de la viande impactant la carcasse de la barque, retenant mon souffle, tentant de subsister au cœur de ces fonds marins qui nous envahissaient. C'était un boucan furieux. Sinistre. Celui de la mort par milliers.

Alors, soudain, tout a cessé. C'était une tempête irascible et tout à coup : plus rien. Le ciel évidé à nouveau. Le silence. Quelques-uns tombaient encore, çà et là. Quelques-uns seulement. Alentour et à perte de vue c'était un champ de bataille tel qu'aucun homme n'en avait connu.

Près de la proue je me tenais, debout. J'avais fouillé le sac, trouvé un vêtement propre que j'avais déchiré pour bander la plaie de Tobias. Je saignais, moi aussi. L'épaule gauche et le dos cisaillés de toutes parts. Encore ivre d'adrénaline, je ne ressentais pas la douleur. Avec douceur et prudence j'avais nettoyé le visage de Tobias, l'avais pansé, rassuré autant que je le pouvais. Il n'avait pas pleuré longtemps. Je l'avais trouvé courageux et le lui avais dit : Tu es un brave. Comme les Indiens ? J'avais hoché la tête et il avait souri. Je m'étais déplacé vers l'avant de la barque. Dieu. Tous ces poissons morts. Ils étaient tombés du ciel et nous flottions parmi eux.

Mais au moment où je nous croyais tirés d'affaire la rivière s'est débattue à nouveau, un peu d'abord puis davantage, entamant une descente dissimulée par un brouillard blanchâtre mais dont j'ai deviné la violence, au bruit, à la clameur enragée. Dès la première pente, alourdie par le poids des poissons dont elle était gorgée, la barque s'est brisée en deux. Tobias était à l'arrière, avec nos sacs ; j'étais à l'avant. Aussitôt nous nous sommes éloignés l'un de l'autre, poussés chacun au hasard et sur nos planches étripées par les remous et le courant. En une poignée de secondes je l'ai perdu de vue. Ne l'entendais plus. J'ai hurlé. Plongé, tenté de le rejoindre à la nage, n'y suis pas parvenu. Par miracle ma moitié de canot a réapparu dans le tumulte, régurgitée par les eaux, et j'ai pu y revenir. J'ai appelé encore ; chacun de mes cris était étouffé par ceux, incessants, de la rivière. Son grondement aveugle et furieux où Tobias avait disparu.

Mon enfant.

Souvent je fais ce rêve, je suis jeune, encore un môme, et il court après moi, c'est lui je le sais, mon petit d'homme, nous sommes deux gosses et il court dans une maison immense peut-être un château les châteaux de la colère mais ce n'est pas du Baricco, c'est mon petit et moi et d'une pièce dégarnie à l'autre nous courons, les plafonds plus hauts que les nuages, cumulus entre les poutres, le plancher de vieux bois craquant sous nos pas, nous courons et rions moi devant et lui derrière et quand j'entre dans une pièce les lumières s'allument quand j'en sors elles s'éteignent et ça dure et ça dure, un long couloir de chambres inoccupées, sans meubles, sans porte, les lumières qui s'allument et s'éteignent à un rythme régulier, nous suivent, jusqu'au moment où je trébuche et me retourne, couché sur le sol, et derrière moi plus personne. La chambre précédente, plongée dans l'obscurité et la nuit. Toutes les nuits du monde, un trou noir de nuits. Et de silence. Il n'arrive pas. Ne me rejoint pas. Le plancher ne craque plus.

Je me relève. Appelle. M'approche, les pieds au bord de l'ombre. Je crie encore. Le sifflement du vent dans les interstices des volets, entre les tuiles du toit. Je fais un pas en arrière et un suivant et un autre et je cherche autour de moi mais personne et là-bas, très haut, la lumière faiblit, je dis son nom plus fort la lumière faiblit nom de Dieu et par terre des racines se mettent à pousser, des feuilles, s'enroulent puis se fanent, sèchent, se brisent avant même d'avoir pu porter un fruit. Depuis les nuages enfermés sous les combles la pluie commence à tomber et je hurle – je suis redevenu moi, adulte – et la pièce s'emplit d'eau à engloutir mes chevilles mes cuisses mes hanches et là enfin j'entends sa voix, des babillements, je ne sais d'où ça vient mais j'en suis sûr c'est lui et je suis certain d'autre chose : *Il ne sait pas nager.* Une courte phrase notée d'une main hésitante (une écriture d'enfant) sur le mur devant moi, à peine le temps de la lire déjà l'encre se dilue. Dans les chambres il pleut à verse et l'eau s'accumule ça ne cesse de monter et j'entends sa voix, encore, mais je ne le vois pas. Tentant d'avancer, luttant contre les ramures et les remous les vagues les courants je l'appelle mais il ne répond pas, dans le vacarme des trombes d'eau s'abattant dans les lieux ses babillements s'estompent et d'un coup d'un seul la dernière lumière, au-dessus de moi, s'éteint.

J'ai sorti la tête de l'eau, la laissant dégoutter le long de mon visage. De mon front brûlant, de mes paupières gonflées et douloureuses et sur mes joues. Il neigeait. Pas beaucoup. Pas assez pour ensevelir mes cauchemars et je pensais : où est mon petit ?

J'avais perdu connaissance. Combien de temps ? Aux planches de la barque je me suis accroché, plantant mes ongles dans les nervures du bois, me traînant, mâchoires béantes et les larmes coulant toutes seules, voulant crier mais n'y parvenant pas, voulant crier mais rien, les mâchoires comme le cœur désemplis, le bide ouvert en deux, où est mon petit ? Je me suis évanoui à nouveau. Quand je suis revenu à moi le monde alentour n'était plus qu'une approximation et j'avais le crâne oppressé par ce bruit, strident, continu, qui était pareil à un long cri intérieur. Je me suis hissé hors de l'eau. J'en ai extirpé mes jambes, elles qui trempaient dedans, gelées, presque mortes, presque les jambes d'un autre. J'ai tenté de me mettre debout mais ces jambes ne me portaient plus, et je ne savais plus rien, ni où j'étais ni rien, et j'avais dans la gorge un peu de sang et dans les yeux aussi et dans le cœur plus rien, plus une goutte, dans le corps plus qu'une absence, plus de tripes ni de chair, plus vraiment de corps non plus, plus d'os, plus d'âme, plus qu'une lame plantée dans le trou que j'étais, plus qu'une douleur aiguë, où est mon petit ? J'ai cherché à gauche, à droite, devant, partout, avec des gestes brusques et manquant rebasculer à la flotte à chacun de mes mouvements. Je ne voyais pas. Je ne *le* voyais plus. Partout c'était blanc et net et sans fêlure, un blanc que rien n'abîmait, insensible, un blanc qui s'en foutait, où rien ne bougeait sauf moi, moi qui défiais les arbres qui étaient des fantômes, et les collines pareil, elles qui ne me diraient pas, qui n'avoueraient pas, qui se mureraient dans le silence parfait et à peine écorché par le sifflement rauque du vent glacial soufflant dans ma poitrine évidée. Inspirer, je ne savais plus : je n'avais plus de poumons. Je ne l'avais plus, *lui*.

J'ai tenté de l'appeler ; pas un son n'est sorti. À peine ai-je pu émettre un râle et rendre une gorgée d'eau noire en tremblant. Enfin, au bout d'un effort insensé, j'ai pu me tenir debout. Et j'ai scruté, encore, la blancheur et ces masses d'eaux sauvages qui n'en finissaient plus d'aller, ponctuant chaque expiration d'une plainte épuisée. D'un Aaaaass… aaass… iaas qui était tout ce que je pouvais prononcer du prénom de Tobias.

Debout, cherchant toujours, j'ai pleuré. Cherchant toujours. J'ai maudit tout ce que je pouvais, à commencer par moi. Où était mon petit ? Dans le froid, sur la terre gelée, quelque part. Seul. Vivant – il le fallait.

Quelque part en amont la rivière avait plongé dans un bras de mer encadré de montagnes où plus rien n'existait. Le calme. La tranquillité brutale d'un territoire taillé à la hache et pour les géants. Au cœur des eaux, dérivant avec une lenteur infinie et parmi les cadavres de poissons j'avais crié son nom et l'avais répété sans cesse de l'aube au crépuscule et la nuit encore jusqu'au matin suivant. Bientôt ce fut l'aube et le bleu sans fond de la nuit se fêla, loin à l'est, pour y laisser entrer quelques lueurs chaudes et je me suis dressé, aux aguets. Ce que je soupçonnais s'est révélé exact : il y avait des mouches. Je les voyais à présent. Il y avait des débris, aussi, un peu partout alentour. Du bois, des morceaux de tissu, du papier, des coussins gorgés d'eau, le clavier d'un piano démembré mais aussi et surtout des tas de choses indéfinissables et en lambeaux que l'eau rejetait à sa surface. Le jour s'est levé et peu à peu le froid mordant a cédé la place au moins froid. Je frissonnais. J'ai ôté mes vêtements.

Trempés. Les ai étendus entre deux bouts de bois fichés de travers dans les planches fêlées de la barque. Parmi les décombres flottants j'ai trouvé une branche d'arbre. J'en ai enveloppé une des extrémités avec ma chemise et me suis mis à ramer. J'avançais assez peu. À peine de quoi orienter ma dérive. Me réchauffer, un peu – m'en donner l'illusion. Exception faite de mes bottes, j'étais nu. Le soleil et les mouches s'en fichaient.

Il y a eu d'autres décombres. Encore. Ça remontait çà et là avec des bruits de baleine en manque d'oxygène. À croire qu'il y avait eu une maison ou une ferme ou quelque chose là-dessous, englouti par une crue subite. J'ai scruté l'étendue noire à mes pieds, penché sur elle, approchant mon visage aussi près que possible : rien. Elle ne laissait rien transparaître. Mais avant que je ne me relève, la gueule d'un sanglier a jailli hors de l'eau, mâchoires ouvertes et bardées de crocs, bondissant vers moi, et son corps enflé et couvert de limon a suivi et j'ai étouffé un cri et j'ai glissé en arrière, à deux doigts de tomber. Tâchant de recouvrer mon souffle, j'ai observé la bête. Son ventre tendu, près d'éclater. Ses yeux dépourvus d'âme et teintés d'un voile laiteux. Non loin de nous ont émergé d'autres corps. D'autres sangliers et quelque chose comme un mouflon. Au milieu flottait un large écriteau de métal rouillé et de bois sur lequel était écrit un mot illisible et dont la peinture cloquait. Sans attendre davantage, je me suis éloigné de ce cimetière qui puait la viande faisandée, luttant contre l'envie de vomir. Plus loin, je me suis arrêté. J'ai regardé par-dessus mon épaule, là-bas, les cadavres et les mouches, ce vaste cercle d'eau sale où croupissaient les ravages et la mort. J'avais la tête qui tournait. La barque instable. La faim. Je me suis accroupi. Ne pas paniquer. J'ai regardé autour de moi, près de moi, où l'eau n'était plus que de l'eau. Vers le levant, enfin. Où étais-je ? Où aller ? Où était mon garçon ? Où ? Sur mes jambes affaiblies je me suis redressé et j'ai serré la branche d'arbre et j'ai ramé de plus belle et bientôt mes halètements de fatigue se sont mués en autant de cris véhéments et fous.

Entre deux coups de branche, j'ai perçu un hurlement qui n'était pas le mien et me suis tu aussitôt.

Tobias… ?

J'ai fouillé les alentours, placides, plongés dans un silence à peine rompu par les bruits clairs de l'eau. Mais je n'avais pas rêvé, et.

Tobias !

Pas de réponse.

Dieu. Ça ne pouvait être lui. Le cri que j'avais entendu était trop profond, grave et puissant. Ce n'était pas sa voix. Ça ne *pouvait* pas. Mais.

TOBIAS !

Toujours rien.

Le ventre noué, j'ai donné un coup de ma rame de fortune pour rendre de l'élan à mon radeau. J'ai regardé droit devant, sans plus me retourner, la vue brouillée par les larmes. Alors il y a eu ce grondement à nouveau, comme une réponse à mon appel, bien que tardive, et je me suis tourné vers l'endroit d'où il semblait provenir et enfin je l'ai vu. L'ours. Dérivant sur une contrebasse, serrant de toutes les forces que la vie lui accordait encore le corps d'un plus petit, inanimé ; quand il m'a vu à son tour son cri de tristesse est devenu un cri de rage.

Nous dérivions dans la même direction, avec lenteur, hors du temps, poussés par un vent chimérique soufflant sur des voiles que nous n'avions pas – car nous n'avions plus rien : tout au plus un peu de bois pour ne pas nous noyer. Lui au moins voguait sur un instrument de musique. Au bout d'un long moment, une fois passés l'étonnement de la rencontre et la peur, je lui ai demandé Tu sais en jouer ? mais il n'a pas répondu. Il ne me lâchait pas des yeux. Me flinguait du regard, le blanc de l'œil rougi par une haine que je peinais à m'expliquer. Je n'y suis pour rien, ai-je fini par lui dire. Il n'a eu que faire de mes propos. Je le tenais à l'œil, moi aussi, sentant le fouettement du sang sous mes tempes. Je me sentais à la fois vulnérable et à l'abri. Tel un satellite autour d'une planète, sa contrebasse tournait autour de ma moitié de barque à une distance respectable et je me suis félicité qu'aucun courant ne l'amène trop près de moi. Plus tard le vent s'est levé. Il y a eu des nuages, quelques gouttes de pluie froide. L'eau ruisselait sur ma peau et depuis trop longtemps je n'avais rien bu ; j'étais assoiffé. J'en ai pris conscience, subitement, et à la manière d'une bête j'ai léché la paume de mes mains avant de basculer la tête en arrière, bouche ouverte, récoltant au vol autant de ce précieux liquide qu'il m'était possible de le faire. À quelque quinze mètres de moi l'ours happait les gouttelettes avec de grands coups de dents frénétiques. J'entendais ses mâchoires claquer, comme s'il mordait l'air ou la pluie, parfois en poussant de petits couinements. Je l'ai regardé faire. Puis j'ai crié, moi aussi. Puis il m'a regardé à son tour et je me suis tu et ses yeux, enclavés entre les poils bruns et détrempés et drus qui s'élançaient de sa gueule, brillaient. Le fixant bien droit, sans ciller, j'ai poussé un hurlement que j'ai souhaité digne d'un grizzly. L'ours n'a pas bougé. Il a reniflé sa morve puis m'a tourné le dos et s'est penché vers son petit, dont il a tiré le corps inerte sur ses genoux. Alors je me suis tourné vers l'est. Ai scruté l'horizon. Bientôt la pluie a cessé et le jour plus tard encore s'en est allé et comme je l'avais fait la veille j'ai crié le nom de Tobias. Au début l'ours, surpris, m'a regardé sans comprendre. Je criais et il m'observait. Ensuite, chaque fois que j'appelais mon fils, il gémissait à son tour d'une plainte aiguë et longue et nos cris rasaient l'eau et allaient sous la nuit et se perdaient dans le paysage sombre.

Peu à peu le ciel s'est constellé d'étoiles, certaines plus étincelantes, d'autres groupées en amas de lumières pâles éclairant le monde et la nuit silencieuse et à mes pieds l'eau calme, aussi plane qu'un miroir, reflétait chacune d'elles ; j'avais le sentiment de voguer dans l'espace. Le seul bruit audible était celui de nos propres mouvements – les miens et ceux de l'ours. Même l'eau autour de nous, parfaitement immobile, n'émettait plus le moindre clapotis, ne laissait plus grommeler l'ombre d'une vaguelette, à tel point qu'on ne la voyait plus. À force de fatigue on pouvait presque l'oublier ou s'oublier soi-même et se croire au cœur de l'univers, quelque part, pas bien loin des dieux. Seule l'odeur de bête mouillée qu'exhalait l'ours me rappelait ma condition et où je me trouvais.

Tu pues, l'animal ! lui ai-je lancé. Tu flaires pire qu'un…

J'ai cherché un élément de comparaison. N'ai rien trouvé. Ne prêtant guère attention à moi, il a tourné la tête ailleurs et j'ai conclu d'un Bah ! ponctué d'un geste de la main.

T'es pas foutu de répondre, pas vrai ? T'es juste foutu de répondre à rien. T'es jamais qu'un ours. Un crétin de panda monochrome.

À ces derniers mots, il a réagi en poussant un grognement bref et j'ai su que j'avais fait mouche.

Quoi ? T'es pas d'accord ? C'est quoi qui te déplaît ? Panda ? Ou monochrome ?

Les deux, visiblement. L'ours avait sa fierté d'ours. Il ne fallait pas confondre. Pour le faire chier je l'ai appelé Pandi-Panda et il gueulait en retour et nos querelles de grands mômes nous ont aidés à oublier l'insomnie. À l'aube, nous étions repus d'insultes et mourions de fatigue. Nos yeux cernés de noir, éteints, sortaient de nos gueules creusées. Nous n'étions plus rien. Nous étions deux fantômes. Deux spectres assis, l'un sur sa contrebasse, l'autre sur ses planches, face à un soleil rouge, enrobés de la brume qui s'élevait de ces eaux devenues les leurs. Même si je refusais toujours de nous en croire les seuls rescapés.

La Winchester et mon carnet – de quoi écrire et tuer : c'est tout ce qu'il me restait. Sur la crosse du fusil était gravé un nom. *Zacharie.* Je l'ai prononcé à voix haute avec la gravité du chamane qui invoque les esprits mais rien ne s'est passé. J'ai pensé à Walt Whitman. Sur un coin de page j'avais noté cette phrase, *Les plus belles histoires commencent toujours par un naufrage.* Je n'en étais pas l'auteur, Whitman non plus. Mais lui. Jack London. Sous le soleil pâle et sans jamais cesser de fouiller les eaux du regard j'ai serré les cartouches qui se trouvaient dans la poche de mon pantalon. Je m'étais rhabillé. Mes vêtements étaient encore humides mais la nudité était pire. À la surface de l'eau les blocs de glace se multipliaient et les rives étaient de grandes langues gelées et de plus en plus en allant vers le nord elles s'élargissaient. On y devinait des vagues. L'écume et même le vent pris en étau par le froid. Pétrifiés. L'ours crevait de faim. Je. Tobias était mon moteur ; j'ignore ce qui poussait l'ours à tenir le coup.

Quand le vieux fou a crié mon nom au début j'ai cru délirer mais aux grondements de l'ours j'ai compris que ce n'était pas le cas et dans la brume glaciale qui se dissipait je l'ai vu et il était perché au sommet d'un arbre mort qui trônait sur son bout de caillou au milieu des eaux sombres, maigre et sale dans ses guenilles élimées. Walt le Cinglé Whitman. En personne. J'étais donc verni. L'ancêtre a beuglé, Ours derrière toi ! M'a sommé de le plomber, ce qui a eu pour unique conséquence de fiche l'animal en rogne, plus déterminé que jamais à se gueuletonner de l'homo-touristus-qui-n'a-rien-à-foutrus-sur-son-territoirus. Mais, en vérité, c'était bien plus que ça : dès qu'il avait perçu la voix du vieux, aussitôt qu'il avait flairé son odeur de vieux cinglé et enfin repéré sa silhouette dans le brouillard blanc, l'ours avait poussé des hurlements hallucinés et d'une violence inouïe, creusant l'air entre eux de ses griffes enfiévrées et de ses crocs où le sang noir de la mort appelait le sang frais et rouge et bouillonnant de ceux – de celui qui vivait encore. Tue-le, m'a répété le vieil homme, il nous bouffera à la première occasion. Et l'ours de s'enflammer davantage. Las de leurs idioties, j'ai tiré un coup de semonce.

La ferme !

Le vieux m'a dévisagé. Incrédule. La bête rivée sur lui mais enfin silencieuse. L'ours a repris son souffle. À chaque inspiration ses épaules se soulevaient et de sa gueule écumaient des filets de bave et émanait une haleine lourde et chaude et âcre.

Le prochain d'entre vous qui l'ouvre se la verra clore pour de bon.

Tu n'oserais pas, m'a testé le vieux.

J'ai braqué l'arme sur lui, sans frémir, lui rappelant qu'il n'y avait pas l'ombre d'une moitié de témoin à moins de cinquante bornes à la ronde et que son corps aurait le temps de pourrir trois fois avant que quiconque ne se soucie de son absence.

Sors-moi de là, il m'a dit.

La dernière chose dont j'avais envie.

Tu t'en sortiras seul, je lui ai répondu, et je savais que c'était vachard, qu'il n'y était pour rien – rien n'était de sa faute – et pourtant.

Il a ri d'un rire de hyène.

Je ne sais pas nager.

Personne ne sait, dans cette eau glaciale.

Tu vas me laisser là ?

Je n'ai pas répondu.

J'ai sauvé ton petit.

Va au diable.

L'ai nourri.

Va. Au. Diable.

Lui ai trouvé un endroit où…

D'un geste nerveux je l'ai mis en joue à nouveau. Il s'est tu. Je continuais de dériver. Lentement je m'éloignais. J'ai baissé le fusil. L'ours s'est remis à gronder.

Whitman, de la haine plein les mâchoires, m'a flingué du regard en marmonnant je ne sais quelles malédictions dont le fiel amer devait s'écouler jusqu'en enfer. La distance et la brume l'avalaient peu à peu. Il était une ombre. N'était plus.

Alors il a crié : Je sais où il est.

Un soir cinq mois plus tôt Tobias s'était assis dans les escaliers et m'avait dit Papa, aujourd'hui je ne veux pas d'histoire. Je voudrais te parler. Je vais t'expliquer pourquoi je n'ai pas mangé les pâtes.

Lui et moi nous étions engueulés. Une fois de plus. Tu étais partie depuis déjà plusieurs semaines. Il te réclamait. Il ne comprenait pas. Aussi ne faisions-nous que nous heurter – deux boxeurs sur un ring. De toute évidence il était triste et désemparé ; j'étais en pleine déroute, infoutu de lui offrir les réponses ou le réconfort ou plus simplement l'affection dont il avait besoin. En l'espace d'un instant j'avais tout perdu. Ma femme. Mon foyer. Je n'allais même plus au boulot. Avec ce qu'il me restait d'économies je payais le loyer et entretenais l'illusion de conserver son chez-lui à mon fils. Même si Tobias le réfutait. Chez lui, c'était où tu te trouvais ; il n'avait que faire de ces briques, et d'une certaine manière je ne pouvais que l'approuver.

Je veux maman, répétait Tobias.

Parfois, à bout, je te téléphonais. Me confiais à ton répondeur. Trouve les solutions, semblait-il me dire à travers son silence obtus. Ok. Il n'avait pas tort. Mais ce n'était pas simple. Je raccrochais et le combat reprenait. Tobias ne m'écoutait pas. N'écoutait rien. Il avait quatre ans, bientôt cinq, et ruait en tous sens avec plus de colère qu'un cheval sauvage auquel un idiot voudrait attacher une selle. Quant à moi ? Je criais. Sur tout. Sur lui. Je criais et me détestais. La perte de contrôle était totale. Un jour son institutrice m'avait parlé.

Il m'a dit Papa m'a fait peur… Monsieur… êtes-vous sûr que tout va bien ?

Une fois rentré à la maison j'avais pleuré et m'étais promis que ça n'arriverait plus, que plus jamais mon petit garçon n'aurait peur de moi. Je me sentais seul. Déraciné. Lâché dans ce pays où tout m'était étranger, où je ne connaissais personne. Mon seul interlocuteur était un enfant qui d'une manière ou d'une autre me tenait pour responsable et ne me parlait plus. Ce jour-là nous nous étions pris le bec pour une histoire de douche. Le siphon était bouché. L'eau s'évacuait mal. L'eau pousse, avait chouiné Tobias. *Pousse*, avait-il dit, comme poussent l'herbe ou les arbres. En d'autres circonstances, j'aurais apprécié l'image, mais il était terrorisé et pleurait à chaudes larmes sans plus pouvoir se ressaisir, invoquant des pouvoirs magiques et des super-barrières pour empêcher l'eau de monter davantage. Il me disait : Arrête l'eau papa ! Mais c'était impossible :

il était crasseux, avait besoin de se laver. Bon sang j'étais seul et je devais m'occuper de lui et je me sentais paumé et nul et incapable et je voulais bien faire mais rien ne se passait bien et j'avais l'âme en berne. Le petit encaissait. Ma tristesse. Ma colère. Et me faisait payer son manque de toi.

Je vais t'expliquer pourquoi je n'ai pas mangé les pâtes.

Sans blague. Il était incroyable, là, assis sur sa petite marche avec son petit air sérieux, fallait voir. Ce petit emmerdeur m'avait rendu la vie impossible au moment de la douche, avait poursuivi pendant le repas – une heure et quart à tenter de lui faire avaler deux spaghettis – et m'expliquait maintenant qu'il n'aimait pas ce que je lui avais préparé que ce n'était pas comme maman et puis d'abord elle est où ? J'avais cru chialer. Là. Devant lui. Moi, son père, moi l'homme censé gérer la situation et qui ne gérait juste rien, pas même la cuisson d'une conserve de bolognaise. L'eau poussait dans ma baignoire, ma peine partout ailleurs et ça me flinguait de savoir qu'il savait. Je l'aimais. Il était mon petit garçon. Je le savais malheureux. Ne parvenais pas à le soulager, le rassurer encore moins. Dans la cage d'escalier je m'étais assis à ses côtés et l'avais serré contre moi et là je crois j'avais pleuré en étouffant chacun de mes sanglots et j'avais pensé ok, il faut que ça s'arrête, il faut que tu te rassembles. J'avais vidé ce qu'il me restait de vin dans l'évier. La seconde fois que j'arrêtais de boire. La première remontait à quelques années, à cette époque où j'écrivais mon *Apache*, persuadé que si Hemingway et tant d'autres s'étaient biturés à tout-va ce n'était pas sans raison – ma littérature en dépendait ! « Ma » littérature. Sans déconner. Un matin j'avais relu à jeun les lignes de la veille : l'alcool ne réussit pas à tout le monde. Alors j'avais arrêté. N'avais plus bu une goutte d'alcool ou consommé quoi que ce soit d'autre qui pouvait me faire croire, m'illusionner. J'avais arrêté la musique, les bougies, les lumières chaudes et le flou. Les fenêtres ouvertes sur des rues chimériques où les pavés battus par la pluie l'étaient aussi par les semelles des passants et les talons aiguilles de leurs femmes que j'imaginais magnifiques et nues sous leurs manteaux de fourrure, à peine vêtues de créoles et de colliers d'or leur soulignant la nuque et d'un cordeau de soie noué autour de leurs cheveux qu'elles auraient relevés en chignon, plus tôt dans la journée, alors qu'elles faisaient l'amour à leurs amants. J'avais arrêté Tom Waits et les toiles de Friedrich. Les heures à contempler – quoi ? Ce qui me semblait beau. Ce qui me semblait valoir que ma rétine et mes espoirs s'y abîment. Trop longtemps j'avais empoétisé, enjolibeautisé ; désormais je voulais le cru. Le moche. L'éclairé au néon.

Ça avait duré un temps.

Le temps présent était celui du froid et de la brume, de l'eau mêlée à la glace bleue et blanche et pure et des cols verts et sombres où la nuit règne même en plein jour. Je sais où il est, avait crié le vieux fou. Je me suis arrêté de pagayer. Tourné vers lui, ou plutôt vers la nue d'où provenait sa voix. N'osant y croire – avais-je bien entendu ?

J'ai ramé à nouveau. Dans l'autre sens. Vers là-bas. Frénétique. Haletant. Increvable. À contre-courant mais ne sentant plus la douleur, mes muscles épuisés – avais-je bien entendu ? Je ne l'ai pas retrouvé, pas aussitôt, et je l'appelais, Whitman ! Où es-tu nom de Dieu ? Pas de réponse. Avais-je rêvé ? L'avais-je imaginé ? Non. Dans le brouillard noueux j'ai deviné l'arbre. Le vieil homme. Il était là. De la perfidie plein les yeux. Ses ratiches en collier qu'il a remises en bouche pour me gratifier d'un sourire réjoui. Je l'aurais tué. L'abhorrais plus encore que l'ours qui dérivait plus loin et dont la colère résonnait de toutes parts dans le grand néant blanc.

Où ? ai-je demandé au vieux.

Il m'a répondu J'ai faim, souriant davantage.

Je n'ai pas de quoi te nourrir.

Alors…

Où ? ai-je insisté.

J'ai faim.

Je n'ai rien. Où crois-tu que je puisse cacher de la nourriture ? Dans mes poches ?

Non. Mais il y en a à terre.

À terre ?

Assez de bêtes à chasser pour deux.

Où est-il ?

Qui ?

Ne te fiche pas de moi, vieil homme.

Vois pas de quoi tu causes.

Je l'ai mis en joue. Ai crié, Ne te fiche pas de moi !

Aaaah. Ouiiiii. Ton fils.

Non. Le Père Noël.

Tu l'as perdu, pas vrai ?

Je n'ai pas répondu.

Superpapa a égaré son petiot.

Tu me dis où il est ou je te plante ici. Tu crèveras de faim. Lentement. Ça te prendra des jours.

Au bout d'un moment il m'a dit : Les lumières.

Quoi ?

Les lumières, il a répété.

J'ai tiré sur le chien du fusil.

Calme, fiston.

Je tremblais de rage. Le doigt sur la gâchette.

Tu vas finir par blesser quelqu'un.

Tu as dit, je sais où il est. Explique-moi ça maintenant.

Je t'ai répondu.

Faux.

Je t'ai dit : Les lumières.

Quelles lumières ?

Sors-moi de là. Et je te conduirai.

Un soir d'été, ailleurs, alors que nous nous en allions, Tobias s'était retourné vers la forêt où nous avions brûlé un amas de pommes de pin, vers ces pêcheurs que nous ne connaissions pas mais avec lesquels nous avions eu le sentiment de partager quelque chose – une heure autour d'un feu, peut-être, ou autre chose de plus grand mais qui nous échappait – et il avait posé ses doigts sur sa tempe et nous avait dit Attendez, je réfléchis, c'est pour les souvenirs, et ça m'avait secoué de le voir imprimer de la sorte et aussi consciemment sa mémoire d'enfant de ces instants éphémères. Ça m'avait fichu par terre de me rendre compte qu'il savait, lui, déjà et d'instinct, combien tout était fragile. Et maintenant qu'entre les lèvres j'ai le goût de l'eau torrentielle et saumâtre je pense à lui et à nous, Sam, à toi, à cette saison qui pour nous a été la dernière. Comment écrire l'odeur d'un arbre ? Les lendemains qui viennent et s'égrènent et ploient sous le vent et le temps qui s'étiole ? Comment écrire ta peau ? Selon

Walt Whitman, *les mots se trouvent au fond du sol et de l'océan, au fond de l'air, au fond de vous*, mais en moi il ne reste rien ; je ne sais plus que ton absence et mon petit garçon perdu.

Mai. Je crois.

Je me serais bien tiré, moi aussi. J'aurais bien posé mes fesses dans la bagnole et allumé le moteur et appuyé sur l'accélérateur jusqu'à atteindre la ligne d'horizon. Un soir après ton départ et alors que Tobias dormait déjà j'avais pensé oui, Jerry, tu pourrais faire ça. Te barrer. Combien de fois y avais-je songé ? Chaque jour. Dix fois par jour. Tout plaquer, vivre sur la route et de rien. Écrire. Grimper. Pauvre et puant et libre. Sauf que je ne pouvais pas. Des années durant j'avais simplement eu la trouille. Aujourd'hui, j'avais Tobias.

Autour de mes vingt ans j'avais essayé quelquefois. Voir le monde, ou plutôt autre chose. Un fantasme de môme. Jamais je n'avais dépassé l'angle au bout de la rue.

Bien des années plus tard c'était toi et moi et ça se passait sur une route où l'été, implacable, épuisait les plaines et les cols à l'horizon, l'asphalte et la distance, pesant sur le pare-brise encrassé de poussière et d'insectes morts sous lequel nous fondions. Cette fois je partais vraiment. Avec toi. Pour de bon. Je me souviens du bleu du ciel – pur et affolant. De mes pieds nus sur les pédales. Je me souviens de l'air comme d'un vieux rêve roussi que plus rien ne rendait respirable, ni les fenêtres ouvertes ni le toit que j'avais fini, un soir, ivre de colère et de gnôle, par défoncer à coups de hache et en gueulant ton nom – une autre de nos querelles. Je me souviens de la terre. Sèche. Exsangue. Brûlée comme à l'acide par les lumières de l'aube. À perte de vue elle s'étendait, parfois soulevée par un vent bouillant ou par les roues de la guimbarde déboulant à fond de train. Nous roulions vers le nord. Une connerie. Tout plaquer, c'était ça l'idée. Elle n'était pas mauvaise ; nous nous étions juste trompés concernant la destination, choisie au hasard d'une saoulerie et d'une flèche jetée de la main gauche sur une mappemonde en plastique. Je me souviens m'être tourné vers toi. On rejoue ? Non. C'était ailleurs. C'était bon.

Sur la route tu m'avais demandé Pourquoi tu m'aimes ? et je n'avais pas répondu. Je m'étais contenté de regarder le bitume s'élancer vers l'horizon comme une bande de lumière aveuglante, l'été incendiaire écrasant le pare-brise. Tu conduisais. Je venais de dormir une heure et j'avais le cerveau en ébullition. Mille pensées à la seconde. Nues. Limpides. Je savais tout. Comprenais tout. Une voiture nous avait dépassés, sur la fenêtre arrière il y avait des empreintes de main dans la poussière – petites : des mains d'enfant. Alors je m'étais tourné vers la banquette arrière où somnolait Tobias, à peine né. Pour le soulager de la chaleur, nous l'avions dénudé. Il ne portait aucun vêtement. Pas même un nom. Aucun ne nous avait plu. À l'époque nous l'appelions petit d'homme et ça nous suffisait.

Nous nous connaissions depuis… quoi, quatre mois ? mais tu étais tombée enceinte et tu me l'avais annoncé un matin, pelotonnée sous la couette, contre moi, un matin pluvieux et gris en me disant : Je suis deux, et tes mots étaient pleins de soleil, ta bouche, ces yeux avec lesquels tu me regardais, guettant ma réaction. Je t'avais enlacée. Avais pleuré ma joie. C'était complètement dingue. Ça n'avait aucun sens. C'était parfait. Huit mois plus tard tu donnais naissance à notre enfant. Faisais de moi un père. L'infirmière l'avait posé sur ton ventre et je n'aurais pas été plus sonné si un train m'avait percuté de plein fouet. Ce basculement. Trois kilos cinq cents de fracture dans la vie d'un homme. Le lendemain pour nous prendre des vêtements j'étais retourné à la maison – cette bicoque qu'on avait louée à l'arrache, pressés de nous construire un nid – et sur l'autoroute j'avais poussé la musique à fond et je pleurais à n'en plus pouvoir et je riais en même temps. Je n'y voyais rien. Les yeux noyés de larmes. Je roulais à soixante et les camions me dépassaient en klaxonnant d'impatience.

Avance, pauvre con !

C'était une journée magnifique. Du soleil plein le monde. Tout ce soleil que tu avais dans le regard, que tu avais porté neuf mois durant. Ce jour-là je rentrais chez nous et pour la première fois je le faisais en étant papa et tout me semblait différent. La lumière. La route. Ces maisons et ces arbres devant lesquels j'étais pourtant passé tant de fois.

Je pleurais.

Criais ma joie par les fenêtres grandes ouvertes.

Je suis papa !

On n'en a rien à foutre ! Avance !

Trois jours plus tard nous avions fait ce chemin ensemble. Arrivés chez nous nous avions posé le couffin sur le divan du salon et nous étions reculés de trois pas, côte à côte, sans oser bouger davantage ni le quitter des yeux et nous demandant l'un à l'autre : On fait quoi maintenant ?

J'en sais rien.

Tu crois qu'on devrait… ?

Peut-être.

Nous étions deux idiots. Trois kilos cinq cents d'existence brute sur les bras, et une sensation d'ignorance absolue. J'étais à ça d'appeler l'hôpital pour leur dire de le reprendre, On a changé d'avis on n'en veut plus il bave il jure avec la déco, ou demander le service après-vente et réclamer un mode d'emploi. Je l'aimais, crois-le – Sam, tu le sais : déjà je l'aimais plus que tout. Mais j'étais paniqué. La peur de commettre une erreur. Trois kilos cinq cents d'être humain dont j'étais responsable.

On va l'appeler comment ? Paul ?

Non.

Jean ?

Non.

Claude ?
Non.
Merde.
Non plus.
C'est pas simple.
Mais ce n'est pas grave. On trouvera.

Quelques semaines plus tard et pour des raisons que tu sais nous nous faisions la belle et roulions à tombeau ouvert en direction du nord. Nous avions empaqueté nos trois existences dans deux Samsonite, dont une à moitié remplie de langes – à croire que là où nous allions, au nord de l'hiver, les autochtones ne pouvaient qu'être une bande de brutes ignares et nourries à la gnôle et à la graisse de phoque et vêtues de peaux d'élan, hostiles aux bonheurs les plus simples (lire ; fumer un bon cigare ; chier dans du Pampers). Je m'étais renseigné. Sur Google j'avais tapé *Norvège* et le verdict était clair : ce n'était pas les Antilles. On n'allait pas crever de chaud. Qu'importe. Nous avions laissé la maison. Les meubles. Ma famille, tes amis. Abandonnerions la voiture sur le parking de l'aéroport. Nous n'avions prévenu personne. Nous partions ; le plan était rodé. On se suivait par amour, sans savoir qui suivait l'autre.

Mais.

La voiture nous avait laissés avant l'heure. Nid-de-poule. Pneu crevé. Pas de roue de secours. Sur le bas-côté nous avions attendu, moi désinvolte, toi appuyée sur la guimbarde, tes jambes kilométriques offertes au regard du premier vieux cochon qui déboulerait sur l'estafilade de goudron. Sauf qu'il ne passait personne. Et que tes guibolles trépignaient. Sur un bout de papier j'avais écrit : *Allongé au bord de la route, je comptais mes vingt ans et leurs premières désillusions* et pensé que ça ferait une introduction acceptable pour une nouvelle ou quelque chose comme un roman, une première phrase honnête, même si c'était un mensonge : j'en avais un peu plus de trente – trente années, je veux dire – et les désillusions avaient été nombreuses. Je m'en moquais. La dernière décennie ne comptait pas. J'aurais vingt ans jusqu'à la mort et ça aussi je l'avais écrit. Torse nu, je traînais, cheveux tirés en une sorte de chignon noué à l'arrière de mon crâne, entre la terre fiévreuse et l'odeur du blé, m'efforçant de croire qu'il restait de l'oxygène dans l'air consumé. Là-bas, près d'une boîte de conserve rouillant près du bitume, trois mouches se disputaient un fond de sauce en putréfaction. Le soleil cognait dur. Mais j'avais calé mon balluchon sous ma tête. Trop bien installé pour trouver le courage de bouger. Enfin il y avait eu un ronflement, un bruit de moteur, et je m'étais redressé. Des plombes que nous attendions. Au loin j'avais cherché, où le fin mélange de gravillons se perdait dans les étendues torréfiées, au-delà des rideaux bouillonnants qui s'élevaient des plaines pour faire danser l'horizon. Toujours rien. La route. Le désert blond. Quelques poteaux gigantesques et les lignes électriques et un fond de vent brûlant pour les épousseter. À bout de forces, une feuille de journal était venue s'accrocher à mon blue jean dégueulasse, raidi par la terre et la sueur séchées, avant de reprendre sa course et d'aller s'échouer plus loin parmi les herbes jaunies. Le sol pelé par la sécheresse. Pourtant je l'entendais. Ce bruit de moteur. Lointain, mais j'étais sûr. Sam, tu entends ? Oui : toi aussi tu entendais. Et enfin mes neurones surchauffés avaient compris. Ça ne venait pas de la route. Ça se passait bien plus haut. Alors j'avais levé la tête. Aperçu le zinc jaune qui planait dans le néant comme un gros oiseau de tôle.

Ballot sous le bras, je m'étais approché de la route, avant de renfiler ma chemise. Toi, tu avais ouvert la tienne pour donner le sein au petit. Là-bas je m'étais accroupi. Sous la chape du ciel incendié. Le magma et l'aéroplane, tentant d'y survivre, se paumant dans l'été, le petit zinc de tourisme et sa petite hélice qui se démenait près d'un nuage marrant avec une drôle de forme, oublié par les siens, seul pour affronter la fournaise. Un nuage minuscule, ballon d'hélium au bout d'une ficelle qu'on aurait attachée au sol. J'avais décidé qu'il ressemblait à mon vieux chien Frimousse, un colley qu'on avait enterré derrière le garage au printemps. Alors il y avait eu une voiture. Enfin. Tache de couleur dans la distance, pareille à un mirage. Le temps qu'elle arrive, j'avais arrangé ma chemise et frotté mon pantalon avant de tendre le bras devant moi, pouce levé, posture avenante, à moitié planqué tout de même derrière ta minijupe et ta gonzessitude. Ça avait fonctionné. Un type sans âge, gras dans le marcel, des bras de rugbyman. Ne devait plus avoir touché de femme sans payer depuis une moitié de siècle au moins et… ok. Je ne l'avais pas ramenée. Il nous avait embarqués et nous avait sauvé la mise. Point. (Non, virgule : disons qu'il t'avait maté le cul tout le trajet durant et que ça m'avait fichu en rogne d'assister à ça, d'être là avec ce type qui te salissait de la rétine et de ne pouvoir rien dire.)

Les bornes avaient défilé, les champs et les prairies plats à faire croire que la Terre l'était vraiment. Le radiocassette d'un autre âge envoyait Bon Jovi et le type avait poussé le volume. Il s'était mis à chanter. Vibrant, le con. Ça suintait de l'émotion à travers la chemisette. Après quelques mesures il avait quitté le haut de tes cuisses pour jeter un coup d'œil dans le rétroviseur. Mon sac. Ma touche de clodo. Tobias.

Voyageurs ?

Si on veut.

Z'allez où ?

Rome, avais-tu menti. (Ne pas dire où nous allions, pas à n'importe qui. Ne laisser personne souiller notre échappée belle.)

S'appelle comment, vot' petit ?

Serrant Tobias dans mes bras, j'avais regardé le type et sa gueule de bœuf. Rougeaude. Les marques laissées par l'acné juvénile. Ses mains épaisses vissées sur le volant. Tu avais répondu quelque chose mais que je n'avais pas perçu, puis il s'était tu et je me souviens du calme. Les voix à la radio et le couinement du levier de vitesse. Le crucifix en plastique virevoltant sous le rétroviseur, à côté d'un sapin désodorisant, et l'air aride – toujours lui – s'engouffrant par les fenêtres grandes ouvertes.

Bientôt progresser s'est avéré ardu. La glace. De plus en plus à la surface de l'eau elle se formait, partout. Le bras de mer, large d'une centaine de mètres, n'était plus qu'une vaste plaine gelée, une langue pâle et froide s'étirant entre les montagnes. La croûte était épaisse. Rugueuse. Époussetée par les rafales du nord froides et blanches et constellées de particules neigeuses qui s'élevaient et retombaient au sol et s'élevaient à nouveau et s'enroulaient en de grands tourbillons. Des heures durant nous avons brisé, fendu, ébréché cette glace pour trouver l'eau sous elle et avancer encore ; enfin nous avons abandonné. Whitman et moi avons posé un pied sur le sol fragile et puis l'autre et laissé derrière nous ce qui nous avait servi de radeau. Nous avons poursuivi en marchant au milieu du fjord qui était comme un sentier immense sinuant à travers le silence. Seuls étaient audibles le vent dans les arbres habillant les rives et les craquements blêmes de nos pas hésitants. Et parfois le grondement sourd des plaques de glace se refoulant l'une l'autre, se heurtant, se pressant jusqu'à n'en plus pouvoir – çà et là elles se dressaient, balafraient la surface qui était ailleurs d'une netteté inouïe. Ces grondements frappaient les monts et nous revenaient plus puissants en nous faisant l'effet d'explosions. Nous nous sentions ridicules – *je* : ma main au feu que le vieux fou se sentait à sa place. Nous étions deux insectes au cœur d'un territoire n'en comptant nul autre. N'en tolérant aucun. Juste ceux-là qui bientôt ne seraient plus qu'un vague souvenir enseveli par l'hiver incessant. Ou bouffés par un ours.

Lui, à quelque distance, nous suivait à la trace et parfois criait son envie d'en finir, de régler ses comptes une bonne fois pour toutes. Mais j'avais tiré un coup de semonce à nouveau. Deux. Une balle échouant à ses pieds, une autre sifflant à ses oreilles. Il se savait sous-équipé ; il attendait son heure.

Avant la nuit nous nous sommes arrêtés. Avons gagné le rivage, réuni le bois le plus sec que nous avons pu trouver et allumé un feu sur une proue rocheuse qui surplombait les arbres et nous offrait une vue dégagée sur le fjord. Nous avons mangé une sorte de rat musqué que Whitman avait piégé avec du fil de fer et tué d'un coup, à l'aide du couteau de chasse qu'il avait « emprunté » à Álvaro avant de se faire la belle, et j'ai pensé que le vieux en avait sous le coude. À chaque situation il trouvait le moyen de s'en tirer. La viande de la bestiole était sèche. Nerveuse. Mais c'était de la viande. Quand la nuit est venue le vieux m'a regardé lutter contre le sommeil à la lueur des flammes. Nous étions assis de part et d'autre du feu. Face à face. J'étais appuyé sur la Winchester et m'avachissais. Tu ne tiendras pas le coup, il m'a dit. File-moi ce fusil et je veille sur toi puis on change. Je lui ai répondu Non. Il a insisté. File-moi ce fusil. Je lui ai demandé ce qu'il avait fait du sien et il m'a dit Perdu mais je savais que c'était faux : un type de ce genre n'égare pas son arme. Il aurait oublié ses culottes, son chapeau ou peut-être même sa femme ; certainement pas son Smith & Wesson.

Tu vas t'endormir et il nous aura, a dit Whitman.

Non.

Tu as besoin de sommeil.

Je l'ai regardé droit dans les yeux.

Je ne te tuerai pas, il a dit. Tu serais déjà mort si je l'avais voulu. Donne-moi ton fusil et dors.

Quelques mètres plus bas l'ours mangeait à son tour, la gueule noire de sang frais. On l'entendait bâfrer. Arracher les tripes. Croquer les os. Je croyais les Bisounours friands de miel et de baies ; Toutcâlin se délectait de chair. Il espérait la nôtre. Celle du vieux, qu'il semblait vouloir plus que tout. J'ai tendu le fusil à Whitman.

Pas de coup de pute, vu ?

Il m'a fallu du temps pour m'endormir. Lâcher prise. Le corps sur la pierre humide et les étoiles, là-haut. Le ciel s'est dégagé. J'ai prié pour Tobias. La première prière de ma vie. Dieu, où es-Tu à présent ? Qu'as-Tu fait de mon fils ? Voit-il ces étoiles lui aussi ? Quand j'ai rouvert les yeux déjà c'était l'aube : j'avais dormi la nuit entière. Et j'étais… seul. Whitman. J'ai prononcé son nom dans le matin incolore. Whitman, espèce d'enflure. Il s'était barré et je l'ai maudit. Sauf que c'était faux – pas fallu plus d'un Ohé Walt va te faire foutre ! pour comprendre. Parce qu'avant d'avoir fini de gueuler ma réplique, le vieux a surgi de nulle part et m'a fichu au sol et poussé le canon de la Winchester dans les narines.

Ssssshhut !

L'index perclus d'arthrose posé sur les lèvres, il m'a intimé le silence et a fait mine d'écouter les bruits alentour, sérieux. Puis il m'a regardé de ses sales prunelles habitées et s'est penché vers moi.

Sais-tu comment je suis mort ?

En respirant ta propre haleine.

Un jour je rentrais au bercail. C'était l'été. Sur le chemin il y avait cette fille. J'allais dans un sens, elle dans l'autre…

« Nous nous sommes croisés. J'avais quinze ans. » Tu te répètes, le vieux. Celle-là tu l'as servie à Beatriz.

Il a enfoncé plus avant le canon dans les chairs molles de mon visage.

Fayette, il m'a dit. C'était son nom, le nom d'une fée.

Puis il s'est approché encore.

Sur son tee-shirt tu sais c' qu'y avait ?

Je me suis abstenu de tenter la moindre réponse. Alors, murmurant d'une voix traînante et rocailleuse et avec autant de fièvre que s'il avait trouvé l'équation expliquant l'univers tout entier, il m'a dit : Une baleine. Et il est parti d'un rire tonitruant et fou et j'ai bien cru que ce con allait appuyer sur la gâchette par mégarde et à force de sursauts – ce canon que j'avais toujours contre la joue.

Quand il en a eu fini de rire il a ôté la Winchester de mon visage et me l'a tendue. Ton arme, il m'a dit. L'envie de lui coller un coup de crosse dans le bide. Mais déjà il se faufilait le long de l'éperon granitique en direction du sol et du bras d'eau gelé, prêt à reprendre la marche. Je l'ai suivi, moins agile. Alors que nous avancions sur la croûte de glace au milieu du fjord dans le jour naissant un troupeau de rennes a traversé le large couloir, passant d'une rive à l'autre. Ils marchaient, placides, sur la surface blanchâtre. Lourds. Épais de leurs poils drus et sombres, crachant des vapeurs fortes à chaque expiration. Je me suis arrêté, moitié ébahi, moitié à cran ; aucun d'eux n'a tourné la tête vers nous. Ils ont gagné la rive ouest et se sont enfoncés dans la forêt de grands sapins obscure et après ça plus rien, il ne subsistait aucune trace de leur passage hormis quelques craquelures à la surface de l'eau gelée et je me suis remis en route vers le nord, ai rejoint le vieil homme qui, lui, ne s'était pas arrêté, n'avait pas même levé les yeux vers le troupeau, et nous avons marché la journée entière une fois de plus, au milieu du fjord pétrifié, accompagnés des hurlements de l'ours qui nous suivait dans les montagnes et se rappelait à nous de loin en loin.

Alors que le soleil doucement tombait du ciel là-haut et gagnait l'horizon je me suis arrêté, affamé et à bout de forces et de nerfs. Me suis assis ou plutôt laissé tomber sur la glace en pleurant, des larmes tièdes zébrant mes joues blanches de givre et de copeaux de neige. J'ai crié le nom de Tobias. Le tien aussi, Sam. Mais surtout celui de notre petit garçon qui était là quelque part dehors, je ne savais où, seul ou peut-être mort. Trois jours avaient passé depuis que je l'avais perdu. Depuis trois jours il était livré à lui-même ici où aucun homme ne survit trois minutes. Et je t'ai maudite. Je t'ai vouée au diable pour nous avoir laissés, abandonnés, je t'ai vomie pour m'avoir poussé à prendre la route avec Tobias et parce que nous étions là aujourd'hui aux confins d'un pays qui n'était plus qu'un territoire sauvage et inhumain et à mille lieues de nos vies, moi gueulant et lui perdu, et non tu ne m'avais rien demandé mais quel autre choix avais-je eu ? Tout était de ta faute. Mon petit garçon. Seul. Égaré. Peut-être mort de faim ou de froid ou les poumons emplis d'une eau plus froide qu'une lame d'acier. De ta faute.

Entendant mes appels et mes pleurs Whitman a rebroussé chemin. S'est tenu à quelques pas, ne sachant quoi dire. Ne disant rien, parce qu'il n'y avait rien à. L'ours, planqué dans sa forêt, a pleuré à son tour et c'était une plainte longue et grave et puissante qui s'élevait comme depuis les entrailles des monts, à croire qu'eux-mêmes pleuraient nos pertes. Qu'avait fait l'ours du corps de son petit ? L'avait-il enterré comme le font les hommes ? L'avait-il jeté dans la rivière ou laissé aux charognards ? Au bout d'un moment j'ai cessé de pleurer. De crier ma rage et mon désarroi et mon amertume et ma tristesse et. Je me suis ressaisi. Il fallait. Marcher, encore. Le vieux se tenait à quelque distance derrière moi et m'observait, je sentais ça, son regard sur ma nuque alors que nous marchions. Sans me retourner je lui ai demandé : Sais-tu seulement où nous allons ? Il m'a dit, Les lumières. Ça a été son unique réponse. À la nuit tombée nous avons répété le schéma de la précédente : feu, rat musqué, tour de garde. Sauf que cette fois il n'y avait pas d'éperon rocheux mais une grotte dans laquelle nous nous sommes réfugiés. Une entrée, un seul axe à tenir à l'œil.

Sais-tu comment je suis mort ? m'a demandé Whitman avant de s'endormir.

Cette fois j'avais le fusil. À mon tour j'aurais pu lui en planter le canon dans le creux des mâchoires mais je n'en ai rien fait. Je l'ai laissé causer.

En 1819 je suis né, ou à peu près. C'était il y a longtemps, mais j'ai pas toujours été un poète. Autrefois j'étais un arbre. Je suis né ainsi.

D'une crevasse formée entre deux pierres est sortie une souris qui s'est approchée de lui et quand il s'est penché, une main tendue vers elle, elle a grimpé le long de son bras. Il lui a caressé le dos. Le museau.

J'ai été un arbre et j'ai été un nuage aussi. Une abeille et d'autres choses. Ces choses qui font partie de la terre et de l'océan et du ciel et que je suis. Ma mère était une femme. Mon père un homme. Mais je suis venu dans ce monde avec de l'herbe sous les pieds et des bourgeons aussi et des bolets sur les cuisses et des pétunias au creux des mains et la poitrine et le crâne enrobés de la brume du matin et puis trempés de rosée comme si j'étais une forêt comme si dans le ventre de ma mère c'était une clairière au printemps. Ma peau était d'écorce. Mon cœur un oiseau, un merle qui piaillait et battait des ailes pour faire aller le sang et dont le chant s'entendait jusqu'aux racines qui me poussaient sous les orteils. Mon cœur était un oiseau enfermé oui mais avec bonheur dans cette cage que les hommes ont appelée thoracique. Ma tête était un ciel. Mes pensées des nuages. Voilà ce que j'étais. En 1819 je suis né ou à peu près et mon père était un homme qui cultivait la terre et élevait du bétail et s'élevait lui-même en lisant beaucoup et en fabriquant des avions à une époque où même le mot n'existait pas. Les frères Wright ils étaient pas encore nés. Il le savait. Mais c'était pas le genre d'homme à respecter le protocole. Un jour que par la fenêtre j'observais l'horizon il m'a dit je connais comme un pays où même la Terre elle va au-delà de ses propres limites, où même dans le noir on peut courir parce qu'on risque pas de glisser au bout, et là d'un coup il s'est arrêté de causer puis il a hésité puis il s'est arrêté vraiment, et il y a eu un silence parce qu'on s'imaginait. On essayait de le voir, ce pays. Et alors il s'est levé et il m'a tenu la main et je l'ai suivi jusqu'à sortir de ce mobil-home qu'il nous avait inventé un siècle avant l'automobile d'Henry Ford et la fabrication industrielle du polychlorure de vinyle et à l'ombre de l'auvent poussiéreux je l'ai regardé aller d'un bord à l'autre de l'île qui était la sienne et qu'il avait achetée pour une poignée de dinars à un commerçant algérien qui était îlophobe et avait pas le commerce dans le sang et y avait des cigales et l'odeur de la terre brûlée et le père il avait les mains sales mais ça l'a pas empêché, s'en fichait de toucher le bleu du ciel avec du cambouis sous les ongles, alors il a pris le soleil couchant mais il était trop chaud mais il a recommencé et il l'a attaché, là-bas, un peu à gauche de la nuit, et il a essuyé la sueur sur son front puis il a renfoncé son chapeau de paille et quand il m'a souri j'ai vu toute la vie sur ses lèvres, toute sa vie faite du bonheur des petites choses et du rêve des plus grandes. Et ma mère le regardait, de là-bas sur sa chaise sous son ombrelle sous le soleil que le père avait accrochée au-dessus d'elle. Elle le regardait avec amour fierté et tout et ça m'a collé cette envie dans le cœur qui était un oiseau qui piaillait et battait des ailes dans sa cage qui était les os de ma poitrine qui étaient pas des os mais du bois : celle d'être regardé ainsi. En 1819 ou à peu près je suis né et je suis mort aussi de l'envie d'être aimé.

Whitman a marqué une pause. Un silence consumé par les flammes, le crépitement du feu. Un long moment j'ai attendu la suite ; il n'y en a pas eu. Pas ce soir-là. Mais de la nuit je n'ai plus dit un mot. Pas trouvé le sommeil non plus. Les paroles du vieux fou résonnaient en moi et je pensais à Tobias et je pensais à toi, Sam. À nous. À la place de ce que Whitman avait appelé l'amour dans ma vie, dans les nôtres.

Je me souviens de cette soirée, nous l'avions passée avec des gens et sur le chemin du retour j'avais poussé la mécanique à fond et roulé à tombeau ouvert, dans la nuit, sur les routes sinueuses, volume au maximum – Thom Yorke et sa voix éthérée. Trois heures durant je m'étais ennuyé. Trois heures de trop. J'avais eu besoin de ressentir quelque chose de fort à nouveau. Arrivé chez toi je t'avais dévêtue. J'avais embrassé tes seins, ton ventre, l'intérieur de tes cuisses, je m'étais abreuvé entre tes jambes. Dehors autant qu'entre mes côtes il faisait une chaleur de dingue et coup sur coup, après l'amour, je m'étais envoyé des shots d'eau glacée que je m'étais servis dans un verre à whisky, pour me faire croire ou faire genre. Il y avait dans le geste quelque chose de Marlon Brando. Ce n'était que de la flotte ; les cubes de glace lui donnaient une saveur bigger than life. Je me souviens être tombé amoureux de toi parce que tu me faisais l'effet de ces glaçons. Tu étais impossible à suivre, t'emportais pour un oui ou un non et rien n'était simple avec toi. Jamais. Toujours le sentiment d'être sur le fil, au bord de l'implosion. Mais quand tu étais là la vie me semblait plus grande qu'elle-même. Je me souviens de mon grand-père, si vieux que tout le monde l'appelait Formol. Je me souviens de Tobias, un jour il se promenait les bras ballants, les épaules lourdes. Il m'avait dit : Papa, j'ai perdu mes forces, elles sont tombées là-bas. Je me souviens de ce matou que tu avais trouvé dans la rue à nos débuts et que tu avais ramené chez toi en rentrant du boulot. Il avait une gueule impossible, des dents en moins, le museau en forme de cul et le cul qui se barrait. Tu l'avais appelé Alain Delon. Déjà je brûlais d'amour pour toi. Je me souviens des montagnes à la frontière espagnole où je t'avais emmenée – ces Pyrénées que tu haïssais comme la femme hait l'amante. Là-bas ils avaient annoncé de la pluie mais il ne pleuvait pas. Le soleil s'était fait une place entre les nuages et la poussière était partout, toujours. On en avait jusque dans les chaussures. On grimpait depuis quatre jours. La peau. Les doigts. Morts. Tu n'avais pas aimé. (Que leur trouves-tu, à ces falaises ?) À l'aube du cinquième jour nous étions allés à Huesca. Cinquante kilomètres de virages dans un paysage couleur terre encadré de montagnes où ne poussaient que des buissons et des arbres minuscules, porteurs d'olives ou de figues. En chemin nous avions traversé deux trois villages, pauvres, oubliés, grappes de baraques aux façades décaties devant lesquelles trônaient quelque poubelle et un vieux, parfois un chien. À Huesca comme ailleurs tout était brun et sec, des yeux de la vendeuse de l'unique supérette du coin aux pavés de la rue, foulés par les décennies. On cherchait de quoi manger. On avait trouvé. On s'était barrés. Quand nous étions rentrés au camp il pleuvait. Le campement, détrempé. Nos voisins étaient autrichiens, finlandais, allemands et dépités. Il en faut peu à la poussière pour devenir de la boue.

Et nous, Sam ? Que nous est-il arrivé ? Sommes-nous nés poussière pour finir dans la bourbe ?

Toi et moi c'était compliqué. Tous les trois jours tu rompais, puis m'aimais à nouveau jusqu'à ce que tu ne m'aimes plus. Tu ne savais pas ce que tu voulais, ni de moi ni de rien. Sans doute n'en savais-je rien non plus. Mais nous attendions de la vie qu'elle tienne ses promesses, pressentant le beau, le vaste, réclamant à grands cris qu'elle nous coupe le souffle. Nous nous aimions avec rage, nous détestions pareil et baisions avec l'impétuosité des feux qui nous ravageaient de l'intérieur. Nous nous promenions nus. Offrions nos peaux au soleil. Faisions l'amour, encore. Seulement les jours, les uns succédant aux autres… les jours… Nous nous sentions floués. *Les aubes sont navrantes*, regrettait Rimbaud. Il se trompait. Ce n'était pas tant les aubes, mais ce que nous en faisions. Les aubes regorgeaient de lumière. Elles n'y étaient pour rien.

Cette fille non plus, d'ailleurs.

Tu ne la connaissais pas ; longtemps je me suis persuadé que tout est arrivé par sa faute. Quand nous avions emménagé à Oslo tu t'étais dégoté ce job dans ce club de danse pour vieux. Les clients étaient des habitués. L'un d'eux, cet homme. La soixantaine. Aussi large que grand, ventru, le crâne chauve et ceint d'une couronne de cheveux grisâtres et hirsutes et flottant comme un nuage de beau temps autour de son visage rubicond. De part et d'autre de sa bouche des rides laissaient croire qu'autrefois il avait ri. Il se dégageait de lui une chose étrange, le souvenir d'une joie usée. Il venait trois fois par semaine. Tu lui disais C'est trois fois trop, mais il venait quand même. Il venait pour sa fille. Il dansait avec toi pour apprendre et pouvoir danser avec elle. Trois cent quatre-vingt-quatre jours qu'elle ne dormait plus.

L'homme avait été marin, fils et petit-fils de pêcheurs, il avait émigré vers le nord pour y trouver davantage de saumon et une femme. C'est ainsi qu'il s'était présenté à toi. Une phrase unique pour parler de lui ; les autres avaient été pour sa fille. Par amour pour elle qui était folle ou peut-être malade et qui s'était éprise d'une passion sans pareille pour les poissons il avait cessé de pêcher et chaque soir il s'en était allé au port déguisé en homard pour engueuler ceux qui revenaient de la mer, au grand bonheur de sa fille qui l'accompagnait et sautillait sur place et lançait des Hourra ! et quelques injures au passage. Jusque-là, ça allait, t'avait-il expliqué.

Mais depuis plus d'un an elle ne dormait plus. Refusait de. Tous ces poissons arrachés à la mer alors qu'ils somnolaient – d'où lui était venue cette idée ? Peu importe. Le fait est que. Terrorisée par l'idée de mourir pendant son sommeil, elle avait décidé de ne plus fermer l'œil. Un jour elle avait demandé à te rencontrer. Elle portait cette robe blanche. Marchait pieds nus. Ses yeux étaient deux billes dépourvues d'éclat et enfoncées dans deux creux noirs et profonds. Elle n'avait pas dit un mot. Bonjour, et c'était tout. Elle avait cette guitare et avait fredonné le « Fish on the Sand » de George Harrison et vous l'aviez écoutée, son père et toi. Le lendemain il l'avait retrouvée dans la baignoire, sous trente centimètres d'eau. Avec cette même robe blanche et les yeux toujours grands ouverts.

Plus jamais tu n'as revu cet homme. Après la mort de sa fille il avait téléphoné. Dit ce qu'il y avait à dire. Raccroché. Te laissant là, dans le couloir, cornet de téléphone à l'oreille et seule, sans te laisser la place ou le temps d'exprimer quoi que ce soit. Un événement qui, pour toi, en toi, a eu l'effet d'une bombe. Un champignon de sentiments et de cendre s'élevant vers le bleu du ciel. S'étirant jusqu'à l'horizon.

Le soir en rentrant du boulot je t'avais retrouvée et tu étais triste et désemparée et je t'avais prise dans mes bras, Ça va aller, c'est un mauvais moment à passer un moment de merde mais demain tu iras mieux, sauf que c'était faux. Les jours s'étaient écoulés et tu n'allais pas.

Tu t'enlisais. Une semaine puis deux et puis d'autres. Tu sombrais. Je ne pigeais pas. Je dois l'admettre. Tu pleurais cette fille et je ne saisissais pas.

Elle comptait sur moi, Jerry.

T'en es sûre ?

C'est mon métier.

Sauver les gens d'eux-mêmes ?

Danser.

Quel rapport ?

Elle avait besoin de moi.

Besoin de sommeil, oui.

Idiot.

D'une bonne grosse dose de somnifères.

T'es vraiment qu'un pauvre mec.

Tu ne la connaissais même pas ! Pourquoi t'en fais une telle affaire ?

T'es trop con ! Tu fais chier, à la fin !

Non. Toi, t'es trop conne. Et toi, tu fais chier. À chouiner façon mère Teresa sur le sort de cette pauvre fille qui s'en tamponnait le coquillard de toi et de tes pauvres émotions. Merde.

De mes « pauvres émotions » ?

Tu l'as rencontrée… quoi… cinq minutes ? Tu feras quoi le jour où le chat du voisin passera sous les roues d'une bagnole ? Tu porteras le deuil pendant dix ans ? T'iras traîner tes grosses larmes jusqu'à la basilique Saint-Pierre en pleurnichant à la mémoire de Gropompon ?

Mes… « pauvres émotions » ?!

Et blablabli.

Et blablabla.

Et ça partait en vrille. Nos conversations. Toi. Moi. Tout. Tu n'allais plus et je m'inquiétais. Ne savais comment m'y prendre. L'incompréhension allait croissant. Je ne comprenais pas que la mort de cette fille te renvoyait en pleine face des craintes et des questions que tu croyais enfouies et qui allaient bien au-delà d'elle, de son histoire particulière. Je ne *voulais* pas comprendre. Et tu ne comprenais pas que je ne comprenne pas. Autour de cette histoire nos failles ont cristallisé. Cette fille de pêcheur nous était étrangère. N'avait rien à faire dans nos vies. Mais. Elle les avait explosées – du moins l'ai-je longtemps cru. Ce que j'en pense, aujourd'hui ? Plus grand-chose, en vérité. Je sais que ce sont des conneries. Elle, son père-homard, les poissons. Des excuses. Aussi facile de les blâmer que d'en vouloir aux aubes.

Dans la grotte froide et humide et à l'entrée de laquelle s'élevaient des congères et tombaient des stalactites qui étaient des mâchoires de glace dans la gueule rocailleuse nous nous sommes éveillés. Le vieux et ses rhumatismes. Moi. Les lumières du jour nouveau pénétraient doucement les lieux en se brisant contre la neige et les concrétions et se répandaient çà et là avec des reflets de couleur et c'était presque beau. Dehors on devinait les troncs sombres et les branches les plus basses des arbres proches. Plus loin le vent blanc balayant la croûte gelée à la surface du fjord. Plus loin encore l'autre rivage et le pied des montagnes et quelque part l'espoir. Nous nous sommes préparés à partir. Alors que je rassemblais encore mes esprits Whitman s'est dirigé vers l'entrée de la grotte et l'ours a surgi et s'est jeté sur lui. Aussitôt j'ai cherché le fusil, posé à quelques pas de moi. Quand je me suis retourné vers eux Whitman était couché sous la bête et criait mais je n'ai pu me résoudre à la tuer, au lieu de quoi j'ai tiré un coup vers la roche et un autre et l'ours a hurlé et j'ai hurlé aussi et réarmé le fusil et l'ours qui s'était dressé devant moi s'en est allé. Alors le silence. Mon cœur cognant à m'en exploser les côtes. Sans baisser mon arme je me suis avancé vers la lumière et suis sorti de la grotte et je tremblais et le son de mes propres pas dans la neige crue me semblait une menace. L'odeur de la peur. Mon parfum de proie. L'ours pouvait me renifler à quatre lieues de distance ; il n'était plus ici, en tout cas.

J'ai rebroussé chemin et suis retourné vers Whitman. Lui ai demandé si ça allait. Il avait l'avant-bras en sang. Un coup de griffe. Une entaille. Large. Moche. Il y en avait peut-être d'autres. Je lui ai dit qu'on devrait le soigner. Trouver de quoi, quelque part. Quelqu'un. Le vieux n'a pas répondu. Il a ramassé son sac. S'est mis en route aussi sec.

À la mi-journée nous nous sommes arrêtés sur l'eau glacée. Whitman était mal en point. Fébrile. Il avait besoin de repos. Je lui ai demandé : Pourquoi l'ours en a après toi ? Il m'a expliqué que l'ours était un mâle. Que les mâles ne restent pas auprès des petits. Ce sont les femelles qui s'en occupent. Mais cet ours l'avait fait. Il était resté auprès de l'ourse et des oursons et c'était contre nature, pourtant il l'avait fait. Comment le vieux cinglé savait ces choses à son propos, je l'ignore, mais il les racontait et il m'a dit aussi que la femelle était morte. Il n'a pas dit comment. Il m'a dit Elle est morte, et l'ours s'est occupé des petits. Deux. Le premier s'était noyé dans la rivière. Le second était celui que j'avais vu quand nous flottions sur l'eau. Celui-là, m'a dit Whitman, c'est moi qui l'ai tué. Je lui ai demandé pourquoi. Parce que j'avais faim, il m'a dit.

Tu voulais manger l'ourson ?

L'ourson voulait manger l'omble que je venais de pêcher.

Nous nous sommes relevés et j'ai demandé Par où ? et Whitman a tendu le doigt vers le nord-est, ce bras de mer que nous ne cessions de remonter. Le vieux fou se traînait plutôt qu'il ne marchait et je me suis posé cette question à nouveau, qui est le fou, celui qui indique le chemin ou celui qui le suit ? Chaque heure passée amenuisait mes chances de retrouver Tobias vivant. Chaque minute. Je l'avais perdu depuis quatre jours. Une pensée que je m'efforçais d'évincer. Avancer, et rien d'autre. Marcher.

Le ciel était une chape de plomb, n'était plus qu'une masse pesant sur l'air respirable à quelques mètres du sol. Si j'avais levé le bras j'aurais pu l'effleurer. Les nuages. Électriques. L'orage grondant sur les steppes au sud. La nuit avant la nuit. Rompu, tenaillé par la douleur, le vieil homme s'est effondré. Je l'ai rejoint et lui ai proposé mon aide et si de prime abord il n'en a pas voulu quand l'ours est venu s'asseoir sur la glace à quelque vingt mètres de nous il a changé d'avis, m'a dit Ok, tire-moi de là, et je l'ai aidé à se relever et soutenu pour qu'il continue d'avancer. Il pesait moins qu'une plume. Un sac de nerfs et de hargne, accroché à la vie avec une énergie peu commune. Je ne sais pas mourir, avait-il dit à Tobias. Je commençais à le croire.

Nous progressions lentement et l'ours nous suivait à distance respectable. Mais à découvert, désormais. Il savait mon fusil ; nous savait faibles, aussi. Nous étions une paire d'éclopés, survivant par miracle, et l'épisode du matin lui avait démontré que je rechignais à l'abattre. D'une certaine manière je le comprenais. Que ferais-je du fumier qui aurait tué mon fils ? Je le suivrais. Patiemment. Des larmes plein les yeux et le cœur en sang. Je le pousserais à bout. Le traquerais jusqu'à ce qu'il n'en puisse plus. Jusqu'à ce qu'il cède. Qu'il abandonne. Ou qu'il commette une erreur.

Plus loin l'immense crevasse obliquait vers le sud et là-bas dans la nuit sont apparues des lumières s'élevant du sol. D'abord ce n'était que des lueurs miroitant sur le flanc d'une butte verglacée, au creux d'un méandre, et quand je les ai aperçues j'ai frotté la neige et le givre accumulés sur mes sourcils et mes cils et autour de mes yeux et qui peut-être m'empêchaient de bien voir. Mais c'était là. Des halos rouges et orange et bleus ondoyant sur les pentes cristallines. Alors j'ai pressé le pas. Haletant. Le bruit de ma respiration s'en allant emplir la nuit de ce pays où les nuits sont absolues. Je courais presque et traînais le vieux qui crevait ou qui aurait dû depuis longtemps mais qui refusait de et serrait le poing et les mâchoires pour ne pas laisser le moindre souffle de vie quitter son corps amoché – ni l'ours ni la mort n'auraient ce qui lui restait de peau, fût-elle en lambeaux, enserrée à la diable dans des bouts de haillons dégueulasses et maculés de son sang. Alors que nous nous en approchions, je n'ai plus vu qu'elles. Les lumières, répétait le vieux fou entre ses gencives. Celles d'un hameau, partiellement immergé, dont une moitié était sous l'eau et l'autre sur une colline se dressant devant nous. Des murs. Des toits. Des cheminées d'où s'échappait de la fumée. Tobias, ai-je pu articuler. Tout le village était illuminé. Même la partie sous l'eau. Des maisons d'où émanaient des lumières claires et chaudes et qui passaient à travers la glace sur laquelle nous nous tenions et qui rayonnaient alentour et formaient quelque chose comme une alcôve de douceur enclavée dans l'hiver. Alors nous nous sommes avancés. Lentement. À la lisière de l'ombre et du beau. Osant à peine, lorsque nous nous sommes trouvés à la frontière des deux, franchir celle-ci et poser le pied – nos chaussures répugnantes – sur ce coin de soleil qu'on avait planqué sous la terre. Même la bête, nom d'un ours ! Même elle n'en a pas cru ses dessous de pattes.

Whitman et moi nous sommes approchés davantage, vers ces quelques maisons sur la colline où nous espérions trouver de l'aide et – qui sait. C'est alors qu'on a entendu la détonation. Un coup de feu. Aussitôt je me suis jeté au sol, accompagné du vieil homme épuisé et infichu de tenir seul sur ses quilles. J'ai gueulé Arrêtez de tirer mais ils ont fait feu à nouveau. Derrière nous un cri. L'ours. Touché et qui s'est effondré.

Sans même savoir si l'accalmie était effective Whitman s'est redressé ou plutôt a tenté de avant d'opter pour le quatre pattes et de ramper jusqu'à la bête tandis que je criais son nom, Whitman, Whitman qu'est-ce que tu fous, et alors – et même si je savais que ce n'était pas le meilleur signal à envoyer à ces types qui nous avaient flingués – j'ai empoigné le fusil et me suis levé et j'ai couru vers le vieux qui rejoignait l'ours qui voulait le tuer. En cavalant j'ai épaulé l'arme et visé la bête et le vieux tour à tour sans plus savoir lequel était le plus dangereux pour l'autre. Vingt fois au moins mes pieds ont glissé sur la glace. Vingt fois je me suis étalé et relevé et étalé encore sans cesser de crier le nom de Whitman. En moi coulait un torrent d'émotions. Je ne savais plus rien. Je voulais seulement que personne ne tue personne. Je ne voulais pas de la Mort. Ne voulais pas entendre parler de cette salope avant d'avoir retrouvé mon enfant et ma femme. Ma famille. De vous savoir sains et saufs. Mais le vieux, lui, a continué, filé droit sur l'ours aussi vite qu'un vieux dingue peut jouer les reptiles sur une plaque d'eau gelée. Quand il est arrivé à la hauteur de l'animal celui-ci, couché, une flaque de sang grandissant sous lui, a grondé et écumé de rage et de douleur aussi et de l'amertume de savoir l'homme si proche et d'être privé de ses forces par une simple fichue balle – huit grammes de plomb chemisés de cuivre matant une demi-tonne d'ours. Un état de fait dont Whitman n'aura pas eu l'occasion de profiter. J'aurais parié lourd qu'il allait prendre son couteau et le lui planter dans la gorge, que ça allait lui demander une seconde ; il n'en a rien fait. Ou plutôt. Il a choisi de prendre son temps. De faire durer. On n'abat pas son pire ennemi sans y mettre les formes. À genoux, près de lui, il lui a dit des mots d'un langage étrange et ancien ou peut-être inventé mais qui semblaient avoir du sens pour l'ours qui écoutait et répliquait parfois d'un appel rauque et accablant tandis que la lame sourde sortait peu à peu de son étui de cuir pelé et je n'en croyais pas mes yeux. J'avais pourtant ouvert les deux. Grands.

Whitman, ai-je enfin répété.

Le vieux a tourné la tête vers moi et quand je lui ai dit Laisse-le l'ours a donné un coup de griffe qu'il a évité de justesse. J'ai remis la bête en joue. Avec une rapidité étonnante pour un vieil homme qui se traîne Whitman s'en est éloigné tandis qu'elle tentait de se redresser et grognait et poussait ses cris chargés de bave brûlante et de haine. Nous nous sommes éloignés encore. L'un et l'autre. D'un même mouvement et sans lui tourner le dos, car elle était presque debout. Et tempêtait plus que jamais. Mais quand elle a posé un peu de poids sur sa patte blessée ses cris se sont mués en un long gémissement et elle s'est écroulée, cherchant du regard autour d'elle pour enfin trouver là-bas la forêt, dans la pénombre, les bois réconfortants où l'ours était chez lui.

Ils nous ont mis dans une chambre, la même – ce qu'ils ont appelé une chambre. En vérité une pièce obscure et sale et poussiéreuse et glaciale car partout le vent s'immisçait entre la tôle et les murs. Ils nous ont donné de quoi manger. Boire. Allumer un feu dans un âtre de pierres grises. Ils nous ont pris la Winchester. Les munitions. Ne nous ont pas proposé de bain. Pas de nourriture chaude non plus. Excepté pour Whitman, dont ils ont nettoyé les plaies avant de les panser. Ils ? Une poignée d'hommes, de femmes, de gosses. Aussi simples et abrupts que le tranchant d'un bloc de granit. Ils nous ont demandé : Pourquoi l'ours ? Ce qu'on fichait avec lui. Ça a été leur première question, avant même de savoir qui nous étions et pourquoi nous marchions là-bas dans la nuit. Je leur ai répondu qu'il nous suivait, que le vieux avait tué un de ses petits et ils ont rétorqué C'est un mâle, les mâles ne s'occupent pas des jeunes, et j'ai admis l'avoir cru moi aussi. Suite à quoi ils nous ont guidés vers ce fenil où il n'y avait pas même une paillasse pour s'allonger. Whitman était brûlant. Pâle. Tremblait et divaguait. Une jeune femme qui s'occupait de lui a dit Une chance sur deux. Elle s'est tournée vers une autre, plus âgée, qui depuis le début était restée en retrait, dans l'ombre, placide et silencieuse, mais auprès de laquelle chacun semblait quérir des ordres. La vieille a hoché la tête et la fille a couvert le front de Whitman d'un linge humide et fait couler sur ses lèvres deux gouttes d'une liqueur violacée.

Je cherche mon fils, ai-je lancé à cette femme.

Les autres, sans interrompre leur besogne, sans même oser intervenir, m'ont jeté des regards outrés ou stupéfaits, tous désapprobateurs. Je ne me suis pas dégonflé.

Debout, droit comme un I alors que tous étaient accroupis autour de Whitman, j'ai attendu ma réponse et la vieille, avec sa gueule burinée et ses yeux où brillait plus d'âme qu'un corps ne peut en contenir, m'a scruté sans ciller.

Il s'appelle Tobias, ai-je ajouté.

Elle a hoché la tête et enfin dit : Pas vu. Les deux premiers mots qu'elle prononçait. Avec mon accent de touriste et en une poignée de phrases je lui ai raconté mon histoire, celle de ces derniers jours, Álvaro et la barque et les poissons et l'ours et le peu d'espérance qui maintenait encore les bouts de moi en un seul morceau et elle ne cessait de m'étudier. Son regard fauve. Sa main épaisse où deux doigts manquaient. Quand j'en ai eu fini elle est restée là, muette, implacable, puis m'a dit ne rien savoir. Que s'il était tombé dans l'eau froide Tobias était mort. Que si la rivière l'avait épargné il était mort de toute façon. Et elle s'en est allée. Et les autres ont suivi.

Cinglée, a sifflé le vieil homme.

Vraiment ? ai-je rétorqué.

Elle pavillonne, je te dis. Elle a paumé ses cale-pieds.

Où est Tobias alors, Walt Je-vais-te-guider-jusqu'à-lui ?

S'est pris un coup dans l' carafon, la pauv' vioque. L'a trop chauffé ses bigoudis.

Où est mon petit garçon ?

L'a remplacé son râtelier par un déconophone.

Où ? ai-je tonné.

Whitman s'est enfin tu.

Il fallait suivre les lumières, pas vrai ? Tobias était où elles étaient.

Le vieux s'est tourné vers la lampe à pétrole et en l'éteignant a conclu : Il l'est.

Dans la pénombre j'ai senti mes poings se serrer. L'envie de le battre. De le tuer. Tout entier je brûlais de lui écraser les côtes à coups de talon. Lui arracher cette langue avec laquelle il me menait en bateau. Le fou. En apnée je me suis dirigé vers la lucarne de plastique. Regarder dehors. M'apaiser. Déjà môme je me calais à la fenêtre et rêvassais. Aujourd'hui je ne rêvais plus. Mon sommeil, élagué. Par la lucarne j'ai vu que l'ours avait disparu. Ne restaient que les mouchetures de son sang sur la glace. Une ecchymose que plus aucune lumière n'éclairait, ni du ciel ni des profondeurs.

Quand j'ai rouvert les yeux des loups hurlaient au loin et l'orage mourait sous les combles, ruisselant entre les tôles, croupissant sur le plancher, charriant sans pitié l'odeur froide de la pierre et l'espoir de lendemains meilleurs. Dehors, quelque chose a changé. De maigres lueurs ont giclé jusqu'à l'intérieur du fenil, repoussant la nuit d'un bon mètre. Elle, noire et profonde et jusqu'alors dépourvue d'accroc, était à présent fendue par un halo jaunâtre. Une fracture de lumière où je me suis glissé. Je suis allé vers la fenêtre. Les premiers rayons de soleil. Devant moi c'était la forêt, noueuse, les collines étreintes par la brume et le soleil rouge. Là-bas, dans le lointain, il y avait une aube. Une de plus à clouer aux murs de ma mémoire, où des myriades de soleils se levaient sur le même horizon. Et l'hiver, toujours. Je commençais à croire qu'il était partout.

Savez comment j' suis mort ? ai-je entendu gueuler.

La voix de Whitman, tonitruante, reconnaissable entre toutes. Elle venait de l'extérieur.

Guidé par ses exhortations, j'ai traversé le village et l'ai retrouvé, perché sur un toit, brandissant un doigt lourd de menaces et d'arthrose et pendant une seconde j'ai cru qu'il allait valdinguer depuis là-haut jusqu'au sol. Mais il a tenu bon. Il a compensé ses vieilles pattes flageolantes par une poigne encore ferme, maintenant ses trente-cinq kilos d'os au côté de la cheminée, nu comme un ver, fier comme la gaule monumentale qu'il exposait à ceux que le boucan avait réveillés et qui s'étaient précipités.

En bandant ! Voilà comment je suis mort, tas de charognards ! La queue au vent !

Vrai, ai-je pensé. Ce vieux dingue ne pourrait mourir qu'ainsi, lui qui hier encore crevait de ses blessures et ce matin bravait la mort en dansant la polka, fiévreux mais enragé. Furieux, les hommes ont apporté une échelle et entrepris de grimper jusqu'à lui. Seulement l'ancêtre, plus têtu qu'une vieille carne, a levé le poing en signe de victoire et enfourché la bicyclette qu'il avait fauchée à une môme avant de prendre de l'altitude. Plus tard il m'expliquerait avoir vu ce film – le dernier, et peut-être le seul. C'était en 1984. Une salle de cinéma, dans un bled, trop claire et qui puait l'humidité. Mais ils projetaient le nouveau Spielberg et il y avait cette scène, quand Elliott s'envole dans la nuit avec l'extraterrestre sur son vélo. Ça, ça te l'avait knock-outé, le vieux Walt. Le seul moment du film où il avait cessé de se goinfrer de pop-corn pour regarder vraiment, bouche bée. Alors ce matin, près de la cheminée, après avoir dit ce qu'il avait à dire, il a chevauché son engin, donné un grand coup de pédales et dévalé la toiture à toute berzingue, la guibolle exaltée et les yeux pleins de bonheur, faisant valser les tuiles autour de lui comme autant de fusées vertes et bleues et gueulant un immense WHITMAN TÉLÉPHONE MAISON ! aux étoiles emportées par le jour naissant. L'histoire s'est terminée comme de juste : le vieux a atteint la corniche, les pneus ont dézingué leur dernière tuile et l'ensemble a fini dans un sapin. On n'était déjà pas vraiment copains avec les locaux. Ça a sonné le glas des possibles.

Quand il a repris connaissance, il m'a demandé : J'ai réussi ?

Réussi quoi ?

À m'envoler.

Non, ai-je avoué. Parce que non, de fait, il n'avait pas. Pas même un peu. Pas même d'un quart de battement d'ailes, histoire de dire, de se donner l'espoir d'un flottement, d'une hésitation de Mère Nature qui le temps d'un temps aurait regardé ailleurs, distraite, avant de le rappeler à l'ordre. En matière d'envol, Whitman était une vraie brêle, et jamais vertébré n'avait si peu plané de toute l'histoire des espèces. Mais au moins avait-il eu le cran de rêver plus haut que les lois de la physique élémentaire. D'une certaine manière, je ne pouvais m'empêcher de trouver cette audace respectable. Les gens du coin, eux, l'ont pris pour ce qu'il était. Un dingue. Un chien errant, accompagné d'un étranger.

Je me suis isolé. Éloigné de ces quelques maisons qui formaient le hameau émergé, tandis que Whitman, délirant, cuvait sa folie dans la grange, noyant d'insultes quiconque s'approchait de lui, et les murs quand il était seul. Je suis retourné sur le bras de mer. La glace. Sous moi la partie noyée, qu'à la seule lumière du jour on devinait à peine – des masses noires dans la pénombre sous-marine. Là-bas je me suis assis. Mon carnet. Mon crayon. J'ai couché sur une page les paroles de cette comptine, elle était de Prévert. Souvent tu la chantais à notre petit d'homme. Elle allait ainsi :

*Dans la nuit de l'hiver*
*Galope un grand homme blanc*
*Dans la nuit de l'hiver*
*Galope un grand homme blanc*
*C'est un bonhomme de neige*

*Avec une pipe en bois,*
*Un grand bonhomme de neige*
*Poursuivi par le froid.*
*Il arrive au village.*
*Voyant de la lumière*
*Le voilà rassuré.*
*Dans une petite maison*
*Il entre sans frapper ;*
*Et pour se réchauffer,*
*S'assoit sur le poêle rouge,*
*Et d'un coup disparaît.*
*Ne laissant que sa pipe*
*Au milieu d'une flaque d'eau,*
*Ne laissant que sa pipe,*
*Et puis son vieux chapeau.*

Vous faites quoi ?

Derrière moi une fillette, à quelques pas, dans sa robe usée à fleurs roses, son manteau et ses bottines épaisses. Je n'ai pas répondu. Espéré qu'elle s'en irait.

Vous faites quoi ?

Elle était près de moi maintenant. S'était approchée sans que j'entende un bruit.

Tu ne devrais pas être là.

Pourquoi ?

La glace. Elle pourrait rompre. Tu pourrais te noyer.

Si la glace craque mon papa me sauvera.

Tu ferais bien d'aller le rejoindre tout de suite.

Je peux pas.

Vraiment ?

Je me suis tourné vers le village.

Où est-il ?

La fillette a tendu un doigt vers la glace à ses pieds, vers les maisons sous l'eau et je l'ai regardée un moment, pour la première fois en vérité, et j'ai vu ses yeux d'un marron clair et lumineux qui étincelaient sous l'ombre de la lourde capuche et son visage était d'une rare douceur.

C'est quoi ?

Mon journal.

Pour quoi faire ?

Écrire.

À qui ?

Tu es bien curieuse, petite fille.

Je ne suis pas si petite.

Tu n'es pas très grande.

J'ai la bonne taille, ma grand-mère m'a dit.

C'est qui ta grand-mère ?

Elle a sorti une poignée de cailloux de sa poche. Les a posés sur la glace. Minutieuse. Formant avec eux les contours d'une tête, deux yeux, des lèvres et aussi des cheveux. Le visage de la vieille que j'avais interpellée à notre arrivée.

Tu as du talent.

Elle a continué de disposer ses pierres sans répondre. J'ai feuilleté les dernières pages vierges de mon carnet. Il n'en restait que peu.

Vous cherchez votre fils… Vrai ?

Elle a levé ses yeux déconcertants vers moi.

C'est pour ça que vous êtes ici.

Qu'en sais-tu ?

Je le sais.

Ta grand-mère parle trop.

D'abord c'est faux. Ensuite c'est pas vrai.

Je n'ai pu réprimer un sourire. Cette môme. Elle me rappelait Tobias. Aussi tenace que lui. Alors qu'elle mélangeait ses pierres et entamait une autre esquisse, disposant les cailloux en un autre ordre, elle m'a dit : Moi j'ai pas de fils.

Ah bon ?

Ma grand-mère m'a dit qu'un jour je serais maman.

Peut-être.

Oui. Même que j'aurai plein d'enfants.

Grand bien te fasse.

Que j'aurai une grande famille.

Amen.

Et vous ?

Moi ?

Elle est où, votre famille ?

Je ne sais pas.

Vous l'avez perdue ?

En quelque sorte.

Alors elle s'est levée et a épousseté les copeaux de givre sur sa robe et avant de partir elle m'a dit Vous la retrouverez et j'ai senti mon estomac se fendre.

Quand elle s'en est allée j'ai crié Tu as oublié tes cailloux mais elle ne s'est pas arrêtée. Pour les ramasser je me suis penché vers eux. À cet instant j'ai vu le visage qu'elle avait tracé.

À la nuit tombée les lumières se sont rallumées une à une, sur la colline et sous l'eau. La journée durant Whitman n'avait eu de cesse d'injurier, de maudire, d'en appeler à Dieu et au diable et sa voix depuis le fenil fuyait encore par les vallons austères. À présent je me tenais sur la surface gelée. Regardais sous elle. Les foyers. Les jardins. Les maisons aux façades colonisées par les coraux et sur les toits desquelles dansaient des rubans d'algues. En y regardant bien il m'a même semblé deviner quelques silhouettes se déplaçant dans les salons ; en posant l'oreille sur la glace j'ai cru entendre des chants entonnés par un homme, une femme et leurs enfants. Le miaulement d'un chat. Les piaillements d'un moineau. Et des rires, de la joie, et les roues d'un tricycle sur les pavés d'une ruelle bordée d'anémones où les poissons-chiens refléteraient les lumières en millions de couleurs dans l'eau foisonnante. Le calme sous l'océan. Je me suis couché sur la glace. Paupières closes. Le silence en moi. Laissant les clartés venues de sous le monde traverser mes chairs fragiles.

Quand j'ai rouvert les yeux je me suis assis et j'ai vu sur la rive la vieille femme qui m'observait, une lanterne à la main. De la canne sur laquelle elle prenait appui pour se déplacer, elle a donné un coup sur la glace. Léger. Porté du bout de la canne tenue du bout des doigts. Mais qui a résonné comme si un géant avait cogné une enclume au fond d'une cave : Barouuuum, trouvant écho jusqu'au plus profond des entrailles des monts alentour. Surpris et sur mes gardes, je me suis relevé. J'ai fait face à la vieille qui se tenait, là, à cinquante pas de moi. Lui ai crié : Il était ici. Je le sais. Sans répondre elle a tourné les talons et remonté lentement le chemin menant aux maisons.

Vous m'avez menti, ai-je crié plus fort.

J'ai fait un premier pas vers le rivage mais quand ma botte a touché la glace celle-ci s'est fêlée. Au deuxième pas ce fut pire. Au troisième elle s'est dérobée et je suis tombé à l'eau et elle était si froide que je n'ai pu appeler, aussitôt chacun de mes muscles s'est crispé, ceux de mes jambes, mes bras, et mes vêtements sont devenus plus pesants qu'un bloc de roche et m'ont entraîné par le fond. J'ai d'abord heurté la gouttière d'une des maisons immergées, que j'ai dévalée jusqu'à une table de jardin sous laquelle un poisson-lapin somnolait. Je m'y suis écrasé les côtes. Blessé une cheville. Avant de tomber plus encore, vers d'autres maisons en contrebas. À la poignée de porte de l'une d'elles je suis parvenu à m'accrocher. Depuis trop longtemps je retenais mon souffle ; aurais-je le temps de remonter ? Sur le bois était gravée cette saleté de phrase, *Il ne sait pas nager*, alors j'ai ouvert la porte et suis entré et dans la cuisine éclairée par les flammes d'un feu inexplicable j'ai vu Tobias, assis sur une chaise, il mangeait un bol de ses céréales favorites et me faisait signe et disait Papa ! dans un appel assourdi.

Quand j'ai rouvert les yeux j'ai étouffé un cri et me suis assis et j'ai vu sur la rive la vieille femme qui m'observait, une lanterne à la main, appuyée sur sa canne. Elle m'a dit : Nous avons soigné l'autre. Sur la glace illuminée je me suis mis debout. Avec précaution. Osant à peine respirer, tentant de me faire le moins lourd possible.

Demain il ira mieux. Vous partirez.

Quand je suis rentré dans la grange Whitman me semblait au plus mal, suant et claquant de ses mâchoires édentées. Soigné ? Au moins ne criait-il plus. Il dormait. Enfin.

Près de ma couche se trouvait un bol de soupe chaude que je me suis empressé de porter à mes lèvres.

Attention, a dit une voix dans l'ombre. Vous allez vous brûler.

J'ai posé le bol devant moi.

Tu l'as vu, n'est-ce pas ?

La fillette est entrée dans le cercle de lumière projeté par la lampe à pétrole, timide, les mains derrière le dos.

Tu as dessiné son visage avec ces pierres, ce matin.

Je les ai sorties de ma poche et les lui ai tendues.

Mes cailloux, s'est-elle exclamée en approchant d'un bond.

Quand ? ai-je demandé en fermant le poing sur eux.

Elle m'a regardé sans piper mot.

Quand l'as-tu vu ? Il est encore ici ?

Elle a reculé d'un pas.

Tu veux récupérer tes pierres, pas vrai ? Je veux bien te les rendre. Mais à une condition : réponds-moi.

Non.

Non ? Non quoi ? Non tu ne me réponds pas ou non il n'est plus ici ?

Je me suis approché d'elle ; elle a reculé encore, regagnant l'ombre. Quelque peu effrayée.

Écoute. Je ne te veux aucun mal. Tes pierres, je vais te les rendre. Mais dis-moi où il est.

Je peux pas.

Tu ne peux pas ?

J'ai promis.

Tu as…

Mon cœur battait à tout rompre. J'ai tenté de me calmer. Ai posé un caillou sur le sol, qu'elle est venue chercher avant de s'éclipser à nouveau.

À qui ?

À qui quoi ?

À qui as-tu promis ?

Elle a hésité un instant. Mon cœur cognait plus encore ; j'ai posé un deuxième caillou.

Tu as promis… à Tobias ?

Telle une souris elle est venue prendre sa pierre. Pas de réponse. J'ai déposé toutes les autres, cette fois.

En m'éloignant moins. Toujours aussi furtive elle a réapparu dans la lumière, mais au moment où elle a saisi son butin je lui ai attrapé le poignet.

Tu as promis à Tobias ?

La crainte se lisait dans ses yeux.

Réponds !

Tobias ?

Oui. Tobias. C'est son nom. Le garçon dont tu as dessiné le visage ce matin sur la glace. C'est à lui que tu as promis ?

Lâche-la, a soufflé une autre voix derrière moi – faible mais résolue.

Te mêle pas de ça, Whitman. Mon enfant, mes oignons.

Laisse-la partir.

Non. Elle sait. Elle l'a vu.

Dans le creux de ma nuque j'ai senti le froid métallique d'un canon et Whitman a répété, Lâche-la je te dis, mais c'était impossible, je ne pouvais pas, elle savait et je l'ai dit encore, Elle sait, alors il a poussé le canon contre mes vertèbres et éructé dans un dernier souffle Lâche-la, et j'ai obtempéré et la petite a filé.

D'un mouvement violent j'ai écarté l'arme et le vieux, tenant à peine sur ses jambes, a valdingué. L'arme ? Une blague. Un vulgaire bout de ferraille qu'il avait ramassé je ne sais où.

Pourquoi ? ai-je explosé.

Elle y est pour rien.

Mais elle l'a vu !

Pas ici.

Elle lui a parlé !

Whitman s'est essuyé la bouche, le sang qui en coulait. S'est relevé. S'est traîné jusqu'à ses couvertures.

Il est pas ici. S'il l'était, les autres te l'auraient dit.

Vraiment ?

T'imagines quoi ? Personne en veut, de ton petit. Personne va te le voler.

Mais elle l'a vu.

Mais elle y est pour rien.

Elle aurait pu nous en dire davantage. Où il est, s'il va bien, ce qu'il lui a dit à elle et le reste, merde.

Elle en sait rien.

Et toi, t'en sais quoi ?

J'en sais ce qu'elle sait.

C'est-à-dire ?

Rien. Je te l'ai dit. Ce qu'elle sait ça vaut que dalle. Ton fils, il a jamais été là. Et surtout il y est plus.

Elle t'a parlé.

Quelle importance.

Elle t'a raconté, à toi.

Rien.

Quel rien ? Putain, quelles conneries. Il s'agit de mon fils, tu comprends ? Tu piges ça, vieux maboul ? Qu'il est question de mon gosse ? Cette notion simple te parvient au cerveau ?

Je comprends assez.

Assez ?

Je comprends qu'on repart demain. Qu'on aura besoin de tout ce qu'on peut. De repos. Tout. Et de ce que ces gens voudront bien nous rendre, si y sont pas trop en rogne après ce que tu viens de faire à la gamine. Donc, maintenant, boucle-la. Et dors.

Le lendemain avant l'aube nous nous sommes levés. J'avais tâché de dormir, y étais peu parvenu ; Whitman l'avait fait à poings fermés. Il s'est éveillé et je l'avais connu plus fringant, mais il était debout et à partir de là – nous verrions jusqu'où son incapacité à mourir le tiendrait. Dehors il n'y avait pas grand monde. Ni comité d'adieu ni banderole, personne pour entonner « Ce n'est qu'un au revoir mes frères ». Ils nous avaient invités à partir. La seule invitation qu'on ait reçue de leur part. Qu'importe. Nous n'avions pas notre place parmi eux et le savions. Avant notre départ ils nous ont donné des vivres. De l'eau. Un homme m'a rendu mon fusil. Au bout du sentier pavé il y avait la vieille. La petite, sur une branche d'arbre épaisse. Ses yeux marron ne m'ont pas quitté avant longtemps.

J'ai tu les questions qui me brûlaient les lèvres. Elles étaient nombreuses ; je leur avais noué les pattes, cloué la langue. M'étais interdit d'y revenir. J'ai salué la grand-mère et sa gueule de Sioux. L'âme millénaire et fauve qui lui incendiait les pupilles. Mon fils était en vie, quelque part.

Après avoir quitté les lieux nous avons remonté la colline jusqu'à son sommet. Nous ne nous sommes pas retournés. Pas arrêtés – pas même Whitman. Sur son visage pâle et fermé se lisait la douleur dont jamais il ne se plaindrait. Là-haut nous avons scruté les alentours. Le fjord. Les montagnes. Les combes nappées de brume. Ces territoires farouches et splendides s'étendant à perte de vue et que nous avions traversés ; ceux qui nous attendaient.

Par où ? ai-je demandé.

D'un pas lent Whitman s'est remis en route vers le nord. Le ciel était immense. Le soleil levant rasait les cimes. Quelque part depuis les forêts peuplant les cols et l'horizon le grondement de l'ours s'est élevé.

Tu me disais : Je voudrais aller au bout du monde. Tes pieds étaient nus sur le sol, tes seins sous ma chemise trop grande, tes hanches, et je t'écoutais me raconter. Pékin. San Francisco. Tanger. Tu avais de la famille partout. Des amis. Des souvenirs. Je te demandais, Combien de vies as-tu vécues ? et tu riais. J'aimais beaucoup ta Réunion. Ton île. Cilaos. Son écrin de montagnes. Ses cascades. L'été que tu avais dans le corps.

Whitman s'est tapi dans l'herbe haute et m'a indiqué un renard et c'est la dernière chose que nous avons mangée. C'était il y a deux jours. Dans une prairie en pente douce je me suis couché, à l'orée d'une forêt de bouleaux. Là-bas j'ai vu une toile d'araignée, entre les joncs, figée et d'une beauté parfaite. Les perles de rosée pétrifiées sur ses fils cristallins. L'aube allant à travers elles. Depuis une semaine environ nous avons quitté le village. Je n'ai pas retenu son nom – en avait-il seulement un ? Nous errons entre bois et clairières, aux bordures de lacs gelés, dans le bleu métallique de l'hiver et le blanc de l'air immobile. À l'est parfois le soleil froid se lève et me surprend, enfoncé dans la neige jusqu'aux genoux. Whitman, là-bas. La lumière raide sur la terre et nos peaux et nos visages crasseux, nos barbes raides où la morve s'emmêle au givre et nos yeux douloureux et nos joues creusées par la faim et nos lèvres fendues. Nos mains pelées, parfois jusqu'au sang. Nos corps amaigris. Même le vent a cessé de souffler, pris dans la glace avec les épines et les feuilles. Où sommes-nous ?

Hier j'ai mangé de la neige. Vomi. Plus échangé un mot avec le vieil homme depuis longtemps. J'avance, désemparé, en disant le nom de Tobias, disant Je vais te retrouver et me tournant d'un côté et de l'autre et cherchant et fouillant et répétant encore. Mes pas sur l'herbe glacée. L'ombre des sous-bois. Je me souviens du jour où Tobias avait découvert la neige. Il était heureux. Un matin j'avais trouvé deux seaux de neige fondue dans sa chambre. Pour le Père Noël, papa ! Pour lui faire plaisir ! Nous l'avions étalée sur le sol. Le plancher avait morflé, un peu, mais après tout…

Ce matin loin à l'est l'horizon brûlait d'une aurore orangée qui lentement s'étendait entre l'acier du ciel et celui de la terre. Et les ombres de s'étirer sous les troncs tordus et les branches émaciées et sur l'herbe splendide, étincelante. Sur les étangs vernis et bordés de roseaux. Sur les bêtes. Celles que nous étions. L'aurore dont la tiédeur ne nous parvenait plus. J'ai pourtant fermé les yeux. Écarté les bras. Profité d'elle comme si je sentais vraiment son étreinte. Il n'y avait plus rien d'autre.

Ton fusil, a fait Whitman.

J'ai rouvert les yeux et il était devant moi, au-dessus de moi – moi qui étais couché dans la prairie –, main tendue vers la Winchester.

Une hermine. Là-bas.

Je lui ai dit, Elle fichera le camp avant que tu n'y retournes, et le son de ma propre voix que je n'avais pas entendue depuis des jours m'a surpris.

T'as trop mangé ces derniers temps ? il m'a demandé.

J'ai desserré la bandoulière et lui ai donné l'arme.

Quatre coups. Cet abruti s'est senti inspiré. Je lui avais pourtant dit de ne pas gaspiller nos cartouches.

N'oublie pas l'ours.

Peu après notre départ du village il s'était remis à nous traquer. Nous l'entendions. Le sentions. Sans jamais le voir, nous devinions sa présence, aussi certaine qu'un couperet est voué à tomber. Au deuxième soir alors que nous ramassions du bois pour le feu des cris avaient résonné, noyés dans des bouillons de sang chaud. Whitman l'avait aperçu au bas d'un talus. Il avait attrapé un daim. Lui dévorait les boyaux alors qu'il vivait encore. J'avais demandé au vieux pourquoi il ne l'avait pas tué, n'avait pas profité de l'occasion pour.

Pas de fusil, il avait dit.
Tu aurais pu me rejoindre. Prendre le mien.
Il n'avait pas répondu.

Jerry. Hagard. Le corps éprouvé. Jerry perché trois mètres au-dessus de lui-même, flottant, était-ce moi là-bas sur le sol, ne m'étais-je pas envolé ? Je voulais me réveiller, chez nous, dans notre lit, sous la couette douce et chaude et contre toi. Sentir tes jambes contre les miennes, tes pieds, tes cheveux emmêlés et Tobias qui nous rejoindrait en réclamant : Un câlin, un câlin ! Je me souviens d'un soir, tu étais sortie de la salle de bain, nue, une robe élégante dans une main, ton « pyjama » dans l'autre – une de mes chemises –, me fixant droit dans les yeux avec les tiens que tu avais maquillés, légèrement, et qui me souriaient, et qui étaient fiers de leur petite manigance, de leur éclat, des ravages provoqués en moi par ces quelques mèches de cheveux échappées de ton chignon et qui allaient le long de ton visage et t'effleuraient la bouche.

On sort ?

Pékin. San Francisco. Tanger. Plus tard, me répétais-je. Demain. Un autre jour. Une autre fois. Peut-être l'an prochain. Trente et quelques années passées à rêver, accoudé aux fenêtres, assis devant les portes. Cette nuit j'ai rêvé de Tobias. Il marche sur la surface gelée d'une rivière et le sol se dérobe. Je cours vers lui. Arrive trop tard. Je vois son corps glisser sous la croûte transparente, sous mes pieds. Je le vois et ne peux rien faire. Je cogne contre la glace. Des bulles d'eau emportent ses cris et je suis impuissant.

Plus tôt dans l'ombre entre deux arbres j'ai cru l'apercevoir mais ce n'était pas lui, ce n'était rien. Je l'ai cherché longtemps. Alors que je traversais un ruisseau j'ai vu un écureuil sauter d'une branche à la suivante et une mésange aussi. Je me suis assis un moment et je ne bougeais plus et l'oiseau est venu se poser près de moi, fouillant la neige. Ses plumes étaient grises et brunes et noires et je l'ai trouvé beau. J'ai tendu un doigt vers lui. Une main lourde et sale et la crasse sous mes ongles trop longs. Il s'est envolé aussitôt. Depuis un pic rocheux j'ai repéré quelques jeunes cerfs flânant dans une clairière en contrebas. Whitman à la lisière, tapi, immobile, épiant les bêtes comme un lion affamé mais privé de ses griffes. Nous n'avons pas mangé. Aujourd'hui pas plus qu'hier. À la nuit tombée Whitman m'a rejoint auprès du feu. Nous passions nos journées éloignés l'un de l'autre, nous suivant à distance, ne nous retrouvant qu'une fois le soir venu afin de reprendre nos tours de garde, de survivre à la nuit. Deux ennemis veillant l'un sur l'autre. *Ennemis* est un grand mot. Toutefois je ne comprenais pas pourquoi il me suivait, ce qui le poussait à vouloir m'aider, à m'accompagner à travers le froid et la faim et la solitude de ces terres et dans une quête qui n'était pas la sienne. Je cherchais ma femme. Mon petit. Peut-être me cherchais-je moi-même, aussi. Mais lui ?

Le lendemain quand je me suis réveillé le feu était éteint, il n'en restait que des cendres et j'étais frigorifié et j'ai cherché Whitman du regard mais il n'était plus là et j'ai pensé : l'enflure. Il m'avait planté en plein sommeil ici où les vents polaires glacent le sang d'un homme en moins de temps qu'il ne faut pour. Sans compter l'ours. Sans compter les loups. Cette nuit encore nous les avions entendus hurler. Pris d'une panique soudaine, j'ai cherché le fusil ; il était toujours là, appuyé contre une souche, avec les munitions. Whitman l'avait laissé. J'ai rassemblé mes affaires. Mon carnet, dans lequel j'ai écrit *Aujourd'hui ?* lentement, les doigts pétrifiés, avant de le rouler et de le pousser dans le fond de ma poche. Appuyé sur la crosse de la Winchester, je me suis redressé. La tête me tournait. Troisième jour sans manger. Je me suis remis en route. Plus loin dans la forêt j'ai trouvé Whitman assis sur une racine épaisse, taillant une pointe de bois, et quand je suis passé à sa hauteur il ne m'a pas regardé et je ne l'ai pas regardé et j'ai continué de marcher même si chaque pas me coûtait même si l'envie de lui coller mon pied au cul était forte et dans mon dos il a dit J'ai trouvé des empreintes et je me suis arrêté. Des traces de pas dans la neige, il a ajouté.

Où ?

Une heure, au sud.

L'ours ?

Non.

Whitman a piégé une belette devant son terrier et nous avons mangé. Quand nous nous sommes remis en route je lui ai demandé : Par où ? et il m'a indiqué le sud-est. La taïga. Un large torrent dévalant un creux de vallée verdoyant où les arbres poussaient les uns sur les autres tant ils étaient nombreux. Plus loin c'étaient des montagnes lourdes pesant sur le monde. On en devinait la roche. Les arêtes tranchant le ciel et l'horizon. Là-bas les arbres étaient givrés, mais moins. Les rives du torrent étaient encore gelées mais au milieu l'eau ruait, impétueuse et libre. Mai. L'espoir de jours moins rudes. Whitman est parti devant. A grimpé pardessus le tronc d'un pin immense abattu par l'âge ou la foudre et a filé sans m'attendre. De toute évidence il avait récupéré. Un bout de viande et le vieil homme repartait pour un tour.

Quelque part, j'ai oublié quand, je lui avais demandé : Pourquoi cette direction ?

Il m'avait répondu Tu en préfères une autre ? et ça ne m'avait pas rassuré.

Tu ne sais pas où on va.

On va où est ton fils.

C'est-à-dire ?

Par là.

Il avait riposté sans indiquer la moindre voie, qui n'existait de toute façon pas. Je me souviens avoir pensé tu aurais dû rebrousser chemin, prévenir les flics, les secours ou que sais-je. Mais quels secours, ici ? Et quelle chance auraient-ils eue ?

Au torrent Whitman s'est arrêté. S'est avancé dans l'eau jusqu'à hauteur des cuisses et il a attendu sans plus bouger un muscle. L'eau à un, peut-être deux degrés. J'ignore comment il a tenu le coup. Mais ça a fonctionné : avec son bois taillé qu'il a utilisé comme un harpon il a pêché une truite venue flâner trop près de lui et nous avons mangé encore. Un jour béni. Après quoi Whitman s'est levé et s'en est allé sans un mot. Alors qu'il s'enfonçait dans la forêt j'ai crié Merci ; il n'a pas répondu, pas un geste, rien. J'ai pensé à ce soir vieux maboul, mais nous nous sommes retrouvés bien avant. C'était au bord de la rivière, encore. Regarde, il m'a dit. Dans la croûte neigeuse couvrant le sol il y avait des empreintes. Nombreuses.

Celles de ce matin ?

Les mêmes. Cinq hommes. Trois femmes.

Il a pointé le doigt vers d'autres, moins profondes, plus petites.

Des enfants.

Je me suis accroupi. Penché vers l'une d'elles que j'ai touchée du bout des doigts. Le vieil homme, debout, m'observait. Nous devons aller, il m'a dit. Les traces remontaient la rivière mais Whitman est parti vers le versant nord du vallon. Je me suis relevé. N'ai pas avancé d'un pas. Avant qu'il ne soit loin il s'est arrêté et m'a dit : À trois kilomètres en amont le torrent forme un coude. Si nous passons par ce col nous gagnerons deux heures. Puis il s'est remis en route.

C'était il y a longtemps, un jour d'été ou alentour et nous avions couru, assoiffés, à travers la prairie. Près d'un ruisseau, à l'orée d'une futaie, nous avions trouvé ce wagon, cadavre de bois et de métal surgi de nulle part et égaré en pleine nature comme la relique d'une civilisation éteinte, mais déjà tu avais bondi et sans pinailler j'avais empoigné la tôle bouillante à mon tour, ruisselant de sueur, soulevant la terre sous mes godillots, l'air étouffant, et quand j'avais levé les yeux vers le plafond éventré, prêt à balancer par centaines des pelletées de combustible dans la machine imaginaire afin de foutre cette carcasse en branle et d'aller gueuler aux quatre vents, sans blague, l'âme chevillée au corps, là-haut j'avais vu, loin au-dessus de nous, planer une sorte d'oiseau et nos vies en plus grand. À l'ombre du fourgon tu m'avais embrassé. Je me souviens de tes lèvres. Tendres. De ta nuque effleurée par les lames de lumière giclant d'entre les planches et par les fenêtres pétées. Dieu, tu étais sublime.

C'était en 2007 (en 2006 ?) en 2000 et quelques et toi et moi avions fêté nos dix mois, ceux de notre couple, de ce *nous* qui un jour serait en âge d'aller à l'école, d'apprendre l'alphabet et les nombres et l'histoire et pas seulement la sienne mais aussi celle des autres. D'innombrables trames se nouant sans relâche. Mais nous nous en moquions. Nous étions un enfant. La navette *Atlantis* pouvait bien rejoindre l'ISS, la France perdre sa coupe de rugby, Pavarotti s'en aller murmurer à l'oreille des taupes ou du mime Marceau qui ne tarderait pas à les rejoindre – nous nous en moquions. Les moines bouddhistes pouvaient s'élever contre la junte birmane, couvre-feu à Rangoon, manifestants tués, pendant qu'Ahmadinejad visitait le pays de l'Oncle Sam pendant qu'en mer Noire une tempête chavirait les navires et aidait le pétrole à donner à ces eaux le plein sens de leur nom pendant qu'au pays il pleuvait pleuvait pleuvait et qu'aux États-Unis où pataugeait Bush junior des foules anonymes s'apprêtaient à perdre leurs foyers, Lehman Brothers, Goldman Sachs, cinq cents milliards de perte par défaut de paiement, prêts hypothécaires à hauts risques consécutifs à la politique des taux bas pratiquée par la Banque centrale américaine, politique poussant les créanciers à chercher d'autres sources de profit, politique choisie au lendemain des attentats du 11 septembre pour éviter la récession économique. Nous nous en moquions. Nous étions comme la Terre : nous ralentissions. Suite à une diminution de sa vitesse de rotation, la planète allait imposer au Bureau international des poids et mesures l'ajout d'une soixante et unième seconde à la dernière minute de l'année 2008. Une année bissextile qui commencerait un mardi. Compterait cinquante-trois semaines. Serait déclarée année des mathématiques en

Allemagne. Année mondiale de la pomme de terre par l'ONU.

Devine quoi ?

Nous nous en moquions.

Nous étions un enfant et tu portais le nôtre. Dans nos corps nos têtes nos désirs nos espérances nous le fabriquions. Déjà il était beau. Déjà nous l'aimions. Tout irait pour le mieux, à n'en pas douter. Nous avions la voiture. Le boulot. La maison. J'étais prêt pour le rôle. Alors ça y est ?! nous demandaient nos proches. Ça jubilait, ça se partageait entre une fausse pâmoison de ravis de la crèche et une vraie jouissance de nous savoir à deux pas de Waterloo. Ça change la vie, vous verrez ! Sans faiblir la sentence tombait, s'échappait de sourires carnassiers dont on ne pouvait démêler la part de promesse et de menace. Pour cause, ces jeunes génitrices et leurs constipés d'époux en savaient quelque chose : les rejetons, ils les pondaient par cheptel, et une sorte de charbon dans leur regard trahissait leur ras-le-bol de nous voir à ce point désinvoltes quand eux crawlaient dans le Pampers et les emprunts hypothécaires. Les responsabilités, ils appelaient ça. C'était, semblait-il, ce qui ferait de nous des adultes.

D'un regard Michèle Morgan, d'un baiser Sophia Loren, tu me faisais alors oublier mes soupirs passagers. C'était l'époque où nous nous découvrions encore, toi en brune, toi en rousse, toi en auburn, toi en brune à nouveau, des poils sur mon torse, mes tempes dégarnies, nos disques, tes exercices matinaux, l'envie d'un chien non d'un chat nous avions adopté une mouche, un mode de vie serein (mais pas trop), des opinions communes (mais pas toujours), tenté de ne pas trahir ceux que nous avions été et que nous nous racontions sans jamais nous lasser. Au matin le réveil sonnait et je laissais glisser mes lèvres jusqu'entre tes cuisses et après avoir joui tu me rendais la pareille, Bonjour Sam, Bonjour Jerry. Douche. Boulot. Retour à la maison. Le soir on se bouffait une pizza – enfin quand j'écris *on*, il s'agissait plutôt de *je*, parce que toi, Sam, tu surveillais ta ligne, n'avalais que des légumes bio et de la viande made in la ferme d'à côté. Tu en étais convaincue : enceinte tu enflais et ce n'était pas fini, tu allais te prendre vingt kilos, trente, ne les perdrais jamais. Question de génétique. Du côté de ta mère les femmes avaient tendance à faire de la rétention d'eau, des varices et du lard. Tu étais magnifique, je t'appelais mon petit Bibendum ; nous riions. Enfin, quand j'écris *nous*… Devant la télé, sous la couette, digérant notre quatre fromages et nos topinambours nous nous blottissions l'un contre l'autre avec pour seules lumières celles de l'écran, d'une bougie, d'une vingt-cinq watts pulpe d'orange ronde et chaude tandis que sur le rebord des fenêtres les premiers cristaux de glace se regroupaient par plaques étoilées et qu'au-delà le brouillard était si dense oh mon amour qu'on croyait vivre dans un nuage. Un pelage jaune poussait sur nous. Nous étions des Bisounours. Et toi, télécommande en main – six mois de vie commune et pas un soir je n'avais pu te la prendre – tu coupais les infos dès les gros titres, passais la tête sous mon bras d'ursidé et tranchais d'un Faudrait tout faire péter.

Trop fatigué, ma belle.

Je ne te parle pas de sexe, répondais-tu, me l'empoignant malgré tout.

De quoi tu parles, alors ?

Des banques, des marchés financiers. De ces salauds de boursicoteurs. Que dirais-tu de leur offrir un petit colis bricolé ?

Tu causes comme un pilier de comptoir.

Le sourire gourmand, tu resserrais ton étreinte.

Vraiment ?

Parfois le monde extérieur faisait une brève incursion dans le nôtre ; tu l'en balayais d'un geste. Et retournais à tes occupations – moi… ou pas.

Je vais tapisser.

Maintenant ?

Oui.

D'un rire empli de malice tu t'éclipsais. Montais les marches menant à l'étage. À l'époque, c'était ton dada. Préparer le nid. La chambre d'enfant. Nous ne savions pas encore que nous allions tout plaquer, prendre le large et émigrer. Alors. Enfoui sous l'édredon je te criais un J'arrive, avant de m'assoupir. Plus tard tu me réveillais. De là-haut, d'un appel. Minuit. Enveloppé dans mes couvertures, je te rejoignais et tu me montrais ton œuvre, un pan de mur revêtu de jaune parce que tu trouvais couillon le rose et le bleu, un pan de mur lumineux avec à hauteur d'homme une famille de marsouins qui en enfilade nous faisaient de grands signes et semblaient dire bonjour ou venez jouer avec nous.

Nous avons remonté le vallon. Whitman. Moi. Nos pas sur le sol craquant et le chuintement faiblissant du torrent déchaîné dont nous nous éloignions. Sur l'autre versant nous l'avons retrouvé. Le bruit. Le vieux avait vu juste.

Sur la rive il y avait les traces à nouveau. Plus fraîches. Si je n'avais rien d'un trappeur, Whitman semblait sûr de son coup : j'ai décidé de le croire. J'en avais besoin. Il a fouillé les alentours du regard et dit Pas loin comme s'ils allaient surgir d'une seconde à l'autre. Ils ? Qui ? Au final je n'en savais rien mais j'ai scruté avec lui, aux aguets, le cœur cognant à tout rompre ; « ils » ne sont pas venus. Longeant le cours d'eau nous avons marché encore mais à l'intérieur des bois le bordant, cachés par les arbres. Partagé entre l'appréhension et l'impatience, je tenais la Winchester en main. Chargée. Le doigt sur la détente. Bon sang nous n'étions pas dans un de ces foutus westerns, mais ici, après tout – dans ce trou du cul du monde où plus rien n'avait de sens… Je ne voulais plus prendre aucun risque. Seulement mon pied a heurté une racine et j'ai trébuché et le coup est parti, résonnant à des kilomètres à la ronde. Whitman, qui me devançait de dix mètres, s'est retourné. M'a regardé comme on toise le dernier des guignols. Après avoir vérifié que je n'avais troué aucune partie de ma personne rendue insensible par le froid je me suis relevé. Ai épousseté mes vêtements, ramassé ma besace, le fusil, me suis remis en route, passant sans m'arrêter devant l'ancêtre qui n'avait pas bougé d'un poil.

Maintenant ils savent, il m'a dit.

Mais aucun n'est apparu aujourd'hui et au crépuscule sous le ciel écarlate de l'ouest j'ai allumé un feu et Whitman est venu me rejoindre malgré tout, malgré les flammes et la fumée qui s'élevaient, sans protester ni m'asséner le moindre Maintenant ils savent encore mieux, car lui savait comme moi que sans feu nous mourrions dans la nuit. J'ai pris le premier quart. Le lendemain à l'aube quand j'ai ouvert les yeux treize hommes nous observaient. Ils étaient là, debout, devant nous, autour de ce feu qui ne brûlait plus et Dieu ils m'ont collé la peur de ma vie. Ils n'ont pas dit un mot. Pas esquissé un mouvement alors que je gueulais à m'en éplucher les cordes vocales et que j'empoignais mon arme par le canon, maladroit, guerrier de pacotille, pointant vers eux la crosse inoffensive.

Alors Whitman s'est réveillé – Whitman, qui une fois de plus s'était endormi durant son tour de garde.

Cinq hommes et trois femmes, pas vrai ?

J'ai ajusté la Winchester, tenu les treize en joue. Whitman n'a pas relevé. D'un calme inébranlable, il s'est contenté de s'asseoir et de s'étirer et de se frotter les paupières à la façon d'un chat qu'on aurait arraché trop tôt au plaisir d'une sieste sur les dalles tièdes d'une terrasse. Les autres, toujours immobiles, plantés en rang d'oignons et engoncés dans leurs vêtements épais en peau de je ne sais quelle saloperie, ne regardaient plus que lui, ne prêtant plus aucune attention ni à moi ni à mon fusil qui aurait tout aussi bien pu être en plastique. Et quand Whitman a ouvert les yeux pour de bon et fixé son regard sur eux ils ont hoché la tête en guise de salut et il y avait dans leur geste un respect évident.

Face à la zénitude ambiante, j'ai baissé mon arme.

Tu les connais ?

Whitman n'a pas répondu. A esquissé un hochement de tête à leur intention et douze d'entre eux ont aussitôt disparu, tournant les talons et s'enfonçant dans la forêt.

Le dernier des treize, médusé, semblait quant à lui infichu de bouger et ne quittait plus l'ancêtre des yeux, qu'il contemplait bouche bée – une sorte de croisement entre Nanouk l'Esquimau et Bernadette Soubirous. Whitman aurait pu gueuler Je suis l'Immaculée Conception en dansant le sirtaki, ça ne te l'aurait pas ému davantage. Enfin, il s'est dénoué les maxillaires et a prononcé une poignée de mots dans un dialecte énigmatique et probablement plus ancien que la terre sous ses pieds, et auxquels Walt la Sainte Vierge a répondu d'un geste. En baissant son froc pour pisser. Offrant à l'autochtone une vue imprenable sur son céleste cul – ce qui n'a en rien amoindri l'extase du type, qui a salué le postérieur et s'en est allé rejoindre ses petits copains en courant.

C'était quoi, ça ?

Prépare-toi, m'a fait Whitman.

Pardon ?

Il a pris son paletot. La tangente.

Me préparer à quoi ? ai-je crié dans son dos alors qu'il s'enfonçait dans la forêt à la suite des autres.

Sous la toiture, l'eau avait commencé à s'infiltrer. Gouttière encombrée de neige, de glace, explosée, bois pourri, murs sous-jacents couverts de champignons et odeur de moisi : il pleuvait dans le salon. Tu étais partie depuis deux mois et j'étais couché sur le sol, mort ou peut-être pas, peut-être occupé à faire semblant, et j'avais entendu ce clic... clic... clic, senti les gouttes s'écraser une à une sur mon front, senti la bouteille de vin dans ma main, les hurlements muets, cloîtrés dans les catacombes de mon estomac, probablement un ulcère, probablement cancéreux, probablement des métastases dans la rate le foie le côlon dans mes veines, je ne digérais plus, je voulais mourir mais je ne voulais pas, par crainte, par lâcheté, paracétamol, quand je contractais le biceps gauche j'avais mal au bras droit je voyais des colombes d'argile des Donald Duck sans bec mais avec des canines. Une note sur la table, pour plus tard : acheter des compléments alimentaires, du magnésium, de la vitamine C,

B12. Vivre heureux. Détendu. Le bonheur est dans la mérule.

Sur le calendrier, une croix. 19 décembre. Café. Cinquante-sept jours sans toi.

Dehors vers une heure du matin j'avais croisé un papillon de nuit, rescapé des prémices de l'hiver, omis par le grand charnier blanc. Sorti de je ne sais où, à présent il était là, près de moi, perdu à la lisière d'une nuit qui n'allait lui laisser aucune chance mais dansant sa danse de papillon comme si tout le reste, après tout, on s'en foutait, comme si les deux stupides bougies allumées sous le porche en valaient la peine à elles seules. Moi, pull de laine troué et les pieds dans la neige, je l'avais regardé faire. Lui – s'amourachant d'une flamme et de l'autre puis de la première à nouveau, à ne plus savoir laquelle choisir, à ne plus avoir les idées claires dans sa petite tête d'ancienne chenille, trop petite et trop pleine d'un tas de choses trop grandes pour elle – lui, il ne se doutait de rien. À l'intérieur, étouffé par les briques, le jazz d'Avishai Cohen touchait à sa fin. J'étais allé m'ouvrir une énième bière. Lancer un autre trente-trois tours. (Janis Joplin, hérité de ma mère.) Assis sur le pas de la porte j'avais trinqué et le papillon avait choisi sa bougie. Mort sur le coup. Janis gueulait son « Summertime » et je m'étais dit C'est tout de même con, un papillon.

Il était huit heures quarante-neuf, déjà, le soleil froid s'extirpait du sol lointain et planté à la fenêtre j'avais scruté l'horizon, la ville, mes pensées prenant la forme de tes hanches. 20 décembre. J'avais vidé ma cannette de bière, l'avais posée sur les planches givrées du porche.

La veille au soir mes genoux s'étaient mis à trembler et j'avais pensé qu'il serait bon d'avaler autre chose que du William Lawson's. Prenant mon courage à deux mains, j'avais enfilé short, sweat-shirt et bottes en caoutchouc avant de prendre la direction du night shop, à quelques rues de là. Tobias dormait à poings fermés. J'avais pensé que le laisser seul à la maison une dizaine de minutes ne serait rien. Derrière le comptoir c'était toujours le même type, un petit blond à moustache que j'appelais Apu en hommage aux Simpson et surtout pour le faire chier. Sentant dans mon dos son regard suspicieux, j'avais choisi une moussaka en barquette et une quinzaine de blondes, avant de rentrer à la maison. J'avais marché lentement. Couru les derniers mètres. La porte d'entrée était ouverte. Tobias, sur le seuil. Il pleurait.

Tu m'as laissé.

Non.

T'es parti sans moi.

Je suis juste allé au… au milieu de la phrase je m'étais tu. Lui avais essuyé les joues, Viens, on rentre, on va se mettre au chaud. Il tremblait. De froid, d'émotion, je ne sais pas. Il était gelé en tout cas. Longtemps je l'avais serré contre moi.

Tu peux pas, il m'avait dit.
Ça n'arrivera plus.
Promis ?
Je l'avais embrassé. Porté jusqu'à sa chambre, son lit. Les couvertures Flash McQueen. Son petit corps dessous. J'avais veillé sur lui jusqu'à ce qu'il se rendorme. M'étais répété Pauvre con plus de cent fois. Dehors j'avais retrouvé le sac que j'avais laissé tomber en courant. La moussaka. Les cannettes. Amochées. Cinquante-huit jours sans toi. *Le cœur quand ça bat plus*, chantait Ferré.

Les silhouettes des arbres sombres étaient découpées par des rais de lumière glacés et rendus cassants par le froid qui venaient se fendre contre le sol et les sous-bois engourdis où la couleur n'existait plus, où c'était noir ou gris ou blanc. Là-bas nous avons suivi les traces de pas dans la neige. Le dernier des treize hommes, que nous devinions devant nous, marchant à quelque distance. Nous n'avons pas tenté de le rejoindre. Il avançait et nous pareil. Chacun absorbé par ses propres gestes ou ses propres pensées. Même Whitman et moi n'échangions plus un mot, retrouvant nos habitudes, progressant, muets, au cœur de la forêt transie. Au bout il y avait une clairière où bien d'autres hommes se trouvaient. Des femmes. Des enfants. Je n'aurais pu en faire le compte tant j'étais pris d'émotion, mais ils étaient nombreux. Une tribu d'Inuits en Laponie. Partout autour d'eux et jusqu'à nous l'herbe sauvage et givrée était noire de sang. Pourpre. Du sang encore chaud. Des vapeurs s'en élevaient, dispersées aussitôt, vaincues par le froid. Les hommes avaient abattu un troupeau de rennes dont les cadavres jonchaient la clairière et qu'ils dépeçaient à présent.

Nous avons marché à travers eux, sous leurs regards francs, eux qui se tenaient immobiles et nous observaient en silence alors que nous traversions la prairie, eux qui s'écartaient pour nous laisser le passage libre, saluant Whitman comme on salue un sage ou un brave. Plus loin, à l'écart, une des leurs dépouillait un bestiau. Quand elle nous a vus elle a interrompu sa besogne. J'ai deviné son visage sous l'ombre de sa capuche. Une mèche de cheveux s'en échappait. J'ai décidé qu'elle était belle et, de fait, elle l'était. Derrière elle il y avait un homme, un colosse, il devait mesurer deux mètres et était aussi large que grand. Quand il a compris que je la regardais il s'est approché d'elle et a posé une main sur son épaule. Il était plus âgé qu'elle, mais il y avait dans leurs regards une force identique.

Au milieu de la clairière se dressait un arbre isolé et sous cet arbre un vieil homme face auquel Whitman s'est arrêté. Les deux se sont salués. Le premier auquel Whitman prêtait attention. Autour de nous un homme plus jeune s'affairait à ramasser du bois pour nourrir un feu brûlant un peu plus loin. Je me suis demandé ce qu'ils allaient faire de toute cette viande. La cuire ou la fumer ou offrir le surplus aux charognards ? D'un geste le vieil homme devant nous a invité le plus jeune à nous laisser. Ensuite, Whitman et lui ont échangé dans cette langue à laquelle je n'entendais rien mais que Walt paraissait maîtriser. Discrètement, pendant qu'ils causaient, je me suis reculé d'un pas. Je voulais regarder encore, alentour, ces gens. Chercher cette fille mais je ne l'ai pas retrouvée. Ici et là des oiseaux noirs se posaient sur les amas de chair vive et en prélevaient leur part avant d'être chassés par les enfants qui leur jetaient des pierres ou des bouts de branches mortes en riant. Ces éclats de voix enfantines. J'ai fermé les yeux. Me suis efforcé de contenir ce qui en moi menaçait de déborder et de rompre. Quand je les ai rouverts Whitman et l'autre vieux m'ont demandé d'approcher.

Ces hommes nous ont accueillis parmi eux. Ils connaissaient et respectaient ce cinglé de Whitman pour des raisons que j'ignore encore mais le fait est qu'ils nous ont offert l'hospitalité, un repas chaud et une sorte de hutte couverte d'écorce et de peaux qu'ils appelaient goahti et dans laquelle nous pourrions passer notre première nuit au sec depuis longtemps. Leur chef était un très vieil homme, mais aussi un des seuls à parler anglais. Quelques mots seulement. C'était un début. Il m'a demandé mon nom et m'a dit s'appeler Viggoh. Je lui ai parlé de Tobias ; il n'a pas compris. Quand Whitman en a eu fini de traduire Viggoh a fait non de la tête et j'ai baissé la mienne. Je n'ai pas suivi le reste de la conversation.

Après avoir pris congé de lui Whitman m'a dit Ça va aller, ton petit on finira par le retrouver, et la journée durant je n'ai cessé de penser à cette phrase, cette affirmation qui était comme ces promesses dont on sait qu'elles ne seront pas tenues mais que le vieux dingue avait formulée le regard droit. Le soir venu, auprès du feu, je lui ai demandé pourquoi Viggoh et les siens le traitaient avec autant d'égards. Je lui ai demandé, aussi, comment il les avait rencontrés et il s'est contenté de me dire qu'il avait sillonné le pays sa vie durant, ce qui expliquait tout et rien à la fois. Alors j'ai repensé à ce qu'il m'avait dit au matin à propos de Tobias et de but en blanc je lui ai demandé : Pourquoi m'aides-tu ? Il a coupé un morceau de viande qui traînait dans sa gamelle et l'a porté à sa bouche.

Mon fils. Ma femme. Tout ce foutu bordel. Pourquoi ?

Pourquoi pas ?

Ce n'est pas ton enfant. Pas ta famille. Ton histoire. Tu n'y gagneras rien.

J'y perdrai rien non plus.

On aurait pu mourir. De faim. De froid. Dans la gueule de l'ours qui t'a blessé et nous traque encore, à coup sûr. Ma main au feu qu'il est là, planqué, quelque part, les yeux rivés sur nous. On peut mourir demain.

Demain ?

Ce soir, si la chance tourne.

Whitman a marqué une pause.

Sais-tu comment je suis mort ?

Non. Je n'en sais rien. Ce que je me demande, c'est comment tu vis. Et pourquoi.

Fayette. Voilà son nom, a commencé Whitman. Je t'ai déjà parlé de Fayette ?

En 1819 je suis né ou à peu près mais en vérité ma vie elle a pas vraiment commencé avant quinze années plus tard, c'était en 1800 quelque chose, je te laisse faire le compte. C'était peut-être en 1900, va savoir, la mémoire ; le temps quand ça passe ça te joue des tours. J'étais jeune, à l'époque.

Fayette aurait pu s'appeler Daphné ou Mélusine mais elle s'appelait Fayette. Elle était pas Jésus. Elle était pas parfaite. Elle était ce qu'elle était. Fayette, quand je l'ai rencontrée – j'avais quinze ans –, marchait dans une ruelle et portait un tee-shirt et sur le tee-shirt une baleine. C'est pas rien, une baleine. C'est grand. C'est plus grand que toi et moi et nous tous réunis. Fayette, elle, était petite. Menue. Fragile. Douce. Jolie. S'appelait Fayette et portait des baleines. Dès que je l'ai vue je l'ai aimée. Tout de suite. Paf ! Je l'ai adorée comme on adore une orchidée ou une de ces fleurs rares et sauvages et belles et divines et qu'on ose pas toucher, qu'on regarde en disant ooooh avec les mains qui s'en approchent mais qu'on sait pas par quel bout prendre et qu'au final on prendra pas, parce qu'on sait qu'il faut pas, que ces fleurs-là ça se cueille pas, et alors on se recule doucement délicatement et tout et presque en s'excusant tellement on est gêné, d'avoir pu l'espérer, d'avoir eu le culot de croire, même qu'on a plus le courage. Fayette était ainsi. Une fleur. Avant elle j'avais pas aimé. Après elle j'aimerais plus. Certaines femmes apprennent l'amour aux hommes ; Fayette *était* l'amour.

Alors on s'est aimés et le temps a passé et on a grandi et on s'est aimés plus fort encore, chaque jour, chaque minute, plus fort, sans jamais s'arrêter de, sans jamais qu'on se dise non stop maintenant ça suffit y m'semble qu'on s'aime assez n'en rajoutons plus, n'en faisons pas une tonne. Non. Ça, jamais c'est arrivé. Fallait voir, on se tenait sans cesse, sans jamais se fatiguer, par la main, par les hanches, par les épaules, les lèvres. Regardez les amoureux ! qu'y criaient dans la rue. L'été on s'y promenait. C'était bien. Puis un jour on a cessé d'être des mômes. C'est arrivé d'un coup. Un jeudi. S'est rien passé de spécial. Juste qu'on avait grandi. Qu'à présent c'était bon. Fallait plus.

Alors je me suis mis à bosser. J'ai construit une maison. Pour nous deux. Avec une baignoire et tout. Une cuisine. Plusieurs chambres. Fayette était contente. Fayette souriait. Fayette voulait des enfants et je lui ai répondu Merveilleuse idée, on commence quand ? On a commencé tout de suite. Fayette était menue, fragile, douce et jolie : je l'ai portée jusqu'au lit de chêne que j'avais fabriqué de mes mains et je lui ai fait l'amour comme on caresse les pétales d'une fleur. C'était la première fois. Jamais jusqu'alors j'avais osé. Elle était mon orchidée.

Je sais pas quand tout a commencé à finir. Sincèrement. L'ai pas vu venir. Là-dessus tu te dis : Finir ?! Tu te demandes, tu t'étonnes, t'arrives pas à y croire et tu te chuchotes que le vieux débloque ; moi non plus, j'y suis pas arrivé. Pourtant, rien d'étonnant. Le tableau que je viens de te peindre, il avait des nuances. C'était pas que du rose, c'est pas comme ça la vie. Y avait la couleur des emmerdes, aussi, et à bien y regarder – quand on s'approchait, quand on avait le nez dessus – y avait les grumeaux, les coups de pinceau manqués. Aux pigments de la gouache s'ajoutaient ceux de l'encre. Des taches d'encre dans l'air, sur les ampoules et la porcelaine, partout, des poèmes prenant forme. Des poèmes tristes. Ooh… c'était à pleurer. Y avait ces vers. Ces vers, tu comprends ? Au début je les avais pas vus, je savais pas ce que c'était ni même que ça existait, mais après. J'ai plus pu les ignorer. Ils étaient là. Le jour je les discernais, là, du coin de l'œil, planqués dans les coins, où la peinture pelait. La nuit je les entendais. Mais Fayette, elle… Y a rien qu'elle me disait, et moi je lui disais Si, écoute, mais non. Rien. Pourtant ils étaient là. Tristes. Derrière les rideaux et partout. Dans les armoires. Ils m'appelaient. Alors je les tenais à l'œil. Je les traquais et les notais sur du papier comme je pouvais, aussi vite que je pouvais. Ça me prenait tout mon temps. Je mangeais plus. Dormais plus. J'écrivais. Les vers sur du papier. Tu vois, Fayette ? Je les lui tendais, tremblant. Et puis je les déchirais. Pour les couper. Leur faire mal. Leur dire de plus revenir. De plus venir m'embêter. Ha ! Touchez pas mon bonheur ! Un matin que j'avais passé la nuit à les brûler, j'ai même incendié le salon. C'est là, je crois, que Fayette s'est rendu compte. Quand les hommes ont eu fini d'éteindre les dernières flammes et l'ont retrouvée, dans la chambre. Asphyxiée. Là, ça lui a paru évident : elle voulait pas d'un père comme ça pour ses enfants.

Quand ils m'ont annoncé qu'y avait eu un accident, au début j'ai pas saisi. Moi, je dansais dehors. J'avais brûlé la tristesse, je galopais dans les champs, je l'avais eue, la salope ! J'étais devenu un poète, j'allais en être un joyeux. Walt Whitman, le poète enchanteur. Les vers demain seraient gais. Je les cueillerais parmi la nature généreuse. Quand je suis rentré à la maison j'ai vu tout ce monde et j'ai pas bien compris. Le flic a dû répéter, Votre femme a été transférée à l'hôpital. La première chose à laquelle j'ai pensé a été ce tee-shirt qu'elle portait le jour où je l'avais rencontrée. Je sais pas pourquoi. C'était rien qu'un tee-shirt. Tu me diras qu'en 1800 et quelques y avait pas tant de ces vêtements modernes mais ma Fayette elle s'en fichait pas mal. Elle s'habillait comme elle voulait. Arrivé sur place, j'ai vu ce drôle de gaillard. Je savais pas son nom ni rien à son propos, mais il était là, penaud, près de cette porte devant laquelle j'attendais moi aussi. Il avait ôté sa casquette qu'il tenait à deux mains comme le grand môme qu'il était. Son froc était dégueulasse. Ses cheveux gras ; l'était pas du genre à se passer un coup de peigne. C'est lui qui l'avait trouvée. M'a demandé : Vous êtes le m'sieur de la dame ? J'ai pas eu le temps de répondre. Par la porte devant nous est sorti un gars en blouse blanche qu'a appelé mon nom. On était dans un couloir, des gens passaient autour de nous. Il m'a dit qu'elle s'en sortirait, mais qu'ils avaient pas pu sauver le bébé.

Dans la chambre, couchée sous les draps blancs, Fayette s'est réveillée et quand elle m'a aperçu, assis à ses côtés dans le fauteuil de cuir brun, elle a pleuré et j'ai pleuré avec elle. On y est restés six jours. Elle. Moi. Muets. Le bébé, que le médecin avait dit.

Ça aurait pu se passer autrement. Ça aurait dû. Je lui aurais fait l'amour et le lendemain elle me l'aurait annoncé, Je suis enceinte, et je lui aurais demandé comment elle savait et elle m'aurait dit Je sais et je me serais contenté de ça, j'aurais pas cherché à savoir, et la journée durant j'aurais dansé avec elle, dans le salon, dans le jardin, sur les toits, sautant d'une tuile à l'autre, sur les cheminées des voisins et puis sur les nuages, Regardez les amoureux ! qu'ils auraient crié les oiseaux. Quand je l'avais rencontrée, Fayette portait une baleine ; jusqu'à ce matin d'hiver et pendant plus de cinq mois elle avait porté notre enfant. Moi, j'en savais même rien. J'avais même rien remarqué. À attraper les vers, tout le temps. Elle avait cherché à me le dire ? Même à ça je serais pas foutu de répondre. Ce que je sais aujourd'hui c'est qu'elle devait accoucher. Bientôt.

Au bout du sixième soir à l'hôpital elle m'a demandé de la ramener à la maison. Elle. Ses vêtements. Sa valise. Des semaines durant je suis resté auprès d'elle, veillant, prenant soin de cette femme que je voulais encore croire mienne, ma petite fleur, ma Clochette, sans jamais qu'on se dise plus que bonjour ou bonsoir. C'était le mois de février. Carnaval. Dans la rue des enfants sont passés en courant et j'étais sous le porche et elle derrière la fenêtre du salon et j'ai vu qu'elle les regardait courir et quand je suis rentré elle a tiré les rideaux et j'aurais voulu m'approcher, la serrer contre moi et nous entendre raconter ces choses qui nous abîmaient comme autant de coups d'ongles plantés dans l'estomac ou peut-être juste la serrer sans rien dire, mais avant de m'en laisser une chance elle s'est dérobée.

Dans les semaines qu'ont suivi, Fayette s'en est allée. Calmement. Elle m'a dit Je pars, mieux qu'un mot sur une table, qu'une absence dans une maison vide. J'ai répondu D'accord, même si je l'étais pas. Et ça s'est terminé ainsi.

Je sais ni pourquoi ni comment j'ai pu y prêter attention mais la veille, un samedi, avait été un jour de beau temps. La météo. Tu me diras, de quoi tu m' causes ? Pourtant ce soir-là, le jour d'avant donc, je me souviens, je me suis assis sous le porche avec un pot de miel à la main et sirotant ma fatigue et constatant combien c'était clair et doux et resplendissant pour un soir de février. Par-dessus l'auvent s'échappait un air de piano que j'avais pas reconnu, un de ceux du genre dont Fayette raffolait, filant de notre chambre où elle allait se reclure une nuit de plus et commencer à empaqueter ses affaires. Dans la cuisine et le salon j'avais ouvert les fenêtres et laissé entrer un air qu'était pour ainsi dire moelleux et pur et indolent et parfois, j'imagine, quand le reste devenait trop difficile à porter, m'accrocher à ces choses m'aidait à tenir debout. Alors voilà. Samedi. Je crevais mais il faisait bon. On avait perdu notre enfant mais le ciel était bleu. Fayette s'en irait le lendemain mais les hirondelles, bientôt, repeupleraient le pays. À l'aube, après neuf jours d'enfermement, elle est sortie de son cocon et a descendu l'escalier. Le loquet de la porte – je faisais semblant de dormir ; il a fait semblant de m'éveiller. Et j'ai su sans la voir qu'elle portait un bagage. Tapi sur le divan, j'ai retenu ma respiration. Étouffé ma présence, espérant disparaître sous le bruit des valises traînées sur le sol. Mais elle est venue s'asseoir devant moi et poser sa main sur la mienne et je l'ai pas supporté.

Des heures durant ou peut-être même des jours je suis resté là immobile sans plus bouger ni respirer à regarder cette porte qu'elle avait refermée derrière elle, derrière laquelle elle avait disparu, des heures et des jours en apnée. Quand j'ai repris mon souffle ça m'a fait l'effet d'une douleur terrible dans la poitrine, à croire que l'air était devenu insupportable, que l'oxygène ça existait plus. J'ai pas pleuré. Pas crié. Rien. Juste rouvert la porte et marché. J'ai traversé le jardin. La rue. Le village. Atteint la forêt que j'ai traversée aussi. Les plaines. Les lacs. D'autres forêts encore. Marchant toujours tout droit sans plus jamais m'arrêter. C'était il y a longtemps. J'ai jamais cessé de marcher.

Quand Whitman s'est tu on ne percevait plus que le crépitement du feu. Autour de nous et d'autres flambées, plus loin, des femmes et des hommes mangeaient, bougeaient, échangeaient et des enfants jouaient mais on ne les entendait plus. Presque distants, irréels, ils étaient à l'écart de cette bulle de silence qui nous avait englobés, le vieux et moi, étouffant les voix et les bruits, excepté ceux du bois qui partait en fumée.

Je n'ai pas relevé les incohérences, les failles, dans l'histoire de Whitman. Il s'agissait de la sienne. Il pouvait en raconter ce qu'il voulait, c'était son droit. J'en fais autant de la mienne. Nous le faisons tous. Au bout d'un moment il s'est levé et m'a dit : Comment je vis, j'en sais plus rien. Pourquoi je t'aide ? J'ai perdu ma famille, tu te bats pour retrouver la tienne. Et il s'en est allé. Plus tard je l'ai vu entrer dans une des tentes où il est resté jusqu'au lendemain. J'ai dormi dans une autre. J'ai pensé que c'était bien ainsi.

À la lueur de l'aube j'ai trouvé mon crayon. Taillé la mine au couteau, en silence – les autres dormaient. Se faufilant par les interstices, les lames de lumière orangées se sont invitées dans l'étrange tipi. Dehors l'herbe glacée brillait ; un tapis étoilé. Un oiseau fouinait non loin de moi, quand il m'a vu il a traversé la clairière, s'est posé sur l'arbre gelé au milieu puis s'est envolé à nouveau, vers la forêt et les cols sur les pentes desquels s'épandaient des traînées de brume et dans le soleil rasant et dans le ciel inoxydable. J'aimais cette heure du jour. La première. Celle où rien encore ne bougeait, où le vent était loin.

Un soir, couché sur le lit qu'on avait descendu dans le salon pour profiter du feu – c'était l'hiver et tu aimais dormir là, près des flammes, faire l'amour aussi –, j'avais lu quelques pages du *Vieux Saltimbanque*, un bouquin de Jim Harrison sur la couverture duquel était écrit *Le dernier livre d'une légende*. Quelque part au cœur du premier chapitre Harrison évoquait Faulkner et Faulkner répondait à cette question, de quoi a besoin un écrivain, et je ne me souviens plus des mots exacts mais ça tournait autour d'un stylo et d'une feuille, ce à quoi Harrison ajoutait : *Trouve-toi toi-même. Il n'y a pas de raccourcis. Il faut y consacrer ta vie entière.* Je me souviens de ces lignes comme de l'odeur de bois brûlé parfumant le bout de mes doigts. Souvent je regardais la photo du vieux Jim sur la quatrième de couverture avec l'émotion d'un gosse étudiant celle d'un grand-père disparu.

Faire le feu faisait partie des tâches que je me devais d'accomplir. Un acte ancestral auquel je tenais. Rentrer les bûches. Gratter l'allumette. En fin de soirée tu épluchais les letchis que tu avais fait venir de ton île, les savourais un à un. Assis à tes côtés, je te regardais faire. Je me sentais un de ces types. Un de ces hommes à l'ancienne, avec des mains épaisses et ce qu'il faut dans le ventre, capables de prendre soin de leur femme.

Ce matin j'ai pas mal repensé à l'histoire de Whitman, aux zones d'ombre dont il avait parlé, celles de la vie, celles qui t'érodent un amour simple et beau. Quelles étaient les nôtres ? D'où avaient-elles surgi ? À en croire le vieux dingue, lui et moi avions en commun cet amour, et d'autres choses encore, et je me suis surpris à songer qu'il n'était peut-être pas le vieux cinglé que je pensais. Quand j'étais étudiant, un poivrot m'avait servi ce cliché, dans un bar, selon lequel tout homme se devait de planter un arbre, faire un enfant et écrire un livre. J'étais en règle pour les deux derniers. Aujourd'hui je me demande : sommes-nous tous écrivains ? Sept milliards de plumes allant à travers le monde. À la même époque j'avais rencontré cette fille, jeune, sûre d'elle, plutôt jolie. Elle voulait devenir, je crois, une sorte de Jane Austen et parlait de son « premier roman » avec une assurance rare, ce qui ne promettait rien de bon. Quel auteur sincère peut être aussi confiant ? Arrogante, sûre de son avenir, elle affirmait avoir le « carnet d'adresses nécessaire » à ses « ambitions littéraires », un discours offensif digne d'un yuppie de Wall Street. Mes ambitions littéraires se bornant à écrire quelque chose de valable, je m'étais senti couillon. *Un jour je trouverai les mots justes*, espérait Kerouac. L'ambition d'une vie. Je n'avais pu m'empêcher de penser que cette fille irait loin. De me remémorer John Kennedy Toole, aussi, cet auteur immense qui avait respiré les gaz d'échappement de sa bagnole jusqu'à lâcher la rampe, convaincu de sa propre médiocrité. Ces furieux, prêts à faire les poubelles pour y trouver un fond d'encre et un bout de papier, tourmentés par l'urgence.

Étais-je un des leurs ?

À une certaine époque, je m'étais plu à le croire.

Chaque matin avant l'aube et Tobias et toi, Sam, avant chaque journée de boulot, je me levais et me faufilais dans la pénombre et allumais une lampe et gribouillais de la prose, chaque soir, quand déjà tu dormais, à tout moment du jour et de la nuit, ici, là, n'importe où. Je volais mes instants, jusqu'aux chiottes s'il le fallait. Ce qui ne signifie pas que j'avais du talent. Simplement la rage. Celle-là même, lumineuse et tenace, qui dans *le monde selon Jerry* animait les fous épris de littérature – un domaine que trop longtemps j'avais cru appartenir à une poignée d'ennuyeux lettrés pompeux ternes anguleux en veste de velours et de poussière, binocles sur le bout du nez, membre mou, bandant à l'envers. Funeste erreur ! Et si quelque part en dehors de mon imagination de môme ces binoclards existaient, les féroces en guenilles, cheveux en bataille et gueule cabossée, leur avaient arraché les mots des mains pour les serrer au creux des leurs – ces mains qu'ils avaient puissantes, des mains d'alpinistes, de marins, de boxeurs, des mains d'hommes et de femmes bouffant la chair crue de la vie. Ces mots, les chiens errants les disputaient aux civilisés, aux bien dressés, aux colliers de cuir gravés Médor. Le loup des steppes n'était pas seul. À ceux-là je m'étais identifié. Comme eux j'avais découvert l'existence des lettres, comme Robinson son île, avant quoi j'avais survécu de l'eau salée ras la gueule, persuadé que des villes aux campagnes, du nord au sud et partout et jusqu'au soleil rouge ne s'étendait qu'un océan infini auquel rien ne m'avait préparé. *Un marin*, ai-je écrit. Même pas marin, en vérité. Ni boxeur ni rien. Je n'étais pas Hemingway. Dans les rues à marée haute, nappées d'écume, je flottais ou plutôt tâchais de. Je faisais la planche, le corps alourdi de coton, de cuir, la peau tatouée et la rétine pareil mais par le ciel épuré. Je me persuadais et donnais le change aux autres : j'étais une carpe, un homard, une saloperie de dauphin, Flipper ricanant hihihaha parmi les siens. Merde. Je n'allais pas si mal. Je planchais même plutôt bien. Dans la librairie où Fante et les autres m'attendaient j'avais découvert ces types et leurs romans. Par hasard. Impressionné par ces noms, Barjavel, Kundera, Camus, Salinger ou Burroughs, dont j'ignorais tout mais qui dégageaient de la classe, qui en imposaient lourd. Je m'y sentais un Ali Baba dans une caverne dont il ne comprenait pas encore la valeur des trésors. La librairie, en plein campus universitaire, était peuplée d'étudiants plus âgés que mes quinze ans et dont certains se demandaient ce qu'on pouvait bien fiche à traîner là des heures durant, moi et mon front boutonneux, ma tête voguant une tête plus bas que les leurs. Un accueil dont je me moquais. Fante et les autres étaient là ; Gilles aussi – ce libraire qui était une encyclopédie vivante et me filerait, chaque semaine, une nouvelle pile de livres, étonné et ravi que je les rapporte aussi vite en les ayant tous lus. Très vite nous étions devenus amis. Une amitié de plusieurs années. Le temps de dévorer ses réserves littéraires, ses caves, ses fonds de caisse. De se dire ce qu'on en pensait. De s'émerveiller. Un jour de juin, on l'avait retrouvé sous une poutre, les pieds à trente centimètres du sol, dans l'appartement bourgeois qu'il avait hérité de son père et habitait comme un dandy bohémien. Il avait accouché d'un manuscrit. Des années de sueur et d'espoir, refusées par tous les éditeurs. Gilles était John Kennedy Toole. Le succès post-mortem en moins.

Souvent je me suis posé cette question, qui suis-je ? incertain de la réponse. Il m'a fallu du temps pour oser prendre un crayon, poser une phrase sur un coin de feuille. Gilles, à sa façon, avait fait preuve de courage. Avais-je autant de valeur ? Je ne me sentais pas légitime, certainement pas à la hauteur, même si là-dedans ça brûlait, à l'intérieur, entre les côtes. Autour de mon seizième anniversaire j'ai écrit une nouvelle dont j'ai perdu la moitié du texte et oublié jusqu'au titre. Ces lignes étaient mon manifeste. Celui d'un gosse qui ne sait pas grand-chose mais se découvre l'envie de vivre au-delà de ce que la vie propose. De belles promesses, tu me diras. Peut-être. J'ai dû les remiser, quelque part.

Je n'ai écrit qu'un roman et n'en regrette rien. Le héros s'appelait Jack London et racontait sa vie. C'était un clown. Un pauvre type, loin du véritable Jack ou de l'image que je m'en faisais. Le manuscrit est resté dans les tiroirs de mon bureau et c'est peut-être mieux ainsi. Un soir nous nous étions engueulés à ce propos, tu ne comprenais pas mon refus de tenter ma chance auprès des éditeurs et je t'avais répondu crânement, Je n'écris pas pour vendre, ou ce genre de connerie. J'avais la trouille, en vérité. J'avais préféré ne pas savoir. Quelque part en chemin Jerry l'adulte avait oublié ce que Jerry le môme s'était promis. Il se sentait moins de cran. Avait grandi et était rentré dans le rang. Au lieu d'être le Shakespeare de son époque, ou même de son quartier, il s'en était allé faire ses quarante heures comme tout le monde. Plus commode. Moins dangereux. Plus rassurant de visser des prises en plastique sur les murs de contreplaqué d'une salle d'escalade que de monter sur le ring face à Mailer ou Bukowski, même bourré. Visser. Dévisser. Revisser. Ok, ce n'était pas si mal. Il y avait des plus mal lotis. Des types qui emballaient des nouilles à la chaîne. Mais ces saletés de murs en toc avaient fini par me fiche la nausée, à m'en dégoûter des faces rocheuses et des falaises que j'avais tant aimées. Pourquoi tu continues ? me demandais-tu. Ma corde n'attachait plus que la balançoire de Tobias aux branches d'un chêne, et je n'écrivais plus.

Mon nom est Jeremiah Gunn, un nom qui ne s'invente pas, Jeremiah comme Jerry et Gunn comme le flinnngue, faute d'orthographe comprise. Comme il ne l'indique pas je suis né en Écosse, tire mes origines de. Mes cheveux l'attestent. Roux. Certifiés conformes. Selon ma mère, mon père était un descendant direct de la lignée Wallace. Comme William. Comme dans le film avec Mel Gibson. Oui. Carrément. Pourquoi le paternel ne s'appelait pas Wallace lui aussi, je l'ignore, mais ma mère n'était pas du genre à s'embarrasser des détails. Il s'appelait Gunn mais était un Wallace. Point. Ce que j'en sais, pour ma part, c'est que je ne l'ai pas connu et elle pas beaucoup mieux. Il est sorti de sa vie aussi net qu'il y était entré. Il était couvreur. Avait passé deux jours sur son toit et une nuit dans son lit. L'histoire ne dit pas s'il travaillait en kilt ou gueulait Freedom ! en jouissant.

Pour lui elle avait traversé la Manche et vécu un an sur les routes, entre les Highlands et nulle part. Il était de ces types qui ont le bitume dans le sang, incapables de se fixer, de se dire ma vie est ici. La sienne était partout. Selon ma mère, je lui ressemble. La même façon d'être silencieux, elle m'a dit. De regarder une abeille ou même rien, juste le vide, comme si dans le bleu du ciel se trouvaient les réponses. Par amour elle l'avait suivi et ça avait duré un an, peut-être moins. Quand elle m'a mis au monde il a disparu. Certains ont dit que c'était minable. Je n'en sais rien. Sans doute. Je sais qu'elle a survécu et en a aimé d'autres. Un jour elle m'a parlé de lui. C'était la première fois, et la dernière aussi.

Il y a des mots que l'on peine à trouver. Ceux dont on croit qu'ils n'existent plus. Dans un de ses poèmes Walt Whitman évoquait un *dictionnaire des mots inaccessibles* ; aujourd'hui j'y cherche ceux pour te parler. Ça commencerait par *Sam* et ne serait suivi d'aucune virgule, ça fuserait, ça serait cinglant, plus affûté qu'une lame d'acier et aussi droit et clair. C'est que ça ne tortille pas, une lame, ça va au but, ça te dit ce que ça a à te dire sans s'alourdir de ponctuation. Ça te raconte ce que ça ressent. Froidement. Même si à l'intérieur ça s'embrase, même si ça ne respire plus, même si là-dedans il n'y a plus d'air entre ses petites cellules métalliques et folles de toi et de ta peau. Et si même il n'y a plus de mots, si eux aussi ont brûlé, ça te dit que tu es indicible. (Au pire. Si ça ne sait plus quoi te dire d'autre.) Ça te le dit et te le grave dans l'écorce des arbres tendres, *Sam tu es indicible*, et ça t'explique les sentiments que ça éprouve et qui vont au-delà de tout. Ça te raconte que ça a aimé, mais que pour toi ça brûle. Et que ça ne brûle pas n'importe comment, que ça le fait sans faire semblant, avec trois *û*, une triple voyelle et une syllabe que ça laisse traîner quand ça te le dit, *Je brûûûle pour toi*, grondant ce mot comme grondent les craquements sourds du brasier la consumant jusqu'à la pointe, la reléguant parmi les vaincus, la fichant à genoux, heureuse et triste et fragile, elle qui était une lame d'acier et ne pliait devant rien.

À la lumière du soleil levant je me suis exposé, nu, seulement habillé de mes bottes, debout dans la clairière vaste et magnifique où le sang pourpre des rennes s'était mélangé à la neige. Depuis des jours je n'avais plus enlevé mes vêtements, que je portais même pour dormir ; là-bas j'ai redécouvert mon propre corps. Sale. Décharné. Mes cheveux gras, mes ongles longs et noirs, mes mains que j'ai trouvées maigres et noueuses et mon torse, aussi, où saillaient les côtes. Je puais d'une puanteur chaude et animale, celle du loup, du corbeau auquel il ne manque que les plumes pour prendre son envol. Si longtemps sans me laver – combien de jours ? Dans l'hiver infini où tout est pris dans la glace le temps lui-même s'était figé et s'étirait et allait parmi les flocons insaisissables et qui flottaient par millions, délicats et secrets, plus légers que l'air, ignorant d'où ils viennent et où ils se poseront.

Le soleil – une ampoule dans un frigo, te plaisais-tu à dire depuis que nous vivions dans ce pays. Ce soleil n'est pas celui de ton île qui était torride et joyeux. Ici face à lui mon haleine à peine expirée se fige en stalactites autour de mes lèvres boursouflées de gerçures, s'emmêlant dans les poils crasseux de cette barbe que je porte clairsemée, faute de pouvoir faire mieux – par manque de volonté, m'aurais-tu taquiné. Sam. Où es-tu ? Mes épaules se couvrent d'une neige pure dont la blancheur parfaite trahit la souillure de ma peau. Étrangement je ne sens rien de ses morsures. Cette même neige qui m'aurait pénétré jusqu'aux os il y a un mois à peine me fait aujourd'hui l'effet d'une caresse. Mon corps a changé. Je me demande si d'autres choses, en moi, en ont fait autant. À l'est les nuages ont atteint l'horizon. Le soleil s'est voilé. Je prends mes vêtements, que j'ai posés à côté de moi, aussi sales et puants que moi. Me rhabille lentement.

Peu à peu des hommes se sont levés. Des femmes. Aucun ne m'a parlé. Quelques enfants m'ont étudié à distance respectable, serrés les uns contre les autres et chuchotant ; quand je les ai fixés à mon tour l'un d'entre eux a crié et ils se sont dispersés. J'ai parcouru le camp qui s'éveillait sans ordre et à un rythme qu'aucune horloge ne cadençait. Ces gens semblaient issus d'un autre âge ou avoir ignoré l'avènement de la modernité. Au vingt et unième siècle ils avaient emprunté le fusil et quelques frusques et la gnôle : de quoi tenir dans le Grand Nord. Le reste, MM. Samsung et McDonald pouvaient se le garder. Le jour de mes douze ans le père de ma mère m'avait offert une montre dont on pouvait voir les aiguilles dans l'obscurité et jusqu'à vingt mètres sous l'eau. Je l'avais remercié, mais n'avais pas saisi l'utilité de lire l'heure en dormant ou en me noyant. Sous la goahti où j'avais dormi j'ai rassemblé le peu qui m'appartenait. Me suis dirigé ensuite vers la tente de Whitman que j'ai appelé plusieurs fois. Tobias n'étant pas ici, je voulais repartir au plus tôt. Ne pas perdre de temps. Mais Whitman n'a pas répondu. À sa place une jeune femme, celle que j'avais remarquée la veille, a poussé la porte en peaux de bête et s'est tenue devant moi. Sans que j'en comprenne rien elle m'a sifflé au visage quelques-uns de leurs mots que j'ai trouvés beaux. À moins que ce ne soit elle. Elle n'était pas d'une beauté ordinaire, pas comme le sont ces femmes apprêtées que l'on croise dans les villes. Elle bougeait sans manières, et une cicatrice lui balafrait la joue gauche. Mais elle avait dans le regard quelque chose qui te prend. Comprenant que moi, justement, je ne comprenais rien, elle m'a parlé à nouveau, mais cette fois en français. J'ai cru à une blague. Je délirais, sans doute.

Vous parlez ma langue ?

Elle a hésité.

J'ai appris.

Comment ?

Elle n'a pas répondu.

Je cherche mon fils. Je lui ai dit ça de but en blanc. Mon enfant. Vous comprenez ?

Elle a hoché la tête.

Vous l'avez vu ?

Elle a fait non.

Vous pouvez demander ? Aux autres ? Leur dire ? Quelqu'un sait peut-être quelque chose.

Elle n'a pas réagi et j'ai laissé tomber. Peut-être leur vieux avait-il raison. Peut-être ne savaient-ils rien à propos de Tobias. Je lui ai dit : Je dois trouver le vieil homme. Walt. Et repartir à la recherche de mon fils.

Elle continuait de me regarder sans ciller.

Où est-il ?

L'enfant ?

Walt.

Il parle.

Où ?

Avec la…

Elle m'a indiqué les alentours.

Forêt ?

Oui.

J'ai digéré l'information en m'efforçant de rester calme. Répété, Il parle avec la forêt.

Elle, pas troublée pour un sou.

Avec les arbres, ai-je insisté. Les sapins.

Elle m'a regardé droit dans les yeux.

Où est-il ?

Il parle. Il reviendra.

Il reviendra ?

Alors elle m'a tourné le dos et est rentrée dans la goahti et j'ai crié Quand ? mais elle n'a pas répondu. N'est pas ressortie avant longtemps.

Sans attendre, les nerfs à vif, j'ai empoigné mon sac et me suis dirigé vers l'est, la direction que nous suivions avant d'arriver ici. Mais avant d'atteindre l'orée des premiers bois je me suis arrêté, pris d'un doute. L'est, vraiment ? J'ai scruté la forêt s'étendant autour de la clairière qu'elle encerclait de sa masse blanche et sombre comme une armée de fantômes assoupis, contraints par la glace, parés de neige et sous lesquels se répandaient des ténèbres sans fond. L'espace d'une seconde, l'envie d'appeler le nom de Whitman m'a collé des envies de gueuler. De maudire ce salopard qui une fois de plus me jouait un de ses tours. Son préféré : disparaître. Planter le brave Jerry. Après tout, je pouvais ramer. Dans la flotte ou la mouise, ça faisait toujours du sport. Ça ne pouvait qu'être bon. Déterminé à ne pas me laisser faire j'ai ré-empoigné mon sac que je me suis re-fichu sur le dos, les re-nerfs à re-vif, et d'un pas décidé j'ai traversé la clairière et le camp dans l'autre sens, plein pot vers l'ouest… Non : le sud.

Le nord ?

Au cœur de la prairie, un peu à l'écart du campement, se trouvait une lourde branche sur laquelle j'ai choisi de marquer une pause, fatigué d'avoir sillonné la clairière et tourné en rond. Mon estomac me rappelant qu'il était vide, j'ai enfin franchi les quinze mètres qui me séparaient des tentes afin de quémander un peu de nourriture. Là-bas, bien que ne parlant pas un mot d'anglais, une grosse femme a compris mon problème et m'a donné un morceau de viande sec et salé avec quelque chose qui goûtait le gruau d'avoine mais n'en était peut-être pas. J'avais trop peu mangé ces derniers temps ; j'ai avalé la mixture sans broncher ni me poser de questions. Sans pouvoir m'en empêcher je cherchais du regard cette fille qui comprenait ma langue. En vain. Je ne l'ai plus revue. Pas de suite, du moins. Sa tente était démontée. C'est là que j'ai pris conscience du changement : autour de moi les hommes pliaient le camp. Ils se préparaient à partir.

Dans le va-et-vient général une chose étrange a attiré mon attention, comme une lumière, ou plutôt une couleur, quelque chose de furtif qui est apparu pour s'évanouir aussitôt. Quelque chose que j'ai cru reconnaître, bien que ne sachant quoi. L'avais-je seulement vu ? Je n'étais pas certain – le doute à nouveau.

Mais.

Je me suis levé et sans quitter l'endroit des yeux – cet endroit où je croyais que – je m'en suis approché, incrédule, parmi les gens, ces femmes et ces hommes qui s'agitaient en tous sens et préparaient leur départ avec une énergie calme, et alors je l'ai aperçue à nouveau, cette chose, cette distorsion de couleur minuscule dans la réalité acide, et cette fois c'était clair : je ne pouvais l'avoir imaginée. Et là je me suis mis à courir. Et j'ai crié,

Dusty Crophopper ! Dusty Crophopper ! Sans plus pouvoir m'arrêter.

Où tu as trouvé ça ?

Le grand type m'a regardé d'un air interdit.

Où ?

Bon sang. Il ne comprenait rien et moi, sur la pointe des pieds, dressé le plus haut que je le pouvais pour tenter d'atteindre ne serait-ce que la pointe du menton de ce géant, je ne décolérais pas – où, nom d'un avion, d'une fichue hélice tournant sur le nez d'un aéroplane doué de parole et pourvu d'une paire de globes oculaires, où avait-il trouvé, à qui avait-il pris, comment et pourquoi cette grande fichue foutue saloperie de pourriture de charogne avec sa tronche de grand con se promenait en pleine nature avec le cartable Dusty de mon petit garçon ?

Tu l'as vu ? Hein ? Mon fils, Tobias, c'est son nom, tu l'as vu pas vrai ?

Dans ma rage mon empressement (et la multitude d'émotions qui me nouait les veines et le cœur et puis tout le reste aussi) je m'étais remis à parler français et ce pauvre gros n'y entendait pas une moitié de virgule mais je n'en avais que faire ou plutôt si mais ne me rendais plus compte, je n'avais plus conscience de rien, je voulais mon garçon, cette enflure ne pouvait pas ne pas saisir quel que soit le langage quelles que soient la sonorité ou l'origine ou la quantité de mots qu'il me faudrait lui graver sur les tympans à grands coups de burin nom d'une aile en tôle et criblée de boulons. Mais alors et à force de m'entendre gueuler d'autres se sont attroupés autour de nous et parmi eux cette fille, Arrêtez ! sommait-elle, elle s'est plantée devant moi, entre le type et moi, ses yeux droit dans les miens ou qui tentaient de car les miens justement ne quittaient plus le géant.

Il sait, je lui ai dit.

Quoi ?

D'un geste je lui ai indiqué le cartable.

Il sait.

Elle et lui ont échangé quelques mots.

Que veux-tu ?

Qu'il m'explique.

Elle s'est tournée vers lui. Lui a parlé à nouveau.

Il ne sait pas de quoi tu parles.

Comment a-t-il eu ce sac ?

Elle lui a traduit la question.

Un homme lui a vendu.

Un homme.

Oui.

Il y avait un enfant avec lui ?

Elle lui a posé la question. M'a répondu Non, et le type a parlé encore.

Le sac. Échangé contre une peau. Les peaux de renne sont chaudes. L'homme était mal…

Elle a montré mon pantalon, mon manteau.

Habillé ? j'ai tenté.

Oui.
Qui ?
Qui ?!
Qui était l'homme ?
Elle a traduit.
Il vit dans une cabane. Celle d'un…
Elle a mimé.
Trappeur ?
Je ne connais pas ce mot.
Un chasseur.
Oui. Mais il n'est pas ça. Il n'a pas les bonnes…
Armes.
Oui.
J'ai réfléchi une seconde, le temps de remettre les choses en place.
Où est-elle ?
Quoi ?
La cabane ?
Elle a demandé au type. S'est tournée vers moi et m'a dit : Deux jours de marche, là-bas.
Là-bas ?
Près de la grande eau blanche.
Un silence. J'ai regardé dans la direction qu'elle avait indiquée.
Je veux le sac. J'ai insisté, Je veux ça, le cartable de mon fils, et la fille m'a dit qu'il fallait offrir quelque chose en échange. Dans le quart de seconde je lui ai tendu mon fusil avant de me raviser et de chercher

autre chose, la Winchester j'en aurais besoin, pour manger, survivre, alors le type a pointé un de ses gros doigts vers l'anneau que je portais à l'index et je lui ai dit Ok. Marché conclu. Cet anneau bien sûr tu me l'avais offert, c'était des souvenirs. Mais le cartable de Tobias. C'était une dernière chance, un espoir qui renaissait.

Dès que je l'ai eu en main j'ai couru, à fond de train, sans demander mon reste ni rien, sans même leur dire merci ou adieu ou. Juste courir. Près de la grande eau blanche, elle avait dit. En allant à travers la clairière et les premiers arbres je me suis répété cette phrase ; un refrain comme du charbon jeté dans l'âtre.

Dans la forêt j'avançais sans plus rien voir, haletant – un cheval affublé d'œillères. Le là-bas de la fille, c'était pile devant. Aucune courbe admise. C'était là-bas et point barre, la seule ligne droite que la taïga connaîtrait jamais. À chacun de mes pas je m'enfonçais dans la neige, parfois jusqu'aux genoux, et les larmes coulaient d'elles-mêmes de mes yeux douloureux et piqués par le froid pour geler aussitôt le long de mes joues. Le vent avait repris vie. Me fouettait le visage. Époussetait le sol d'où s'élevaient des nuées de poudreuse aveuglantes.

À la nuit tombée j'ai rassemblé du bois et allumé un feu. Je tremblais. J'étais pourtant couvert de sueur. Derrière moi j'ai entendu une voix. Whitman. Pas eu besoin de me retourner, je l'avais reconnu au son de ses pas, avant qu'il n'ouvre la bouche. Le propre des vieux couples, il paraît. Je lui ai répondu Je t'attendais, et ça a été suffisant. On ne s'est rien dit de plus. On ne s'est pas expliqués. Il s'est assis près du feu et a dépiauté un lièvre qu'il avait tué en chemin, je ne sais trop comment.

Son visage était couvert de traces brunes, pareilles à des peintures de guerre. Je n'ai pas posé de questions. Nous avons mangé puis il a pris son tour de garde. La nuit a été courte.

Le lendemain dès l'aube nous nous sommes remis en route. Les lumières, a dit Whitman en scrutant entre les troncs des bouleaux et des chênes avec son regard fou, et je me suis étonné qu'il revienne à ça, ses fichus délires, mais il a répliqué : J'avais tort à propos des poissons ? Plus loin à la lisière d'un bois Whitman s'est arrêté net et m'a indiqué un étang à quelque distance, en contrebas, l'index posé sur les lèvres. Sur l'eau glacée avançait l'ours. Dieu, jusqu'où nous suivrait-il ? D'un pas prudent il marchait, grattant la glace ici et là comme pour y trouver une faille ou un trou et se mettre à pêcher. Quand je lui ai tendu le fusil Whitman n'a pas bougé. Juste fait non de la tête.

Là où nous allons l'ours sera utile.

C'est tout ce qu'il a dit.

Quelque part dans la forêt je l'ai perdu de vue et cherché et je tournais en tous sens entre les ombres et la lumière fendant l'air blanc et je me suis égaré. J'ai tâché de repérer mes propres traces au sol afin de comprendre d'où je venais et c'était facile, dans la neige, mais j'avais tourné en rond ; des traces il y en avait partout. Celles de Whitman, par contre, n'étaient nulle part. Pas une empreinte, pas un flocon déplacé si ce n'était par ma faute. Il s'était volatilisé. Alors il y a eu un bruissement et c'étaient les ailes d'un oiseau, un merle ou quelque chose. Il est passé près de moi, devant moi, à moins d'un mètre et je l'ai suivi du regard. Il a filé entre les troncs et d'instinct ou pour je ne sais quelle raison que je n'ai pas tenté de comprendre j'ai couru dans sa direction. L'ai perdu de vue, lui aussi. Mais là-bas au pied des grands arbres j'ai deviné une silhouette et c'était celle du vieil homme. Whitman se tenait sur les racines imposantes d'un chêne qui l'était autant et il en regardait la cime, tête basculée en arrière. À voix basse il marmonnait des mots que je n'ai pas saisis sans cesser de fixer la canopée. Je suis resté à distance. J'ai attendu. Du haut des branchages du chêne un peu de neige est tombé sur lui et autour et le vieux s'est penché, en a pris une poignée au creux de ses mains et avec elle il s'est nettoyé le visage.

J'ai demandé, Cette fille au camp, et il m'a regardé et je lui ai dit Explique-moi.

Quoi ?

Ce qu'il y a à.

Silence.

Les autres semblaient te respecter et plus encore, comme si tu étais une légende.

Tu es jaloux ?

Ne te défile pas.

Où est la question ?

Je viens de te la poser.

Pourquoi j'y répondrais ?

Je veux savoir avec qui je voyage.

Maintenant ?

Mieux vaut tard que jamais.

Et toi ?

Moi ?

Qui es-tu ?

Non. *Tu* m'accompagnes. *Tu* me suis. *Tu* réponds.

*Je* t'accompagne ?

Ces gens, à ça de se fiche à genoux devant toi. Pourquoi ?

*Je* te suis ?

Il m'a souri – trois chicots plantés sur une paire de gencives fatiguées –, a ramassé son paletot et s'est remis en marche. Au bout de quelques pas et sans se retourner il m'a demandé, Tu en es sûr ? et sa voix s'en est allée dans le vent qui s'était éteint et soupirait par intermittence. Seulement je n'ai pas laissé tomber. Je l'ai rattrapé en allant aussi vite que possible dans la neige tendre et profonde et me suis posté devant lui, à bout de souffle, pointant la Winchester sur lui.

*Tu* réponds.

Il s'est arrêté.

Sérieusement ?

Silence. Les yeux droit dans ceux de l'autre.

Le fusil. Les menaces. Tu comptes faire ça souvent ?

Autant qu'il le faudra.

Il a hésité.

Bien. Toi d'abord.

Moi d'abord quoi ?

Tu réponds.

Ce n'est pas un putain de jeu.

Tout en est un, fils.

Je ne suis pas ton fils, salopard de vieux cinoque. Je ne suis le fils de personne.

Nous sommes tous le fils de quelqu'un.

Arrête de jouer au con.

Tu me prends pour un. Nuance. Moi, je ne joue à rien.

Réponds !

Toi d'abord.

Tu connais Clint Eastwood ? *Le Bon, la Brute et le Truand*. Scène finale. *Le monde se divise en deux catégories : ceux qui ont un pistolet chargé et ceux qui creusent.*

Aucun de nous n'a de pelle.

J'ai le fusil.

Et moi les munitions.

Mille pensées ont défilé.

Tu mens.

Tu crois ?

Sans cesser de le tenir en joue j'ai soupesé l'arme.

Pourquoi ta femme est partie ?

Il a balancé ça. Sans ciller.

Pardon ?!

T'as bien entendu.

Pourquoi ces gens te donnaient de la courbette ?

Je crois deviner pourquoi.

Explique.

T'as été voir ailleurs si l'herbe était moins sèche. T'as laissé tes pattes se promener sur les cuisses d'une autre. Oui ?

Ce n'est pas ce que je te demande. Cette fille, là-bas…

Non. Pas ça. T'es pas du genre à miauler autour des femelles. Trop couillon. Disons que tu serais plutôt… une sorte de taré du trois pièces cravate, qui ne bande que la tête dans le guidon. Un cul-terreux que son père aimait mal et qu'a débarqué de sa campagne pour se bouffer la ville, le crâne enflé par l'ambition, pressé de se prouver qu'il était pas qu'une merde. Un jour elle en a eu marre de tes complexes de péquenot. Des heures que tu passais pas auprès d'elle. Mouche ?

Silence.

Non.

Il a laissé passer une poignée d'autres secondes.

Toi, t'es surtout du genre qu'entend rien. Qu'a pas d'oreilles pour autre chose que ses petits soucis à lui. Le genre qui t' dit qu'y t'écoute mais qui, en fait, non : il écoute que lui.

Tes conneries, tu comptes les arrêter quand ?

T'étais qu'un tas de promesses, de Crois-moi qu'elle a crus. Tu lui as dit de ces choses, que tu prendrais soin d'elle, que tu serais là et tout, à coups de fleurs dans les paroles. Mais que dalle dans le réel.

J'ai fait un pas en avant. Serré la crosse et glissé les doigts dans le levier de sous-garde pour assurer ma prise et j'ai dit Tu ne sais rien Whitman, rien à propos d'elle ni de moi ni de rien, mais il a esquissé un sourire malin qui n'a cessé de grandir et il s'est remis à causer. Elle a eu un coup dur et elle s'est rendu compte. T'étais qu'une illusion. T'étais pas là. Même si t'y étais p't-être. T'étais plus qu'une histoire. Une de ces poupées en toc vendues aux touristes de la foi et en lesquelles on croit puis qu'un jour on croit plus. Une farce. Voilà ce que t'étais. Oui : c'est pour ça qu'elle s'en est allée.

Il a ménagé son effet. Remarqué mes mains qui tremblaient et profité de l'instant.

C'est ce que t'es encore, aujourd'hui. Une blague. Sauf que là t'as un argument. Quatre kilogrammes de métal et de bois que tu dégaines à la moindre occasion pour te donner de l'épaisseur. Alors vas-y, Clint. Flingue. Ton calibre cause sûrement bien mieux que toi. On verra ce qui se passera une fois qu'il aura terminé son discours.

Un long moment encore je l'ai gardé en joue, mais j'avais les yeux emplis de colère et ne parvenais plus à viser. Enfin j'ai baissé mon fusil. L'ai jeté à ses pieds. Lui ai dit Prends-le. Prends-le ! Ce qu'il a fait, sans me quitter des yeux. Vise, je lui ai dit. Ce qu'il a fait aussi. Ensuite je me suis approché de lui. Jusqu'à ce qu'il puisse m'avoir à bout portant. Et lui ai demandé, détachant chaque syllabe : Cette fille… Les autres te vouaient un respect peu commun. Pourquoi ? Et pourquoi pas elle ?

Il a pris le temps de la réflexion. De jauger l'homme qui se tenait face à lui, le cœur cognant à moins d'un mètre des huit grammes de plomb qui auraient pu l'arrêter de.

Elle croit que j'ai tué sa mère, a admis Whitman.

Elle a raison ?

Sa mère est morte d'une fièvre qu'a pas voulu retomber. Elle croit que j'ai pas fait les prières. Les bonnes, pour la sauver. Son père et les autres, ils croient que j'ai fait ce que j'ai pu et c'est vrai : j'ai fait ça. Mais c'est vrai aussi que j'ai dit aucune prière.

Nous avons marché sans plus rien nous dire. À nouveau nous le faisions en silence et à distance respectable l'un de l'autre, moi tout droit et lourdement et lui allant ici et là et toujours éloigné, tournant autour de moi comme un satellite increvable, percevant tout avant même que je n'en devine l'existence. Près d'un ruisseau qui n'était plus qu'un tortillon de glace il a vu des empreintes et m'a semblé inquiet. Des loups, il m'a dit. Il a scruté les environs et s'est remis en route et je l'ai suivi en serrant le fusil.

Longtemps j'ai pensé à l'échange que nous avions eu. Qui était ce type ? De combien de morts était-il responsable ? Combien d'enfants d'ours et de mères ? À propos de lui-même il me racontait des bribes d'histoires insensées et il me fallait décider d'y croire. La vie ou le hasard ou la chance m'avait fichu un compagnon improbable dans les pattes. À la mi-journée nous avons atteint une colline dénudée depuis laquelle nous avons vu cette large étendue d'eau, à trois heures de marche. C'était un lac immense dont la surface était gelée et étincelante sous le soleil et d'où s'élevaient quelques bancs de brume remontant les terres alentour. La grande eau blanche, avait dit la fille.

Autrefois je croyais qu'il existait des mots pour dire ces instants. Je pensais qu'il devait exister, quelque part, les bons mots. Je n'en sais plus rien aujourd'hui. *Un jour je trouverai les mots justes*, avait écrit Kerouac ; selon lui, ils se devaient d'être simples. Hier nous avons descendu la colline. Avancé le long de la rive. Au bord du lac il y avait une cabane, nous l'avons vue de loin. Nous avons vu la fumée, la lumière chaude aux fenêtres. Il faisait presque nuit. Un feu brûlait à l'intérieur. Attachés à quelques piquets, des chiens se sont dressés et ont aboyé avec force. Dans l'embrasure de la porte est apparue la silhouette d'un homme. Une autre, derrière elle.

Dans l'air bleuté de l'aube je me tenais, aux abords du lac, des croûtes de glace fines flottant à sa surface et rompant et claquant.

Je respirais. Occupé à revivre.

Au-dessus de l'eau, à ras d'elle, s'élevait une brume éparse qui s'en allait s'émietter entre les faces rocheuses et les boqueteaux de sapins bordant l'autre rive. Quelques oiseaux piaillaient. Un renard est venu s'abreuver. A flairé mon odeur dans la brise légère, mais je ne bougeais pas ; il a bu davantage. Là-bas loin à l'est sous la terre et les vallées profondes un nouveau jour s'élevait et enflammait les frontières et ce qui vivait en dedans. Je sentais la terre sous mes pieds. Elle, durcie par le froid qui jamais ne lâche prise, la terre comme de la pierre, et comme je la ressentais j'ai pris appui sur elle et me suis dressé et j'ai vu les étoiles du ciel infini. Au sol il y avait un bout de bois. Long. Creux. Semblable à un canon mais avec de la mousse et mangé par quelques larves et une poignée d'insectes. Je l'ai pointé vers le ciel pour faire feu, pawaw, et encore, et les coups imaginaires ont résonné dans l'aurore silencieuse. Une étoile s'est éteinte, puis une autre. Toutes, enfin, et la lune aussi. Alors j'ai tendu les mains vers ce vide immense qu'elles avaient laissé mais aucune n'est revenue. Le ciel a sa fierté. Sous l'horizon tourmenté de l'est brûlant j'ai vu le jour qui se préparait.

J'ai marché un peu, sentant mes orteils meurtris, mes chevilles douloureuses, languissant entre les arbres hauts et qui portaient encore les couleurs de la nuit. J'ai posé la main sur mon front. Mes tempes. Mon nez. L'écorce qu'était ma peau. Me suis demandé combien j'avais changé. À quoi je ressemblais aujourd'hui. Car il ne m'avait pas reconnu – pas immédiatement, du moins.

La nuit entière je suis resté auprès de lui. Contre lui. Il a dormi mais ne m'a pas lâché, ses poings menus enserrant ma chemise ; je n'ai pas fermé l'œil. À la lueur des braises et du feu mourant j'ai contemplé ses cheveux blonds contre ma poitrine et refusé de céder au sommeil. Je ne voulais pas m'éveiller, au matin, et qu'il ait disparu. Je ne pouvais pas. Quand j'avais deviné sa silhouette derrière celle de l'homme j'avais lâché le sac Dusty et la Winchester et couru les cinquante derniers mètres d'hiver qui me séparaient de lui, passant entre les flocons et les chiens, la vue brouillée, les lèvres incapables de prononcer même son nom. Lui, il était resté immobile. Interdit. Il avait seulement vu un miséreux courir vers la cabane et s'effondrer au milieu des molosses qui aboyaient à n'en plus pouvoir et prenaient leur élan pour se jeter sur l'intrus, les crocs écumants, retenus in extremis par les chaînes qui les entravaient. Entouré des chiens, j'étais tombé à genoux. Épuisé. Vaincu par la fatigue, par les jours de famine et de marche et les nuits d'insomnie, pesant tous d'un coup net, me brisant les rotules ; par l'angoisse, surtout. Elle, immense. Elle qui m'avait tenu. Elle s'en allait de moi comme on quitte un pays et me laissait sans force. J'étais un pantin dont les fils avaient rompu, gisant sur les planches de la scène. Une marionnette privée de mouvement. Mais heureuse. Et libre.

Quand enfin dans la pénombre du crépuscule il avait vu mon visage il s'était avancé, lentement d'abord. Puis il avait crié Papa et couru lui aussi et sauté dans mes bras et je l'avais serré, Dieu, je l'avais serré. Je pleurais et riais en même temps. J'avais respiré son odeur. Senti ses mains autour de mon cou, ses bras, sa joue, mon petit garçon. Je disais Je t'ai retrouvé et le répétais encore tandis qu'il m'étudiait, le regard curieux, les mains sur mon visage usé, ma barbe de chiendent, examinant ce père maigre et pouilleux qu'il redécouvrait, C'est toi papa ? avec de la tendresse plein les mots, de l'amour dans les gestes. Il avait repoussé ma capuche. Mon bonnet. C'était l'été. Quelques minutes durant il n'y avait plus eu de neige, le froid s'en était allé ; le soleil était chaud et les couleurs avaient gagné la terre.

Je lui avais posé vingt questions en dix secondes, sans lui laisser le temps de répondre à une seule. Je voulais tout savoir. Ce qu'il avait mangé. Où il avait dormi. Comment il avait survécu. Comment il n'était pas mort. Je n'en croyais pas mes yeux. À ce moment j'avais pris conscience que je n'y croyais plus depuis longtemps. Que j'avais avancé sans espoir, parce qu'il le fallait, parce qu'abandonner aurait été pire. Quand je m'étais relevé je m'étais tourné vers l'homme qui se tenait toujours à l'entrée de la cabane et dont la silhouette sombre se détachait en ombre chinoise, tracée par les flammes du feu dansant à l'intérieur. La silhouette était trapue, la carrure large et depuis qu'elle s'était calée dans l'embrasure de la porte elle n'en avait plus bougé. N'avait pas ébauché un mouvement. M'approchant, je lui avais tendu la main. Je m'appelle Jerry. L'homme avait avancé la sienne, épaisse, et sa poigne était forte, celle d'un étau, et j'avais senti mes doigts céder entre les siens.

Nils.

C'est tout ce qu'il avait dit. Ensuite il était rentré. M'avait tourné le dos et s'était dirigé vers l'âtre en face duquel il s'était assis.

Whitman avait préféré dormir dehors, seul, à distance de la cabane. Je n'entre pas là, il m'avait dit. Je n'avais pas cherché à comprendre. Lui avais juste demandé, Et si l'ours… ? et il m'avait répondu Les chiens ont du flair. Ils gueuleront. Pareil s'il vient des loups. Sur un lit de bois tendre et de feuilles mortes il avait installé ses couvertures ; il y était toujours alors que je m'en approchais ce matin, blotti dans son alcôve entre les arbres au vert profond, les cèdres majestueux, couverts de mousse des racines à la cime. Quelques flocons flottaient dans l'air, sans tomber. On n'aurait su dire s'ils venaient du ciel ou de la terre. Là-haut ne surnageaient qu'une ou deux bandes de nuages légers, aux courbes rosies par l'aurore. Je les ai contemplées longuement. Elles coiffaient les cèdres au large faîte dont les branchages tanguaient doucement dans le souffle du matin.

Bien dormi ? m'a demandé Whitman.

Non.

Il s'est extirpé de son nid. A rassemblé quelques brindilles auxquelles il a bouté le feu, avant de casser du gros bois et d'en arracher des langues d'écorce pourries par l'humidité. Les lumières rasant la canopée ont commencé à plonger vers nous. Le chant des oiseaux a redoublé. Les planches du cabanon étaient maintenant frappées de plein fouet par les rayons incandescents qui se reflétaient sur le lac. Mais pas de mouvement à l'intérieur. Je me suis demandé si Tobias dormait encore. La veille il m'avait rendu mon téléphone portable, avec mon sac à dos, mes vêtements, tout ce que j'avais perdu quand notre barque s'était coupée en deux sur la rivière. Maman a appelé, il m'avait dit. J'avais eu peine à le croire. La batterie était vide depuis bien avant l'accident qui nous avait séparés. Je l'avais fait remarquer à Tobias, qui avait soutenu Ça a sonné. C'était maman.

Vraiment ?

Oui.

Qu'est-ce qu'elle t'a dit ?

Il avait haussé les épaules.

Quand j'ai décroché ça s'est éteint.

Comment tu sais que c'était elle, alors ?

J'ai lu son nom.

Son nom ?

C'était écrit. Là.

Incrédule, j'avais regardé l'écran, éraflé et fendu. Tobias n'avait que cinq ans, mais il reconnaissait déjà son prénom et le tien. Nous lui avions appris. Nous jouions avec des lettres géantes, Monsieur Requin pour le *r*, Madame Tornade pour le *t*. Il se débrouillait ; nous étions fiers comme le sont les parents.

Depuis le cabanon me sont parvenus des bruits de ferraille et de bottes heurtant le plancher. Nils. Il avait rempli une gamelle d'avoine sur laquelle il était penché, mangeant lentement et à l'aide d'une large cuiller, rivé au feu qu'il avait ranimé. Quand j'ai ouvert la porte il ne s'est pas tourné, n'a pas articulé un mot. S'est contenté de manger et de fouiller les braises à l'aide d'un tisonnier enrobé de suie et de cendres que l'on devinait brûlant. Je l'ai salué. Il m'a répondu d'un geste de la tête à peine perceptible, sans lâcher les flammes des yeux – à croire qu'elles risquaient de foutre le camp à la première occasion. C'est alors que Tobias s'est éveillé. Papa, il m'a dit. Il l'aurait dit mille fois, je ne m'en serais pas lassé.

Nous nous sommes assis et avons déjeuné. À table. Tobias, moi, presque une famille ordinaire, un matin avant de filer vers l'école et le boulot. Je ne parvenais pas à ne pas le regarder, me régalant de lui, de ses cheveux en bataille, du ciel qu'il avait dans les yeux. En l'observant j'ai remarqué qu'il avait grandi ou changé ou. Je ne sais pas. Ça tenait à pas grand-chose. Mais en silence je l'épiais et le voyais m'épier aussi et il s'était servi à manger, des céréales, de l'eau. Il avait pris seul son bol et sa cuiller dans l'évier de tôle au coin de la pièce et les avait rincés et avait préparé son repas et même si ce n'était pas beaucoup c'était quelque chose. Idem pour se vêtir – seul, également. Et si ce n'était pas la première fois, si la débrouille lui avait été inculquée par la cohabitation avec un père approximatif, orphelin de sa femme et ivre la moitié du temps, il y avait maintenant dans ses gestes une conscience nouvelle. Ils étaient sûrs. Réfléchis. Et effectués sans une once de considération de la part de l'homme qui l'avait hébergé et peut-être sauvé et avait l'air de savoir toutes ces choses. Pour qui tout cela semblait naturel ou sans importance.

Au bout de quelques minutes de ce silence limpide j'ai demandé au type : Le lac, il y a de quoi pêcher ? Je n'ai pas trouvé mieux. Je cherchais un moyen de lui parler, d'entrer en contact avec lui.

Oui.

C'est tout ce qu'il a répondu. Question. Réponse.

Fin de la discussion. Je n'ai pas insisté. J'ai demandé à Tobias s'il était ici depuis longtemps.

Cinq jours ? Dix ? Comment tu t'en es tiré, avec le canot, et…

Environ, m'a interrompu Nils.

Il nous tournait toujours le dos, raclant le fond de sa gamelle.

Cinq jours. Dix.

Tobias avait voulu répondre, j'ai senti ça. Mais il s'est abstenu d'ajouter quoi que ce soit. Après avoir vidé sa gamelle Nils l'a posée sur la table et pour la première fois je voyais son visage, clair, à la lumière du jour, et j'ai vu qu'il était jeune. Ce type avait les épaules d'un bûcheron, les mains d'un homme qui a bossé une vie. Il affichait le calme blanc et la gueule impassible de celui qui a livré trop de combats pour s'émouvoir d'un de plus, imperméable aux sentiments, un faciès de granit creusé de deux trous où luisaient des yeux plus cristallins qu'une rivière de montagne ; il n'était pourtant qu'un gamin. Ses traits, métalliques et pourtant. Fins comme ceux d'un poupon, à peine ombrés d'un duvet lui brunissant le menton et le pourtour de la bouche. Vingt ans à tout casser. J'aurais pu être son père.

Que s'est-il passé ? lui ai-je alors demandé, croyant percevoir une brèche. Mais à nouveau le silence. Le renoncement sec des bûches crachant leurs fumerolles et leurs gerbes d'étincelles. Où l'avez-vous trouvé ?

Là-bas.

J'ai perdu Tobias sur un torrent, loin d'ici.

Je l'ai trouvé.

Il a balancé ça comme si ça résumait tout, comme si tout se trouvait là, dans cette assertion cinglante et dépouillée de surplus inutile, et il a enfilé un manteau et une paire de gros gants et il est sorti, refermant la porte derrière lui.

J'ai rassemblé mes affaires, invité Tobias à en faire autant, mais il est resté assis sur sa chaise déglinguée, les jambes dans le vide, à ça du sol qu'elles étaient trop courtes pour toucher et les bras croisés.

Tobias ?

Papa.

On bouge. Active-toi.

Au bout d'un silence il m'a demandé Tu as pas trouvé maman, pas vrai ? et je lui ai répondu que je l'avais cherché, lui.

Mais. Et maman ?

J'ai hoché la tête de gauche à droite, même s'il savait déjà, et il a encaissé.

Papa ?

Mmh.

Je t'ai manqué.

J'ai souri.

Tu m'as manqué aussi.

Fort.

Très fort. Tobias ?

Oui.

Tes vêtements. Ton sac. On part dans cinq minutes.

Une fois dehors j'ai cherché Whitman et l'ai trouvé à découvert, au bord du lac, humant le ciel pourtant limpide avec une tension palpable. Une inquiétude qui lui creusait les traits. Quand je me suis approché de lui il a murmuré L'orgueil d'une voix rocailleuse et traînante, sans quitter l'horizon des yeux. Puis il est retourné vers les grands cèdres où, au lieu d'empaqueter ce qu'il devait, il s'est agenouillé et a pris son couteau et s'est employé à tailler une branche. Je suis allé vers lui. Lui ai demandé ce qu'il fichait. Lui : Je me prépare.

À quoi ?

En guise de réponse il a ramassé une large pierre plate et cogné contre le bois à la pointe effilée qui s'est enfoncé dans le sol. On s'en va, je lui ai dit. Il m'a répondu Non. Je lui ai demandé pourquoi et il m'a dit Elle arrive, suite à quoi il n'a plus desserré les mâchoires. Je suis redescendu vers le lac. Le ciel lointain et clair. J'ai appelé Tobias et il m'a rejoint en courant.

Tu sais où est ton ami ? Nils ?

Il a réfléchi.

Le matin il cherche à manger.

Il chasse ?

Oui.

Où ?

Il a scruté le lac. Les plaques de glace parsemées à sa surface et les nappes de brume rasant l'eau immobile.

Là-bas !

J'ai cherché dans la direction qu'il m'indiquait. Repéré une embarcation sur l'autre rive.

Bien. Allons-y.

On va où ?

Sans attendre j'ai pris mon paletot et la Winchester et me suis mis en marche.

Et lui ? a fait Tobias en pointant le doigt vers Whitman.

Il reste.

Mais…

C'est sa décision, Tobias. Viens. Allons remercier Nils et partons.

Une heure ou peut-être deux se sont écoulées alors que nous contournions cette partie du lac. Arrivés près de la barque, nous avons fait une halte et j'ai cherché des traces de pas, un indice m'indiquant la direction qu'avait pu suivre le garçon, et j'ai trouvé des empreintes dans la végétation glacée que ses bottes avaient cassée et rabattue au sol. Peu à peu, nous avons remonté sa piste, atteignant un plateau couvert d'une herbe haute et dense dont les pointes givrées brillaient sous le soleil. À la lisière du pré un daim nous a aperçus et s'est enfui dans une pinède ombreuse, emmenant d'autres bêtes avec lui. L'unique mouvement dans le calme. Mais là-haut quelque chose avait changé. Quelque chose d'infime. À peine perceptible. Il y avait dans l'air une attente. Un souffle retenu. Une inspiration qui ne s'expirait plus et se terrait, quelque part. L'air était trop léger. Absent. Tout était figé, jusqu'aux rayons de lumière pris dans les perles de rosée et que l'on aurait pu prendre entre l'index et le pouce ; on aurait pu saisir le temps.

Mais.

Il s'est soudain levé un vent criard et venu du nord. Abrupt. Inexpliqué. Qui nous a giflés sans prévenir. J'ai attrapé Tobias par le bras. Lui ai dit des mots qui se sont envolés aussitôt et nous avons avancé, suivant les traces de Nils. Mais à présent je cherchais surtout à nous mettre à l'abri. Avant que nous ayons traversé la plaine le ciel au loin s'est chargé d'une obscurité dense et lourde qui écrasait les montagnes, tirée par des cordages invisibles, attelée aux vents sinistres dont les gémissements étaient plus sombres encore que l'horizon. L'orgueil, avait prédit Whitman. Le baroud d'honneur de l'hiver. Là-bas la foudre silencieuse illuminait le ventre de la masse noire et immense qui ombrait peu à peu les terres et bientôt marcherait sur nous.

Alors tout n'est plus devenu qu'une nuance de blanc. Très vite des flocons glacés et cinglants sont tombés sur la prairie et les forêts ont disparu, elles qui étaient alentour, si proches. Les forêts, dérobées. Retirées du paysage. La grêle me fouettait la figure. La neige. Les deux emmêlées. Je marchais de travers, à l'oblique du sol. Tenais Tobias dans mes bras – plus jamais je ne le lâcherais. Je ne voyais pas à plus de deux mètres, aveuglé par la neige qui était partout, jusque dans l'oxygène que je tentais de respirer. J'en avais plein le nez. La bouche. Elle ne tombait plus ; elle heurtait. À l'horizontale. J'étais un bagnard dans une cage, battu et privé de repères.

Bien sûr j'ai tenté d'appeler. Quelqu'un. À l'aide. Au feu. Peu importait. J'ai même crié après Whitman mais son nom s'en est allé dans le vent avec ma rage et le reste. Tout s'était évanoui. Gobé par la blancheur aiguë, blanche à me trancher la rétine. Où étions-nous ? J'ai cherché les arbres, encore, un endroit où nous blottir, mais je n'étais même plus sûr de savoir où se trouvaient mes propres pieds. Mes mains. Mon propre moi tout entier. À peine sentais-je Tobias, tout contre, son corps menu, son visage enfoui dans mes vêtements. Sans m'arrêter de marcher j'ai choisi une direction, au hasard, espérant marcher droit. J'ai même envisagé de faire demi-tour, de revenir sur mes pas, de trouver le lac et la barque et sur l'autre rive la cabane mais nom d'un chien il n'y avait pas une chance, pas une moitié de quart de. Sitôt une distance franchie – un mètre ou juste un pas –, les bourrasques lourdes de poudreuse se chargeaient d'en effacer le souvenir. Impossible d'aller de l'avant ; pas un centième d'espoir de rebrousser chemin. Nous étions cloués. Faits comme des rats. Pris dans l'hiver déchaîné, au premier rang, le nez sur la scène où il tirait sa révérence en grande pompe.

Nils nous a trouvés. Parmi le milliard de flocons il a surgi, un spectre blanc avec des yeux, deux yeux couleur rivière translucide entourés d'un peu de peau et qui nous ont intimé de les suivre. À l'image des terres environnantes nous nous couvrions de neige. Disparaissions sous elle. Le dos du garçon n'était plus qu'une croûte écaillée, perdue sur un fond incolore et qui tanguait. À moins d'un mètre de nous il avançait, sans faiblir. Je peinais à le distinguer.

Quelques jours ont passé et nous sommes là, au bord du grand lac, confinés dans la cabane où Nils nous a ramenés. Dehors la tempête sévit. Par la lucarne en plastique je regarde la neige s'accumuler, le monde disparaître.

Les jours.

Ce sont de longues nuits blanches, et les nuits des gouffres sans fond. Les uns succèdent aux autres sans plus aucun lien avec le temps lui-même, qui est devenu une abstraction dépourvue de sens. Peut-être va-t-il de l'avant, peut-être rebrousse-t-il chemin ou peut-être pas, ou peut-être plus rien, peut-être n'est-il plus. Le temps a quitté ce pays infernal. Dans son sillage il a emporté mon esprit qui divague quelque part dans le grand rien laiteux qui est un trou blanc, une fosse au cœur de laquelle tout se précipite pour ne plus en revenir.

Jour après jour les jours grandissent et deviennent interminables et réduisent les nuits à peau de chagrin, peau de que dalle, au vague souvenir d'un rêve que nous ne rêvons plus, faute de pouvoir ; quand il n'y a plus ni d'étoiles ni de lune on se contente de rêver debout, on fait avec, et bientôt on ne fait plus. On garde les yeux grands ouverts et on court à fond de train pour aller s'écraser contre les parois de son propre crâne. L'antre dont on ne s'évade plus. Où la nuit répudiée a trouvé refuge, elle qui n'est plus dehors, elle qui est en dedans. Mai, ou peut-être juin. Le soleil que nous ne voyons plus ni par la lucarne ni nulle part plonge chaque soir vers l'horizon qu'il rase de plus en plus longtemps, vicieux, avant de s'y enfoncer pour de bon. Et d'en jaillir presque aussitôt. Nous tuons le temps aussi bien que nous le pouvons. Je regarde par la lucarne, Tobias regarde par la lucarne, Nils contemple les bûches les flammes et la fumée, j'écris. Tobias me demande de lui lire ce que j'ai écrit, Nils remue les tisons, je fais semblant de lire. Tobias écoute. Nils jette une autre bûche au feu, je regarde par la lucarne, je regarde Tobias, l'or dans ses cheveux, son visage rougeoyant face aux flammes, je relis mes lignes. Déchire la page. La jette au feu. Je regarde par la lucarne. *Tous les jours rencontrent leur fin*, a écrit James Joyce ; ici, ils vont sans buter contre rien.

Dans une armoire métallique il y a des quantités d'avoine et de riz et des conserves de légumes, aussi, et du lait en poudre, et de la gnôle. De quoi tenir. Manger n'est pas un problème : l'enjeu est de survivre à l'ennui. Le bon côté ? Il n'y en a pas. Si ce n'est que cette claustration forcée nous permet de prendre du repos. De recouvrer nos forces. Claquemurés dans la cabane, nous nous reposons donc. Nous ? Je. Sans Whitman, qui s'obstine à dormir dehors, même cette nuit où les lourds flocons se sont mués en grésil mordant et fouettant le lac et les cèdres et la toile de jute doublée de peaux de bête qu'il a tendue pour se faire croire qu'il a un toit. Pas question d'entrer là-dedans, a-t-il affirmé en montrant le cabanon. Je ne lui ai pas demandé pourquoi, n'ai pas cherché à comprendre. Le vieux a ses lubies. Il se tient à distance de la cabane et des chiens et chasse sa propre viande pour se nourrir. Il n'est pas ce qu'il prétend, a-t-il murmuré un matin, entre ses mâchoires serrées, alors que je lui apportais une couverture sèche.

Nils ?

Peu importe son nom.

Sans jamais s'arrêter la neige tombe, parfois ce sont de gros flocons ronds et d'un blanc pur papillonnant dans l'air opalin, d'autres fois ce sont des flèches d'acier fendant et martelant. Dehors, ça s'amoncelle. On devine à peine l'abri de fortune de Whitman, dont il ne sort plus, et qui est juste assez spacieux pour qu'un homme puisse se retourner dans son sac de couchage ou s'asseoir, à condition de garder la tête basse. Le vieil homme y demeure dans la pénombre absolue et une puanteur animale, survivant de justesse et grâce à sa propre chaleur et à quelque reste de viande crue et glacée dont il ronge une bouchée de loin en loin et à la neige qu'il laisse fondre sur sa langue lorsque la soif lui sabre la gorge.

Longtemps j'ai pensé à ce qu'il m'avait dit à propos de Nils et je me suis souvenu de ce que m'avait raconté cette fille, concernant ce trappeur qui n'en était pas un. Il n'a pas les bonnes armes, avait-elle affirmé. Je me suis demandé avec quoi il était parti chasser, alors, ce matin-là avant la tempête, et souvenu de ce type qui m'avait offert *Jonathan Livingston* et prétendait avoir pêché un esturgeon à mains nues sur les flots du Mékong. Plus tard j'avais appris que ces poissons étaient des colosses pouvant mesurer cinq mètres et peser deux tonnes. Mais le type n'était pas du genre à se laisser démonter. J'avais faim, m'avait-il expliqué. Un argument que j'avais jugé valable, à l'époque.

Nous tuons le temps et je ressens le bonheur d'avoir retrouvé mon fils. Je m'en délecte. Mes pensées ondoient sous les combles, amarrées à la charpente grossière et de bois brut. Dehors le ciel gronde. Parfois je ferme les paupières et quand je les rouvre je ne sais dire si une minute est passée ou une heure. Il m'arrive, aussi, de m'éveiller ailleurs. Sur les tatamis de mon enfance, suffoquant sous ce judoka de deux ans mon aîné, plus gras qu'un morse, et qui prenait plaisir à s'asseoir sur moi ; en maillot de bain, sur la côte italienne, planqué sous les arbres de Toscane en attendant que la montre de ma mère indique seize heures, parce qu'avant ça ce n'était pas l'heure – Ta peau brûlerait mon chéri ; sur une place, dans une ville, où j'avais rencontré cette fille alors que je prenais le soleil aux abords d'une fontaine. Elle s'appelait Justine. Un nom que j'avais trouvé sensuel, sans doute à cause du marquis de Sade et de ce long roman que j'avais volé à la bibliothèque et lu en deux nuits d'insomnie farouche. J'avais dix-sept ans. Elle aussi. Elle s'était approchée et m'avait demandé ce que je lisais et ce jour-là c'était un Dickens. T'en penses quoi ? Je lui avais répondu J'en sais rien et n'avais pas menti. C'était un après-midi d'août, j'étais KO. Assommé par la chaleur. Avec les trois sous que j'avais en poche je lui avais payé un verre. On avait causé. Marché un brin. Le courant passait bien. Elle portait une jupe courte et ses jambes m'affolaient. Ses hanches. Pas aussi belles que les tiennes, Sam, mais tout de même, ces hanches-là ce n'était pas rien et j'étais encore jeune. Cette fille a été ce qui s'approche le plus d'un premier amour – si l'on ne considère pas les amourettes-touche-pipi de l'enfance. Une histoire qui a duré le temps de. S'est terminée comme elle avait démarré. Je l'avais aimée à cause de mes dix-sept ans ; sans doute ai-je cessé de, pour les dix-sept mêmes raisons.

Pourquoi te raconter cette fille ? Ces choses que je devrais taire et que tu sais déjà, pour la plupart ? Ma vie. Mes souvenirs. Mon grand bordel inénarrable, mais que pourtant je tente de. Tu me dirais, critique, que je m'éloigne du sujet. Que te parler de ces futilités n'est pas te parler de nous, et sans doute aurais-tu raison.

Sam.

Nos vies différentes.

Irréconciliables.

Tu dansais ; je grimpais. La nuit, tu sortais, quand je ne pensais qu'à dormir. Nous nous aimions à la manière des amants maudits, avec l'intensité de ceux qui savent qu'ils ne dureront pas. Un jour tu riais et le lendemain tu pleurais. Parfois tu basculais d'un extrême à l'autre en quinze secondes à peine. Il suffisait d'une phrase, mal dite ou qui tombait au mauvais moment. Tu étais ainsi. Un banc de sable mouvant. Un sol dont on ne sait s'il tiendra. Pourtant, je t'aimais. Parfois tu devenais folle ou fondais en larmes et me disais vouloir partir, qu'ici tu étouffais, qu'il fallait que tu t'en ailles, et quelque chose dans ta façon de l'affirmer me faisait me sentir coupable – ce foutu sentiment. Puis tu t'enfermais dans la salle de bain, te couchais dans l'eau chaude et en ressortais lavée de ta tristesse. Rayonnante. Avec le temps j'avais fini par penser que tu étais cinglée. En vérité, j'avais surtout pris du recul. Appris à garder la tête froide. Et fait le deuil d'une vie de couple tranquille. Ce qui me convenait, d'une certaine façon. Mais dans ces moments-là je me surprenais à penser que je ne me laisserais pas sombrer avec toi, que je vivrais ma vie coûte que coûte.

Je me souviens t'avoir écrit. Deux lettres. Contradictoires, car tu éveillais en moi des sentiments qui l'étaient. Tu étais un tel foutoir ! Sur ton chemin tu semais la pagaille comme une guimbarde soulève la poussière le long d'une route assoiffée. Dans une de ces lettres je t'expliquais mon amour. Dans l'autre, que nous n'avions pas d'avenir. Quand au soir tu étais venue chez moi je t'attendais, une lettre dans chaque main, planquées derrière le dos. Je t'avais demandé : Laquelle ?

J'ai compté quatre jours. Depuis le début de la tempête jusqu'à aujourd'hui. Quatre. Mais je ne suis sûr de rien.

Tobias et Nils semblent s'entendre. Ce jeune type est pour moi un mystère ; quatre jours enfermé avec lui et je n'en ai rien percé. Il est de ces hommes qui ne sont qu'une ombre, même en pleine lumière. À croire que celle-ci ne l'atteint pas. D'un geste sec, en bout de nuit, il gratte une allumette qu'il porte à son visage, protégeant d'une main nonchalante la flammèche et la clope qu'il a calée entre ses lèvres, et c'est probablement le seul moment où ses traits se dévoilent, arrachés à l'obscurité, surgissant dans un halo éphémère. Dans la pénombre cette lueur enfumée à l'odeur de tabac semble un rêve, un dernier rêve qui s'accroche, à la manière d'une lanterne qu'on aurait oublié d'éteindre à l'arrivée du jour, un vieux rêve tremblotant autour du visage de celui qui l'a rêvé et l'éclairant de sa lumière rouge et fragile dans cet avant l'aube où l'homme et les arbres et les ruisseaux et les bêtes et toutes les choses de la Terre ont la couleur du loup gris. Et alors, le clou. La dernière bouffée. Le mégot serré entre le pouce et l'index, les doigts noirs de suie, et la bouche tirant fort et la lueur jaunissant, plus claire, plus intense. Puis le mégot s'éteint et le visage retourne aux ténèbres. Jusqu'à ce que, vingt-quatre heures plus tard, le garçon s'offre une nouvelle cigarette.

Nils ne parle pas. Et lorsqu'il le fait c'est comme si j'entendais ses paroles mais jamais sa voix. Une saloperie de fantôme. Il est là mais ne l'est pas. Il erre. La nuit il dort en apnée. Le jour il respire sans bruit. Il mange. Boit. Contemple le feu. Inerte. Hier j'ai vu le revolver sur la table. Il était posé là, entre un bol d'avoine et le bout de bois enrobé de tissu avec lequel jouait Tobias. Qui chasse avec un Beretta ? Tobias et Nils échangent à peine et le garçon paraît faire peu de cas du petit, mais je me surprends à entrevoir dans son indifférence taciturne une certaine forme de bienveillance. Quoi que fasse Tobias – jouer, crier, monter sur la table ou fiche le souk – il ne réagit pas. Pas un geste, une remarque, pas la moindre manifestation d'agacement. Tobias jouit ici d'une liberté absolue, et je commence à comprendre pourquoi il se plaît dans ces seize mètres carrés de quotidien. Depuis combien de temps est-il ici ? Une question que je brûle de poser à Nils – et tant d'autres avec elle. Pourquoi a-t-il ramené Tobias ici ? Pourquoi n'a-t-il pas cherché à prévenir les flics, ou quelqu'un ?

Alors et brutalement la neige a cessé de tomber. C'était au cinquième jour. Au sud les nuages se sont entrouverts, fendus par des rayons immenses. Les murs blancs de flocons contre lesquels butait la vue se sont éloignés et la Terre a grandi. Nils a été le premier à réagir. Il a ouvert la porte comme si de rien n'était, à croire que cinq minutes seulement avaient passé depuis que nous l'avions refermée. Il a empoigné une pelle. A entrepris de dégager le seuil obstrué de congères. Avec mes mains pour seul outil, je lui suis venu en aide. Ça nous a pris un moment. Mais nous y sommes parvenus. Le passage était libre. Enfin nous pouvions sortir.

Sans attendre, Nils a troqué sa pelle contre une hache et est parti couper du bois. Tobias et moi étions dans l'entrée, près de la porte grande ouverte. Le petit d'homme ne s'est pas fait prier : il a enfilé ses bottes et s'en est allé courir dans la neige profonde. Là-bas sous les cèdres s'est fait entendre le froissement de la neige que l'on maltraite et que l'on repousse et une ombre est sortie du sol. Whitman. Plus sale et maigre que jamais, baignant dans ses loques, mais dont les yeux rutilaient et dégageaient la force de ceux qui voient ce à quoi les autres sont aveugles. Quand je me suis approché de lui il étudiait les environs avec un regard habité. Dieu, il puait ! Je lui ai demandé comment il se sentait. Sans cesser d'examiner les alentours, le lac et les rochers garnis de stalactites et les arbres dont la cime tanguait au-dessus de nous et qu'il observait comme s'il voyait une branche pour la première fois de sa vie, il m'a demandé mon nom. Puis il a dit : Les poissons. Et il a marché vers le lac, au bord duquel il s'est dénudé, avant de plonger dans ses eaux froides entre deux plaques de glace aux formes étonnantes.

Des poissons-clowns ! Des poissons-chats ! Des poissons-pilotes ! Hahaaaa !

Le vieil homme beuglait – Des poissomptueux ! –, s'esclaffant et riant et frétillant dans l'eau tel un gamin de huit ans – Des poissonorisés ! –, s'amusant de sa propre folie. Souriant bêtement, je me suis assis dans la poudreuse. Ai contemplé ce petit monde, mon fils qui jouait, l'autre dingue qui dinguait et la nature splendide autour d'eux et partout.

Le soir venu le soleil a longtemps refusé de sombrer. J'ai demandé à Nils, Quand sommes-nous ? Le sentiment de lui parler pour la première fois. Il m'a dit ne pas savoir. Je pense qu'il s'en fichait. Ce soir je l'ai remercié. Pour Tobias. Pour tout. Je ne l'avais pas encore fait, je crois.

Whitman a refusé d'entrer dans la cabane, campant sur ses positions. Il a partagé le repas avec nous, mais à distance, assis sur une souche à trois bons mètres de la porte que nous avions laissée ouverte, malgré le froid – cette porte que nous ne pouvions plus supporter close. Il dévorait un lièvre qu'il avait tué plus tôt, et dont il balançait les os aux chiens. Demain je crois je me demanderai encore comment ceux-ci ont survécu à la tempête.

Le lendemain c'était le printemps. Ou presque. La neige fondait à vue d'œil et peu à peu les eaux du lac se libéraient. Alors que nous finissions de déjeuner j'ai dit à Nils que nous partions. Il a sorti le revolver de sous sa ceinture et l'a posé sur la table. Puis il a repris son bol d'avoine et a continué de manger sans me quitter des yeux, ses prunelles bleu de rivière brillant dans la nuit de son visage.

Je ne parlerai pas de toi.

Ses yeux se sont comme étrécis. Aiguisés. Ont miroité davantage.

Je ne sais pas qui tu es ni d'où tu viens, ai-je poursuivi, je ne sais pas quelle est ton histoire, mais je sais que tu n'es pas un trappeur et que si tu te terres ici c'est qu'il y a une raison. Ce dont je me moque amplement. D'une manière ou d'une autre, tu as sauvé mon fils. Je ne sais pas comment, je ne sais pas pourquoi, mais tu l'as fait. Je te dois une vie. Je te l'offre en fermant ma gueule. C'est pas grand-chose, je sais, mais je ne peux pas faire plus. Je dois m'en aller. Je dois retrouver ma femme. La mère du petit. Elle est à Sluttenavverden, et c'est tout ce que je sais. J'ignore où ça se trouve, y a pas une carte qui semble savoir, je ne suis même pas sûr du nom du patelin, mais c'est pour ça que je marche et c'est là-bas que je dois aller.

Quand j'en ai eu fini je me suis levé et j'ai pris mon sac et celui de Tobias et le fusil et alors que je poussais la porte et posais un premier pied dehors il m'a dit, Le bout du monde, et je me suis arrêté.

Slutten av verden. Le bout du monde, en norvégien. Il y a un endroit portant ce nom.

J'ai dû m'appuyer contre le mur de planches de la cabane pour ne pas tomber. Le bout du monde, en norvégien. Merde. Cinq années dans ce pays et je n'avais même pas été foutu d'apprendre leur langue, me contentant de parler anglais, comme un éternel touriste. Combien de fois m'avais-tu fait ce reproche ? De ne pas m'impliquer ?

Où ? ai-je demandé.

À l'est. Tu contournes le lac. Les falaises et la plaine où je vous ai trouvés, le petit et toi. Tu avances, toujours tout droit vers les montagnes. Il y aura des forêts. Des collines. D'autres plaines. Puis il y aura une route.

Ainsi et à travers les forêts et bientôt les collines nous sommes allés à nouveau, laissant d'autres empreintes, allumant d'autres feux, marchant sous la nuit qui ne vient plus et dans le soleil rouge éternel. Nous avons vu d'autres lacs. D'autres rivières. D'autres arbres sans âge aux racines tressées et unies à la terre et qui dansaient doucement ou qui ne dansaient plus. Un premier jour est passé. Un deuxième. Dans la fumée s'en allaient nos silences, au-dessus des flammes, consumés par elles. Les hurlements de l'ours qui rôdait. Nous allions et le temps allait, ruisselant avec les rus, ruisselant à nos pieds et le long des pentes charnues et des ventres boisés, allant avec l'envol des balbuzards et dans la poussière de glace que nos pas levaient et qui tourbillonnait et s'en allait, elle aussi, se disperser loin là-haut et mourir, quelque part, loin de la terre où les choses poussent et grandissent et frayent et respirent et courent. Nous avons vu des mouflons, des loutres, deux putois et un lynx au pelage tacheté de roux nous épiant depuis l'obscurité d'un sous-bois, sous un désordre de ronces. Il peut nous manger ? a demandé Tobias. Dans la plaine aux herbes si hautes qu'elles nous couvraient le corps jusqu'à la poitrine nous avons vu un troupeau de rennes ou plutôt les gueules et les bois des mâles flottant sur l'herbe givrée en direction du sud. Nous n'avons pas vu les loups, mais nous les avons entendus. Nous n'avons pas vu l'ours mais trouvé les meurtrissures creusées par ses griffes dans l'écorce d'un bouleau moribond. La trace laissée par ses pattes dans la boue près d'une chute d'eau à moitié gelée, et où l'on sentait encore son haleine accablante et la neige qui sous elle avait fondu. Où l'on devinait encore sa masse. Ses remugles chauds. Sa gueule comme un cauchemar, et sa fourrure, raide et goudronneuse et inextricable et qui était pareille au champ de blé après les flammes, un territoire de cendre et fumant et que l'on regarde de loin, les yeux épuisés par le soufre et l'insomnie.

Nos silences ? Non : il n'y en avait plus tant. Tobias était maintenant avec nous. Le petit parlait pour trois, jouait, s'inventait des histoires ; une tasse de neige ébouillantée dans les mains, je l'écoutais se raconter ses monstres et ses héros avec un bonheur simple et aux lèvres ce sourire un peu con dont je ne parvenais plus à me défaire. Le premier soir, il avait réuni quelques pierres et les avait étalées en un cercle approximatif pour s'entraîner à compter. Il était allé jusque trente-neuf, à peu près sans se tromper. Quarante, avais-je soufflé. Il avait levé le pouce. Poursuivi jusqu'à soixante et affirmé qu'il pouvait aller plus loin encore, Jusqu'à mille dix-huit trois cent vingt, papa, et je l'avais cru. La nuit nous dormions l'un contre l'autre. Je le tenais dans mes bras, serré. Au lever du jour il me fallait une éternité pour me résoudre à le lâcher.

Nous avons traversé des forêts, grimpé et descendu des collines jusqu'à ce qu'il n'y en ait plus et longé des falaises et des lacs et vu tant d'autres choses. Au-delà d'elles nous avons avancé, et trouvé des étendues béantes. La toundra. Nous nous y tenions, debout parmi les vagues de terre et les arbustes nains à demi enneigés et dont les formes rondes évoquaient des fantômes que l'hiver aurait abandonnés en chemin. Là-bas la vue se perdait dans la distance. Les plaines couraient si loin qu'il devait manquer de ciel pour les couvrir.

Longtemps le soleil importunait l'horizon avant de plonger, enfin, et d'emporter le monde et toutes les choses qui y vivent, ne laissant derrière lui qu'une nuit creuse et les étoiles et les trois vagabonds que nous étions. Au cœur de la deuxième Whitman, affolé, m'a réveillé en me secouant l'épaule et en chuchotant à mon oreille – un murmure qui tenait du cri à peine étouffé. T'as entendu ?

Mmh ?

Réveille-toi !

C' qui se passe ?

Du bruit.

Quel bruit ?

Ça. Là.

Le vieux avait les yeux fous, injectés de panique. J'ai tendu l'oreille : rien. Le lui ai dit : Y a rien. Mais il n'a rien voulu savoir. Whitman était plusieurs, trop peuplé pour un seul homme. Il avait le crâne comme une baraque en ruine, mise à sac par cinquante hyènes s'ébrouant et ricanant. Sans attendre il s'est glissé vers le feu et a empoigné une branche enflammée et il a filé, les poumons à vif Allez viens l'ours ! Viens me chercher ! Dans la nuit et la prairie sans repère il a appelé, ulcéré, étranglé par sa propre hargne, sa torche de fortune tendue vers l'insondable.

J' t'ai entendu, charogne ! Sors de là !

Quelque part un claquement. Fort. Un bois mort cédant sous un poids. Ailleurs la glace qui rompt. Obtempère. Capitule. Whitman s'est arrêté, haletant. A cru entrevoir une masse. Une ambiguïté. Fine. Avec un cou. Une tête. Elle jubilait. Aussi vite qu'il était parti le vieux est revenu vers moi, a surgi, presque couché sur moi : Sais-tu à quoi ressemble une ombre, Jerry, lorsqu'elle se fend d'un sourire ? Pour la débusquer il a couru. À s'en décrocher les guibolles. Mais. Profitant du trouble, cette saleté avait fichu le camp. Gloussant. Se fichant de lui. Et la nuit durant il a trotté, allant d'un nulle part au suivant dans le désert infini avec pour unique obsession celle de défier les spectres, les galbes, les allures et les courants d'air, gueulant, postillonnant sa rogne à leurs figures entre deux quintes de toux jusqu'à ce que l'aurore le surprenne, épuisé et fiévreux, Quichotte juché sur le champ d'une bataille que nul sinon lui n'avait livrée.

La prairie s'ouvrait à perte de vue et dans toutes les directions en un vertige éblouissant, mêlant au vert de l'herbe et des fougères le blanc éternel de la neige, des langues de glace mouchetant ce second firmament à la manière des nuages, et qui ne fondraient qu'au plus fort de l'été. Là-haut le ciel était d'un bleu parfait, lavé par la lumière. Sous lui nous marchions, débarrassés de nos vêtements les plus lourds. Tobias courait en tous sens et chassait tantôt des proies imaginaires, tantôt des Martiens venus envahir la Terre. Quelque part il s'est arrêté devant une fleur. La première que nous voyions. Elle était rouge et pleine de promesses. J'ai abattu un daim. Une balle a suffi. Logée en plein cœur. Il est mort avant de toucher le sol. À la faveur d'un feu nous en avons cuit la viande, ou du moins ce dont nous avions besoin pour nous nourrir. Nous avons laissé le reste là où la bête était tombée. Pour les loups, a affirmé Whitman. Mais il rôdait aussi des gloutons. Et l'ours, quelque part, bien qu'à nouveau nous ne le devinions plus. Ce salopard avait le sens du suspense ; jouer avec nos nerfs devait le réjouir autant que la perspective de se goinfrer de nos carcasses.

Alors que nous avancions le vieil homme qui marchait devant nous s'est arrêté net, tendu comme un arc, le regard fixé sur un point à l'horizon. Avant que nous l'ayons rejoint il s'est remis en route et a accéléré, sans jamais cessé de fixer ce que ses yeux de rapace ou de vieux fou avaient repéré. Alors je l'ai appelé, Whitman ? Qu'est-ce qui te prend ? Pour toute réponse il a passé la cinquième, cavalant à toute blinde à travers la plaine et dans le bruit des plantes sauvages qui là-bas lui montaient plus haut que les cuisses et que ses genoux écartaient et que ses pieds rabattaient au sol à chaque foulée.

Où il va ? a demandé Tobias.

Plus tard nous l'avons retrouvé au pied d'un arbre. Un arbre unique régnant en maître sur ce désert et qui ressemblait à un de ces hêtres sous lesquels nous nous étions aimés, Sam, dans les bois de Bretagne. Nous venions de nous rencontrer – notre premier week-end à deux. Nous avions roulé dix heures pour en passer quarante-huit dans ce bout de paradis, dont je ne sais plus s'il m'avait semblé tel parce qu'il l'était vraiment ou parce que j'y étais avec toi. Tu étais allongée entre ces racines pansues et couvertes de lichen et les lueurs s'immisçaient entre les branches pour virevolter sur ta peau tes lèvres tes joues et ton cou et déjà je t'aimais.

Je t'aime.

Moi aussi.

Je ne le fais pas exprès.

Je sais.

Je t'avais caressée. Lentement. J'avais laissé ma main dévaler les pentes douces de tes courbes et rebondir sur ton nombril et trouver, sous ta jupe, ce qu'elle voulait trouver. Le bas de ton dos s'était creusé, ta poitrine relevée. Tes lèvres avaient inspiré une bouffée d'air qu'elles avaient retenue. Je t'avais regardée. Je ne me lassais pas de toi. Je m'étais délecté de chaque gémissement, à peine expiré, osé du bout de la langue. De tes paupières fermées. De tes doigts posés sur mon poignet, et qui tremblaient.

Je t'aime.

Moi aussi.

Je ne le fais pas exprès.

Tu devrais.

À l'ombre du feuillage Tobias et moi avons rejoint Whitman. Il était assis, les yeux clos, face au tronc. Quand Tobias s'est approché de lui il est sorti de sa torpeur et s'est relevé. Le petit lui a demandé ce qu'il faisait. Au bout d'un silence il a répondu Cet arbre m'avait manqué.

À l'approche des montagnes qui la bordaient la prairie se gorgeait d'eau et se muait en une tourbière étincelante où poussaient d'étranges roseaux et des fleurs roses et mauves et blanches – cette blancheur qui ne quittait pas ce pays. Là-bas, gonflé par la fonte des glaces, un ruisseau faisait bondir ses eaux froides le long d'un sillon parsemé de blocs rocheux où, immergé jusqu'à la taille, Whitman rugissait, entouré de chevaux sauvages qui étaient arrivés par le sud en faisant trembler la terre et qui maintenant hennissaient et chahutaient et frappaient la rivière et envoyaient dans le ciel ses éclats scintillants. Whitman, le visage clair, le corps trempé, aussi nu qu'on peut l'être et plus vivant que jamais, plongeait ses mains dans le courant et envoyait l'eau par-dessus lui d'un mouvement commun à celui des chevaux, s'amusant du vacarme, se réjouissant du désordre qui retombait à grosses gouttes sur son crâne presque chauve de vieux bicentenaire cinglé et empli de cette joie animale, de cette certitude simple d'être une part d'un grand tout qui le dépassait et dépassait l'eau et les bêtes et le vent et la plaine et les montagnes. Le sang qui lui fouettait les veines. Le cœur qui lui animait la poitrine. Whitman avait été un séquoia. Il avait été un nuage. Il avait été bien des choses et aujourd'hui il était un alezan. Il s'ébattait parmi les siens.

Quand les chevaux sont sortis de la rivière il les a suivis et quand ils ont couru il a couru avec eux, plein de leurs effluves chauds et capiteux et de leur souffle épais et de leur puissance fauve et brute et libre et de leurs sabots martelant la prairie ; plein du troupeau tout entier qui l'entourait de sa force qui surpassait celle d'un ouragan et de son bruit qui éteignait tout autre bruit. Avec eux il a coursé le vent. S'est arrêté pour folâtrer avant de courir à nouveau, sans but, parce que les steppes étaient là, amples et généreuses. Les chevaux ont longé la rivière. Ont bu, penchés vers elle. Ont pris le temps de paître. Un peu. Nous ont rejoints sans que le vieil homme les guide, comme une bande de compagnons ramenant l'un d'entre eux, enivré, chez lui. Je ne connais pas Whitman. Mais je ne me souviens pas l'avoir vu plus heureux.

Là-bas l'espace est immense et d'une beauté sans pareille et le temps ne va plus. La vue ne bute contre rien, si ce n'est contre les cimes et les pics dentelant l'est lointain où des faucons planent dans le néant sublime sans bouger une plume. L'éternité se déploie devant moi avec tant de splendeur qu'il m'est devenu impossible de faire autrement ou autre chose qu'être. Aussi je me demande où nous sommes. Nous avons passé tant de lisières, de lacs et de cols, de bordures. Nous avons remonté tant de versants et dormi derrière tant de talus pour nous dérober au blizzard, sans jamais y parvenir vraiment. Nous sommes en chemin depuis si longtemps, nous avons parcouru de telles distances – combien, exactement ? Nous sommes au-delà du connu. Ce n'est plus la Norvège. La Laponie. Ce n'est même plus l'Europe. La Terre. C'est un pays hors du monde. Un ailleurs.

Alors que nous avancions cette voix nous est parvenue, j'ai été le premier à l'entendre – peut-être le seul : les autres n'ont pas réagi. C'était une voix de femme. Jeune. Un chant. Il était dans l'air et avait glissé alentour comme la brise qui le portait et était venu jusqu'à moi et je me suis souvenu d'elle. Cette fille en robe légère qui marchait dans la neige. Surpris, je me suis arrêté, scrutant l'ouest abyssal, et bientôt Tobias m'a rejoint et a glissé sa main dans la mienne.

Papa ?

Le petit me regardait avec ses yeux ronds, inquiets, lisant sur mon visage le trouble me creusant les traits.

Ce n'est rien. Allons-y.

Quand je me suis retourné pour me remettre en route je suis tombé nez à nez avec Whitman. Qui se tenait là, bien droit, son pif à trois fois rien du mien et ses yeux dingues chevillés aux miens, brillant dans leurs trous comme deux pleines lunes miroitées par l'eau noire au fond d'une cave inondée. Un silence est passé. Je ne lui ai rien dit. Il ne m'a rien demandé. Il a froncé les sourcils. Plongé son regard plus avant dans le mien. A desserré les mâchoires. Nous nous sommes remis en chemin.

Quand nous avons trouvé la route il faisait presque nuit et j'ai cru que j'allais me fiche à pleurer.

Merde.

Ce n'était qu'une route.

Un peu de goudron et de caillasse.

Elle n'était même pas bien foutue.

Mais c'était déjà ça et c'était, aussi, surtout – enfin ! –, une trace de civilisation.

C'était un putain de Picasso.

C'était le monde que je croyais mien.

C'était ma vie d'avant.

Ma vie.

Elle avait donc existé.

C'était un virage entouré de fougères et qui virait on ne sait trop pourquoi au milieu de la prairie détrempée, peut-être juste pour le plaisir de, histoire de se dérouiller, de faire un brin d'exercice. Sceptique, Tobias m'a demandé si elle était vraie, si c'était une vraie route faite pour les vraies voitures et je lui ai répondu Oui alors que Whitman rampait un peu plus loin, le nez dans la flotte, collé au bitume, donnant quelques coups de langue pour voir, flairant la chose avec circonspection et s'étranglant aussitôt dans la tasse qu'il n'avait pas bue mais franchement inhalée et toussant et crachant et roulant sur le sol, sans blague, ce con était en train de se noyer dans cinq centimètres d'eau. Car la route comme les plaines était inondée. Sous le niveau de la fonte. De la traîne de vieille mariée que l'hiver abandonnait, tirant sa révérence, laissant derrière lui des quantités de neige et de glace orphelines, liquéfiées, et des hectares de terres qui en avaient ras la gorge, incapables de boire autant en aussi peu de temps. Hier c'était le pôle Nord. Aujourd'hui le bayou. Dans ce pays où rien n'obéit à rien on passe de février à août sans passer par le reste.

Bientôt la nuit tomberait. Nous avions besoin de repos et nous nous sommes installés, là, au milieu de la route, cette route que je ne voulais plus quitter. Cette ligne de macadam engloutie et sur laquelle mon intuition me disait qu'aucune bagnole ne passerait avant longtemps. Étendus sur les amas de pierres plates et de joncs que nous avions ramassés alentour et assemblés en couchettes de fortune pour nous préserver de l'humidité, nous recensions les étoiles crevant le plafond de notre chambre ; jamais aucune nuit n'en avait compté autant.

Sais-tu comment je suis mort ? a demandé Whitman.

Je croyais qu'on avait dépassé ce stade.

Pas à toi que je cause.

Surveille ton langage, vieille bique. Il y a de jeunes oreilles dans le coin.

Oooh. Mes excuses, sincères et tout.

Acceptées.

Eunuque.

Je te croyais poète.

Whitman a rajusté sa couverture. Son paletot sous sa tête.

Tu sais comment je suis mort ?

Non, a répondu Tobias.

Comme ces étoiles, là-haut. Elles qui sont mortes et qui brillent malgré tout. Elles qui sont toujours là. Qui continuent d'être ce qu'elles sont, des lanternes dans la nuit. Qu'existent plus mais qu'on voit encore, et qu'on verra jusqu'à lâcher la rampe à notre tour. Je suis comme elles. Je suis mort mais je suis ici.

Tobias m'a lancé un regard interrogateur. J'ai fait non de la tête et il s'est serré contre moi.

Tu connais l'amour, petit ? L'amour est ce qu'il y a de plus douloureux, de plus inégal. Mais c'est aussi une bulle de joie dans l'âme qui se gonfle et se meut et s'envole et t'entraîne tout là-haut, parmi les comètes et les constellations. J'ai connu l'amour. L'amour de chair et d'os et je l'ai serré dans mes bras, j'ai enfoncé mes doigts tremblants dans sa peau douce entre ses omoplates. J'ai reniflé son odeur alors que je l'embrassais. J'ai effleuré son cou. Je l'ai aimé. Cet amour était l'air dans mes poumons, la pluie sur mes cheveux, les plumes sur les ailes que je n'avais pas mais auxquelles sa présence me faisait croire. Quand l'amour est parti je me suis perdu, quelque part en moi-même, égaré comme dans un désert. Asséché pire qu'une poignée de sable. Qu'un cours d'eau qui court plus. Qu'a plus d'eau. Plus une goutte.

Whitman a porté sa gourde à ses lèvres. Avalé une rasade. J'ai dit à Tobias de fermer les paupières et c'est ce qu'il a fait et il s'est endormi. Peu après dans le silence rompu par les bruits émergeant çà et là dans la nuit mystérieuse, Whitman s'est redressé, pensif, présentant sa gueule de boucanier et son regard fanatique à la rougeur des flammes et du bois crépitant qui flambait sur son propre lit de pierre et dont il ne resterait bientôt qu'une poignée de charbons et puis plus rien.

Dans la clarté du matin nous avons longé la route sur laquelle s'étiraient nos ombres. Nous portions nos sacs sur le dos. Nos chaussures à la main. Dans l'eau épurée avançaient nos pieds nus, marchant sur les reflets du ciel et l'or éblouissant. Trois semaines à cheminer. Trois mille ans peut-être. J'étais fourbu jusqu'aux neurones, jusque dans mon sommeil. Même en rêve je me traînais. À la faveur du printemps je me lavais aujourd'hui de ma fatigue, elle qui fondait parmi les glaces. Mon corps amaigri et ma tête éreintée semblaient reprendre un peu de forces. Juste ce qu'il fallait pour tenir. Avancer, encore. Pour s'accrocher à l'espoir fou de la vie telle que toi et moi on se l'était rêvée, Sam, planqués sous nos couettes, après l'amour et sans doute un peu ivres. Avant de quitter le cabanon de Nils Whitman m'avait demandé ce que je voulais et pourquoi ; si sur le moment je n'avais su quoi répondre, si à cet instant-là je m'étais senti aussi paumé qu'on peut l'être et gangrené par la mélancolie et l'envie de tout laisser tomber, de nous envoyer dinguer, toi, moi, nous, et nos souvenirs nos projets et la maison et tout le reste – bon Dieu, ce n'était jamais qu'un tas de briques et quelques promesses ! –, aujourd'hui je savais que je te voulais, toi, mes pieds savaient et mes jambes savaient et elles m'auraient emmené jusqu'au Pérou. Parfois tu disais : Je voudrais aller en Amérique du Sud. Tu disais ce genre de chose. C'était l'Amérique ou ailleurs, peu importait. Tu voulais bouger. Repousser les limites de la cage dans laquelle tu te sentais enfermée. Et moi je te répondais Plus tard. Un jour. On verra. Trop souvent je m'étais dit Un jour je ; je savais à présent que ce jour devait être aujourd'hui. Attendre n'était plus une option. Demain m'était devenu insupportable.

J'allais te retrouver, Sam. Et nous offrir cette vie tant espérée et qui serait fantastique et j'allais le faire maintenant. Nous allions être heureux. Tobias et toi et moi. Une équation simple. Le reste pouvait valser. Le reste, nom d'un chien, ça ressemble à une table, au bordel qui l'encombre, ça se balaye du bras. Le reste, ça va se planquer dans les coins, ça se fait petit et ça ferme sa gueule. Ça fait place nette. Table rase. Cette table sur laquelle je t'embrassais comme un homme aime sa femme, un amant sa maîtresse, comme un loup prend sa proie. Le reste. Ces futilités qui n'étaient pas nous.

Papa ?

D'un mot Tobias m'a arraché à l'eau qui était à mes pieds et dans laquelle trempaient mes pensées. Nous marchions. Il faisait presque chaud.

Pourquoi elle est partie, maman ?

C'est compliqué.

Compliqué comment ?

Ce sont des histoires de grands.

Je suis plus un bébé.

Je sais.

C'est ma maman. Pas ta maman.

Je sais.

Alors explique-moi. Pourquoi elle est partie ?

Bon sang. Cinq ans, et déjà il me mettait KO.

Parce qu'elle avait mal.

Mal ?

Oui.

Il a réfléchi, inquiet.

Elle avait mal au ventre ?
Non.
À la tête ?
Pas vraiment.
Aux dents ?
Je ne crois pas, non.
Mais… alors, elle avait mal où ?
À la vie.
À la vie ?
Oui.
Silence.
Papa ?
Mmh.
Elle est où, ma vie à moi ? Dans mes os ?
J'ai souri.
J'en sais rien.
Dans mes os, papa ?
Un peu, sans doute. Mais elle est surtout en dehors.
Sur mes doigts de pieds ?
J'ai souri à nouveau.
Mes cheveux ?
Ça serait un beau paquet de nœuds, l'ai-je taquiné en secouant sa tignasse.
Allez ! Dis, papa ! Elle est où ?
Elle sera là où tu la trouveras.
Silence.
Et si je la trouve pas, ça veut dire que je serai mort ?
Non. Pas vraiment.

Je veux pas être mort.
Tu ne mourras pas.
Jamais ?
Pas ici. Je ne le permettrai pas.
Jamais jamais ?
Pas aujourd'hui.
Silence.
Papa ?
Tobias.
Tu l'as trouvée, toi, ta vie ?
Oui.
Où ?
Dans un bar, sur une piste de danse.
Et maman ? Elle a trouvé la sienne ?
J'ai pris le temps d'encaisser plus que de réfléchir.
J'en sais rien.
Silence.
Mais alors, elle avait mal où ?
Un peu partout, je crois.

Il a hésité une seconde, puis décidé de se taire. J'ignore s'il avait compris quoi que ce soit, mais il était en droit d'essayer. C'était du moins ce que je pensais. Il n'avait que cinq ans, d'accord, mais il avait raison : il s'agissait de sa mère. Plus loin il m'a dit : Papa ?

Oui.

Tu sais, je la manque.

J'ai senti les larmes se bousculer par douzaines et me brouiller la vue. Je les ai retenues, une à une. Toutes autant qu'elles étaient. Des semaines de larmes. Des kilomètres, en dedans.

Je lui ai répondu Oui. À moi aussi, elle me manque.

Nous marchions et en marchant le vieil homme aboyait, là-bas, sous le soleil, à l'aplomb du jour et de sa propre folie, invectivant des démons que lui seul savait. Deux siècles qu'il marchait, le vieux, trois vies qu'il épuisait ses semelles sur les sentiers d'une seule, à laquelle il tentait, lui aussi, de donner un sens. Walt Whitman était né un jour de printemps et n'était jamais mort, il ne pouvait pas, il ne savait pas comment faire. Cette vie qu'il ne comprenait plus pesait de toute son immensité sur ses épaules cagneuses, cognant à grands coups enragés dans sa vieille poitrine sèche et étroite et usée par les distances qu'il avait traversées en tâchant d'oublier qu'un jour, quelque part, il avait été chez lui.

Papa ?

« Papa ? »

Papa.

« Papa. »

Mais 'pa ! Arrête de me répéter.

On dit : arrête de répéter ce que je dis.

Tu m'embêtes.

Silence.

Tobias ?

« Tobias ? »

J'ai souri. Lui aussi.

Qu'est-ce que tu voulais ?

Savoir.

Savoir quoi ?

Pourquoi Walt il parle tout seul.

J'ai levé les yeux vers le vieil homme.

Tu crois qu'il est comme maman ?

Silence.

Tu crois qu'il a mal, lui aussi ? Papa ?

J'ai ralenti le pas.

Papa…

Mon regard un mètre au-dessus de Tobias, fixé sur un point de néant.

… qu'est-ce qui se passe ?

J'ai avalé un fond de salive amer. Aiguisé mon regard. Pesé mes mots avant de répondre. Mon mot. Unique, mais assez lourd pour en valoir plusieurs.

Une voiture.

C'était une 304 déglinguée, un tacot de tôle rouillée gisant sur le bord de la route, à cheval entre le bitume et la terre engloutie. J'ai reconnu le modèle. Ma mère avait eu le même. Elle l'avait traîné des années. Les beaux jours d'été elle ouvrait la capote et nous roulions comme volent les oiseaux, entourés d'espace. Les trajets pourtant habituels me semblaient alors différents. Les champs. Les maisons. La ville. J'avais l'âge de Tobias. Je disais Maman, on enlève le toit, on enlève le toit ! Un soir il avait plu, nous rentrions de l'école et du boulot. C'était une pluie forte et soudaine, tombant de nuages ventrus venant du nord et que ma mère avait voulu ignorer jusqu'au bout. Au-dessus de nous c'est bleu, Jeremiah ! Regarde-moi tout ce bleu ! Nous avions été rincés.

La guimbarde était une relique, avec personne dedans, personne autour, avec rien d'autre qu'elle-même plantée en travers de la route, foutue, pareille à une épave, un bateau échoué dont il ne resterait qu'une carcasse bouffée jusqu'à la moelle par le sable et les vents. Elle n'avait plus de toit, plus de pare-brise, de feux arrière ni de siège passager. Mais elle avait ses pneus. Avait de quoi sous le capot et, nom d'un chien, une clef sur le contact. Quand Whitman me l'a appris j'ai cru à une blague. Mais non. Ce n'en était pas une. Et bien sûr on a hésité, on peut, on ne peut pas, mais ici il n'y avait que nous et au vu de son état la voiture était là depuis longtemps. Alors je me suis mis au volant. J'ai tourné cette clef. Et nom d'un second clébard le moteur a craché trois fois mais il s'est mis en branle, et je l'en ai remercié. Ce doux boucan. À en pleurer de joie. Des siècles que nous marchions.

Le train avant a patiné dans l'humus, noyé sous quinze centimètres d'eau, mais enfin la voiture s'est flanquée sur le macadam et nous avons roulé jusqu'à vider les quatre pauvres litres de fuel qui croupissaient dans le réservoir. Derrière nous et autour l'eau se soulevait, projetée par les roues en arcs légers et scintillants, chargés de pépites, avant de retomber sur le sol pour retrouver de l'eau encore qu'elle éclaboussait de ses gouttelettes fines et joyeuses et bleues comme le blanc des pics, des monts que l'on ne voyait plus, qui avaient disparu, qui avaient réussi à s'élever suffisamment (des siècles de labeur), à s'arracher au monde (des millénaires d'espoir), à le quitter pour s'envoler vers la Lune, là-bas, ailleurs ou plus loin, des larmes de bonheur plein la roche, ouvrant couloirs et fissures pour crier leurs cris de victoire. Je roulais à fond de train, pied au plancher, atteignant la vitesse de pointe de trente-cinq kilomètres-heure et en première, parce que les autres ne passaient plus. Tobias s'était installé à côté de moi, dans le vide laissé par le siège manquant, cheveux taquinés par l'air qui venait par le pare-brise explosé. Whitman, lui, nous tournait le dos, assis derrière nous, dans le coffre dont le capot était défoncé. Sous ses yeux les traits de peinture scindant la ligne de bitume défilaient, s'éloignant vers l'ouest, vers ce que nous laissions. Il fixait quelque chose au loin. Une chose qui était là-bas ou qui était en lui. Tobias lui a demandé ce que c'était. Le vieil homme a répondu L'ours.

Bientôt il y a eu des mouches. Des mouettes et des goélands. Il y avait là-haut Livingston qui planait dans le soleil splendide. Ils n'étaient que quelques-uns. Une poignée à peine. Mais l'un d'eux, c'était clair, tentait d'aller plus haut et de voler plus vite.

L'océan était à plusieurs horizons d'ici.

Et pourtant.

Bientôt il y a eu, émergeant des landes inondées à côté de la route, là, juste devant nous, parmi les étendues d'eau étincelante sous la surface de laquelle dansaient des bandes d'herbe aériennes ; bientôt il y a eu, pour accompagner les oiseaux, leur confirmer la mer qui ne pouvait être ici mais qui y était quand même parce qu'il le fallait, parce qu'ils en avaient besoin, qu'on les avait lancés au monde et qu'il ne pouvait être décevant, qu'il devait en valoir la peine, ou plutôt la joie, le bonheur ; bientôt il y a eu, pour l'émerveillement du petit qui criait Oh papa regarde, les yeux ébahis et prêts à croire en tout, pour le vertige de l'homme que j'étais devenu et qui ne croyait plus en rien, pour l'émoi du poète qui s'était levé, les joues couvertes de larmes, ne la quittant pas du regard, de ses yeux à lui, qui étaient vieux mais qui croyaient toujours et avec autant de force ; bientôt il y a eu une baleine.

Elle était grande. Elle était belle. Elle roulait devant nous ses bosses de peau noire et de vie magnifique, luisant sous la lumière, nous suivant le long de la route, envoyant des perles d'eau dans de grands souffles d'air vers le ciel au bleu aveuglant et plongeant à nouveau. Et encore. Et encore. Le cœur cognant à tout rompre, j'ai décéléré, je n'y croyais pas, ça ne pouvait être vrai. Mais Tobias, qui savait la légèreté, qui était expert en vie brute comme on l'est à cinq ans, m'a dit Non, va plus vite, elle veut jouer ! Alors j'ai crié Ok, ok mon grand, accroche-toi, on y va, et j'ai enfoncé la pédale à nouveau, pied au plancher, dessous, l'enfonçant totalement jusqu'à le fiche sous l'eau, écarquillant les prunelles et acceptant l'impossible, une baleine, pourquoi pas, et tout ce bonheur sur le visage fatigué de mon petit garçon, si surprenant et qui à lui seul en valait le coup. J'ai enfoncé l'accélérateur. Et ensuite l'embrayage. Et j'ai tiré pire qu'un dingue sur le levier de vitesse, et nom d'un cétacé j'ai passé la seconde et on s'est envolés. Quarante à l'heure. Quarante-cinq. Et la baleine filait, bondissait, cinquante, elle nous suivait toujours et sans rire on la voyait se marrer, rire de tous ses fanons, rire à gueule déployée, bordel elle était là, pour de vrai, une baleine, la gueule couverte de cicatrices et de crustacés, soixante, et elle tenait bon, jaillissait de mieux en mieux, plus haut, plus loin, hors de la prairie pour retourner s'y écraser dans de grands éclats d'eau, creusant sur la peau du monde un sillage épars mais colossal et que Livingston, à n'en pas douter, devinait de là-haut, parallèle au nôtre qui était continu mais d'une ampleur dérisoire et s'arrêterait trop tôt, tandis qu'elle s'en irait où les hommes ne vont pas. Embrayage à nouveau. La troisième ? Elle passe. Soixante-cinq, la carrosserie tremblant, les roues près de se barrer. Le vent n'en revenant pas de cette guimbarde qui lui rentre dans le lard, lui fend la brise en deux. Tu suis, baleine ? Elle suit. Et Tobias criait, Allez papa vas-y, regarde-la comme elle saute ! Et j'enfonçais plus fort. Et le poète pleurait. Debout. En silence. Face à cette baleine qui n'était autre que la sienne, il le savait, il l'avait reconnue, elle qui l'avait trouvé sur les eaux de l'Atlantique, elle qui l'avait suivi depuis les mers mystérieuses de son enfance à travers les abysses et les pays et le temps et le souvenir de ceux qu'il avait perdus. Cette fée qu'il avait chérie. Ce fils qu'il avait espéré sans savoir à quoi s'attendre – l'inquiétude, le bordel d'une vie de père – mais en sachant déjà qu'il l'aimerait. L'enfant au nom inconnu, mort avant d'être né.

La baleine est partie comme elle était arrivée. Elle a bondi. Plongé. Et puis plus rien. Sans laisser une ride à la surface de l'eau. Sans rien laisser que nous. L'enfant, l'homme, le poète. Seuls et désarmés. Le moteur hurlait. N'en pouvait plus. Première. Quelques mètres et. La panne. La voiture, à bout de nerfs. On pouvait marcher à nouveau. Aller où bon nous semble. Elle n'irait pas plus loin.

La nuit est tombée. Nous avons dormi là. Sur place. Dans la 304 dont le moteur écumait. Fumait encore à l'aube. Le lendemain nous nous sommes remis en route. Avant de lever le camp Tobias a scruté les plaines où la baleine avait disparu. Whitman, muré dans le silence, est parti devant, sans un regard.

L'avant-veille nous nous étions engueulés – une tension stupide, dans un restaurant chic. Tu avais passé près d'une heure dans la salle de bain, à te faire belle, te faire croire que tu en avais besoin, belle tu l'étais toujours, dès le matin et même avant, sans fard ni artifice, il suffisait d'une ampoule et de deux yeux pour s'en rendre compte. Mais. Tout était parti en vrille. Il avait suffi d'une seconde. Un regard. Un détail. Une foutue mouche loupant un foutu battement d'ailes aurait eu plus d'impact sur le cours des choses. Et pourtant. Ce regard, ce rien, ce je-ne-sais-quoi parce que c'était allé trop vite avait suffi à te faire louper un battement de cœur, ka-boum ka-boum ka...boum, et le cours des choses – le nôtre – avait basculé. Le surlendemain j'étais assis sur la terrasse. Je rentrais du boulot, c'était en mars, la pierre encore humide sentait la pluie. Depuis deux jours nous ne nous étions pas parlé. Tu n'allais pas. Et quand tu n'allais pas tout en moi s'effondrait.

Quelques minutes plus tard tu étais rentrée à ton tour. Tu m'avais embrassé. Du bout des lèvres. Mais en posant ta main sur ma joue, et je m'étais dit : peut-être. Qu'il nous restait une chance. Que tu nous l'accorderais. Tu avais sorti cette lettre de ton sac. Six pages écrites de ta main. Tu m'en avais lu des extraits. Pourquoi ceux-là ? Pourquoi pas tout ? Tu n'allais pas et parfois je craignais que ce ne soit par ma faute. Peut-être n'arrangeais-je rien. Sur la dalle à mes pieds se trouvait une fourmi et par mégarde je l'avais écrasée. Je lui avais demandé pardon. Je m'en étais voulu, merde, elle n'avait rien fait de mal. Elle était là. Elle existait, et. Ce pardon, tu l'avais pris pour toi. Je n'avais pas trouvé le courage de nier. De te dire, C'était pour l'insecte. Mais je m'étais déplacé. Incapable de la regarder ainsi, la fourmi. Pourquoi ? Va savoir. Je me sentais comme elle, je crois. Un carnage en dedans.

Ici, des fourmis, il n'y en avait plus. Sous l'eau elles n'allaient pas, elles étaient comme toi dans ce pays. Incapables de respirer. L'eau froide glissait sur mes pieds engourdis, je la ressentais à chacun de mes pas. Une sensation agréable. J'avais retroussé mon pantalon au-dessus de mes chevilles. Le printemps s'installait, nulle part il n'y avait plus une trace de neige ni de glace et je marchais, seulement vêtu d'une chemise, paupières à demi closes, la peau et la rétine brûlées par la lumière qui partout se reflétait et nous frappait, incandescente et brutale. Autour de moi Tobias allait et venait, aux prises avec une crapule intersidérale que Buzz l'Éclair n'avait pas réussi à détruire seul. Le monstre en question avait trois bras et quatre-vingt-sept pouces. Mais Tobias un pistolaser. J'en ai conclu qu'il avait ses chances, et ne m'en suis pas mêlé.

Après avoir réglé son compte à ce gros tas de caca fondu, Tobias a traîné la patte, tête baissée.

Papa ?

Mmh ?

Qu'est-ce qu'on fait ?

Pour le taquiner je lui ai répondu On marche.

Je m'ennuie.

Je sais.

J'ai posé la main sur sa nuque. Le tee-shirt *Star Wars* qu'il portait – son préféré, bien qu'il n'ait jamais vu le film – crasseux et trempé et troué de toutes parts. Au contact de ma main il m'a attrapé la jambe. La cuisse, contre laquelle il s'est serré sans cesser de marcher.

Papa ?

« Papa ? » ai-je répété, cherchant son regard complice.

Il n'a pas réagi. A gardé la tête basse. Continué de fixer l'eau cristalline, écoutant la musique qu'elle jouait à ses pieds, ceux-ci qui avançaient l'un après l'autre et aux côtés des miens en prenant de drôles de formes sous la surface. Il m'a dit, Je veux rentrer à la maison. Il m'a lâché la jambe et je n'ai su quoi répondre. J'avais chacun de ses mots planté dans l'estomac. Des armées d'autres dans la gorge. Étouffés.

À la mi-journée Tobias a regardé par-dessus son épaule et m'a dit Il s'est arrêté. Je me suis retourné à mon tour : Whitman, dos tourné, trois cents mètres derrière nous. Une ombre noire figée dans la lumière. Je l'ai rejoint. Lui ai demandé s'il y avait un problème. D'un geste du menton, léger, à peine suffisant pour me dire : Là-bas sans déplacer trop d'air, il a pointé la route, celle que nous avions laissée derrière nous. À l'ouest une autre ombre avançait, tel Jésus, sur les eaux étincelantes. Elle prenait son temps. Elle venait vers nous.

Son temps, l'ombre, elle l'a pris. C'était tout ce qu'elle avait. Le temps. Lui qui paressait, ici, où le monde était grand, les distances épuisantes, où l'on ne bougeait pas ou rien qu'au ralenti. Ici le temps avait perdu toute mesure de lui-même et s'en foutait pas mal : il ne pressait pas. Pas lieu de s'exciter. Pas ici. Pas maintenant. On verrait plus tard. Ici il s'étirait. Sous le soleil. Pénard. Il pouvait. Il y avait la place pour.

Une plombe plus tard elle était toujours là-bas, l'ombre, dans le lointain. Avançant sans réduire la distance. Allant après elle-même qui se reflétait sur la terre qui était noyée d'eau, vaste et lisse comme une mer de velours. Elle n'approchait pas : elle s'éloignait moins, ici où le loin pouvait le rester des jours. Mais enfin l'ombre s'est précisée, peu à peu, sur la ligne d'horizon qu'elle semblait ne pas pouvoir quitter, condamnée à la fouler, à la lisière de tout, sans jamais pénétrer aucun lieu, refoulée vers les extérieurs, les frontières, les là-bas, reste là qu'on t'a dit. Toutefois elle grandissait. Prenait de l'épaisseur, son courage à deux mains : elle entrait dans le monde.

L'ombre était un gros type aussi gros qu'on peut l'être et qu'on appelait le Morse. Pas besoin de demander. C'était inscrit en grosses lettres sur sa grosse panse de gros – un hectare de cuir pelé sur lequel étaient tatoués deux noms : le sien et celui de sa mère. Mais ça, on ne le saurait que plus tard. Quand il arriverait. Maintenant il était encore ailleurs. On ne savait de lui que son ombre et ses pas lourds et qu'à chacun d'entre eux la planète entière s'enfonçait d'un demi-mètre.

C'était un type sans âge et sans chemise et qui respirait mal. Il portait un pantalon de toile usé, relevé jusqu'aux genoux, et une paire de bretelles Bugs Bunny sous laquelle la peau, épargnée, était restée d'une blancheur crue rappelant celle d'un bébé. Sur son crâne il y avait un chapeau de paille. Sur son ventre deux noms. Et partout ailleurs, sur les bras les épaules et les mains et les côtes et dans la nuque le dos et sur chaque parcelle visible et accessible à l'encre et à l'aiguille, les chansons les plus populaires d'Umberto Tozzi, tatouées en noir sur la peau burinée. Quand enfin il est arrivé près de nous, longeant la route, il nous a dépassés sans un mot ni un regard et quand ce fut fait il a posé le tabouret qu'il portait de la main gauche et s'est assis et a attendu un moment, appuyé sur la pelle qu'il tenait de la droite. Quand mon regard a croisé celui de Whitman, aussi sceptique que moi, j'ai pensé, ok, on se tire, et j'ai pris la main de Tobias et je lui ai dit ça, On s'en va. Mais alors que nous passions devant lui le gros a tendu sa pelle et avec le manche nous a barré la route.

Je n'avais toujours pas vu ses yeux.

Son visage.

Planqués sous son chapeau.

Déjà je ne l'aimais plus.

J'ai tenté de pousser la pelle et deviné la force du type, parce qu'elle n'a pas bougé d'un poil. Je lui ai demandé si quelque chose clochait, prêt à lui écraser le canon de la Winchester dans le bide. Il m'a répondu d'un geste. La pelle, s'inclinant légèrement. Pointant le fusil en question.

Mon arme, je lui ai dit. Ça pose un problème ?

Seulement si tu sais pas t'en servir.

À cet instant il a relevé la tête et j'ai vu l'acné sur ses joues. Le Morse avait un âge ; treize ans à tout péter.

Avec la pelle toujours il m'a montré le ciel et j'en ai conclu que c'était ce qu'il fallait viser. Pourquoi je ferais ça ? je lui ai demandé ; il m'a répondu Pourquoi pas ? Je ne savais pas comment dézinguer tant d'espace, mais j'ai tiré. Au hasard. Sans quitter le gros des yeux et pensant, je t'emmerde, tellement fort qu'il a dû l'entendre. Il a hoché la tête. Doucement. Quand j'ai voulu recharger il m'a dit Pas besoin mais je l'ai fait quand même. Mon arme, mes munitions, je lui ai dit. Il a attendu sans bouger et Tobias scrutait le ciel mais on ne devinait rien et le gros ne cherchait même pas. Le Morse avait treize ans. Le Morse en avait mille. Il avait vécu cinquante vies en moins d'un quart d'une, et ça se devinait à chacun des mouvements qu'il retenait, à chacun des mots, ceux qu'il ne prononçait pas, et ceux qui parlaient d'amour et qu'il s'était gravés dans le corps, en italien de surcroît.

Au sud est apparue une ombre – une de plus ! – qui a d'abord eu la taille d'un point à l'horizon, puis le point a grandi – bien qu'on n'en soit pas sûrs – et ça a été rebelote, reparti pour un tour, un siècle de patience. Le gros avait celle d'un bonze. Ses épaules ne se soulevaient que pour respirer. Le Morse avait treize ans et la force tranquille de celui qui a tout vu.

Quand au bout d'une éternité l'ombre du sud a réduit la distance à son minimum le plus strict, on ne savait plus si on était le même jour ou si trois nuits avaient passé. Il a toutefois fallu attendre que le gros sorte de sa torpeur et décolle son triple menton de sa poitrine de colosse.

T'es en retard, a balancé le Morse.

Tu es en avance, a renvoyé l'autre.

Le premier a regardé le soleil, le second n'a pas moufté, le premier nous a regardés et le second toujours rien, le premier s'est tourné vers l'est, nous a considérés à nouveau et à chacun de ses mouvements son tabouret de bois maugréait. En avance, a confirmé l'autre. Il n'avait pas bougé d'un muscle.

C'était un type aussi sec et plus léger qu'une libellule, il avait un banjo à la main, un chapeau de paille pour visage, il se déplaçait torse nu ou plutôt ne se déplaçait pas : il fouettait. Assis sur un banc de bois pourri, celui-ci planté sur le capot rouillé d'une guimbarde et dans le pare-brise qu'elle n'avait plus, il se tenait, immobile, presque un mirage, flouté par les effluves bouillonnants émanant des deux bœufs qui tiraient l'attelage, ne bougeant que les doigts pour faire chanter son fouet ou les cordes de son instrument. Quand il n'y avait plus eu qu'une dizaine de pas entre lui et nous, il avait cessé de jouer et sifflé un coup simple et les bêtes s'étaient arrêtées et le camion avec elles, réduisant au silence les roues de charrette que le type ou un autre avait plantées à la place des pneus et qui gueulaient leur rogne contre les cahots et la boue comme de vieilles grands-mères édentées.

Eux ? a demandé l'homme sans même nous accorder un regard.

Chais pas, a répondu le gros. Z'êtes qui ?

Je n'ai pas répondu.

Tobias a dit Tobias.

Whitman, Margaret Thatcher.

Les deux ont rivé leur chapeau de paille sur lui, sur le front duquel rien n'était tatoué mais où se lisait un Allez vous faire foutre ! assez limpide. Et alors le silence. Implacable. Les alentours, figés, et la bouffée d'air qu'on retient au creux des poumons. Dans mon dos je sentais la crosse tiède du fusil et le canon brûlant ; la main qui s'en emparait d'un geste à peine perceptible, la mienne, mais qui était comme celle d'un autre. Ces instants où tout menace de basculer, où l'on est étranger à soi-même, en dehors de soi, quand l'adrénaline repousse la conscience trois mètres au-delà du corps.

Des touristes, a enfin conclu le gros, balayant la tension et réglant notre cas d'un même geste nonchalant.

L'homme sur son chariot a posé son fouet, ma main a lâché le fusil, le gros a soulevé une fesse pour libérer un pet et Tobias a rigolé. Seul Whitman, toujours raide, dont le visage n'était qu'une crampe, n'a pas baissé la garde.

Et vous ? a-t-il relancé d'une voix sifflante.

Les deux l'ont toisé à nouveau.

Nous ?

Ils l'ont lâché du regard pour s'interroger l'un l'autre, en silence, la prunelle pleine de Qu'est-ce-qu'y-veut-ce-gars-là ?

Vous êtes qui ? a précisé Whitman, décidé, lui, à ne rien lâcher, cramponné à son point d'interrogation comme un bouledogue à son os.

On est nous, a fait le gros en se grattant la poitrine.

Portez pas de noms ?

Le Morse a hésité. Puis descendu son majeur bien tendu le long de sa demi-tonne de panse jusqu'à indiquer le tatouage, sans quitter Walt des yeux.

Valérie ? a demandé Whitman.

Sur la grosse gueule du type une nuit noire est tombée, noire de colère contenue. Il a vérifié son ventre. Remonté son doigt de cinq centimètres pour le pointer sur le bon matricule.

Et lui ? a fait Whitman, indiquant du menton l'autre sur son chariot.

J'en sais rien, a répondu le Morse.

Tu le connais pas ?

Assez pour pas avoir besoin.

Comment on fait pour l'appeler ?

On ne m'appelle pas, a tranché l'homme, la voix traînante, sans bouger plus qu'un bout de lèvre et laissant courir derrière lui un silence péremptoire.

Avec un coup de fusil, a expliqué le gros.

Quel fusil ? T'en caches un sous tes bretelles ?

Le sien, a conclu le Morse en inclinant le manche de sa pelle vers moi.

Le type au chariot s'est retiré sous son chapeau de paille. Le gros sous le sien. Whitman avait ses réponses et la discussion était close. On s'était bien amusés. Il était temps de bouger. J'ai pris la main de Tobias et en passant devant Whitman je lui ai dit On y va et d'un geste de la tête qu'ils n'ont pas vu j'ai remercié les deux comiques pour le moment charmant que nous avions partagé, bonne continuation, salut la compagnie. Mais je n'ai pas eu le temps de faire trois pas. À peine éloigné du second le Morse, immobile, assis sous son couvre-chef hirsute, m'a demandé où nous allions. Je me suis demandé moi ce que ça pouvait lui foutre. Nous allions où nous allions. Le lui ai clarifié. On va chercher maman, a ajouté Tobias. J'ai serré la main du petit, lui ai fait les gros yeux, du genre de ceux qui disent te mêle pas de ça, ce n'est pas une conversation pour un môme de cinq ans. Les larmes sont montées aux siens et je m'en suis voulu aussitôt.

Elle est où, ta maman ? a demandé l'homme sans nom.

J'étais toujours rivé sur Tobias, Tobias qui s'essuyait les joues et qui reniflait doucement, Tobias qui me fendait l'âme en deux et je me suis dit merde, qu'ils aillent tous au diable, et sans le quitter des yeux j'ai répondu pour lui, marmonné Slutten av verden, mâchoires serrées, avant de le répéter plus haut, Slutten av verden, d'une voix nette et défiante, avec cette fois les deux guignols en ligne de mire. Au bout d'un silence le Morse a dit : Pas la bonne direction. J'ai regardé vers l'est. La route. Il n'y en avait pas d'autre. Je le lui ai dit, Il n'y a pas d'autre route, il m'a dit Ce n'est pas un problème de route. Je lui ai répondu qu'on venait de l'ouest et il m'a dit Peut-être et je lui ai dit Certain et il m'a dit Où vous voulez aller ce n'est pas par là. Je lui ai demandé comment il pouvait en être sûr. Il m'a dit Je connais cet endroit. J'y suis déjà allé. J'ai retenu mon souffle. J'ignore pourquoi, la gorge nouée peut-être. L'envie de lui écraser mon poing dans la tronche à ce fumier de gros gamin qui laissait durer son petit suspense, la tentation d'aller lui chercher les réponses dans la gueule avec une tenaille, dis-moi où le mammifère, dis-moi donc où ça se trouve ; je n'en ai pas eu l'occasion. Le sans nom, bottes croisées sur le cul d'un de ses bœufs, a incliné son chapeau d'un quart de degré. C'est là qu'on va, il a dit. Slutten av verden, puis il s'est tu et au bout d'un moment j'ai compris qu'il s'était endormi.

Les heures ont passé. Glissé sur l'eau immuable sous laquelle on raconte qu'une planète tourne. Quelques roseaux en crèvent la surface, le plat de l'eau qui est de diamant et de sang à la tombée de la nuit et qui parfois a les couleurs de l'herbe et des joncs et des fleurs. Nous n'avons pas bougé, nous non plus. Le ciel et la Terre tournent et avec eux les nuages immaculés là-bas tout là-haut, de petits points de glace comme si la neige avait quitté les étendues saumâtres pour rejoindre Livingston et planer. Sur un amas de pierres je suis assis. Whitman s'est confectionné une canne à pêche avec un bout de bois et du fil qu'il a sorti de sa poche comme si du fil c'était normal d'en avoir plein le pantalon. Tobias pêche avec lui. Le vieil homme a tiré une paire de jumelles d'une autre poche et la lui a tendue, Tu cherches par là, tu me dis si tu trouves quoi que ce soit qui puisse être une nageoire. Face à moi l'autre roupille. Le sans-nom. Le Morse fredonne, *Vesti la rabbia di pace E sottane sulla luce, Io ti amo e chiedo perdono*, Umberto Tozzi n'a qu'à bien se tenir. La Terre tourne. Le temps. Nous demeurons.

Le Morse et le musicien connaissent Slutten av verden, ils s'y rendent, n'ont pas proposé de nous emmener mais je l'ai fait pour eux et me suis assis, ai attendu qu'ils redémarrent. J'attends toujours. Les heures ont passé, une première nuit, au matin ils étaient toujours là, bien installés, l'un sur son tabouret l'autre derrière ses mufles, aussi actifs qu'une paire d'huîtres et guère plus causants. Ils ne bougent pas. Ne mangent pas. Ne pissent pas. Dilatent à peine les narines pour respirer. À l'aube, le Morse a agité un orteil qui dépassait de l'eau et sur lequel s'était posée une mouche. Deux de tension artérielle ; il est monté à deux un quart. S'est accordé une sieste pour s'en remettre.

Aux alentours de midi une brise s'est levée et a tracé des virgules sur les pages vierges des plaines, comme si tout ce grand vide avait besoin de ponctuation. L'eau, ridée. Vieillissant d'un coup net. Tobias avait faim et moi aussi mais c'était le cas depuis des semaines et je n'étais plus à ça près. La faim, je connaissais. J'avais fait d'elle mon amie. Ses crocs plantés dans mon estomac me maintenaient dans un état d'éveil étrange, réduisant l'espace. L'horizon était ici. Demain était maintenant. Et pourtant. Au lieu de me sentir divaguer, j'avais le sentiment d'être plus affûté que jamais, plus conscient, plus alerte, j'étais un loup parmi les siens, je pouvais vivre dehors et de peu. Je crevais d'une faim permanente, mais jamais mes pieds ne m'avaient porté aussi loin, jamais mes mains n'avaient été aussi fortes. Mes yeux qui autrefois avaient besoin de lunettes s'en passaient aujourd'hui, et voyaient. Je me voyais, moi. Je voyais qui j'étais. Tel que j'étais. Nu et rendu à la terre et aux vents. Je voyais mon fils. Je le voyais bouger. Le voyais rire. Apprendre à chasser et courir et se laver le visage à l'eau claire des ruisseaux. Je le voyais dormir sous les étoiles paisibles. Je voyais la désinvolture dans ses yeux qui avaient la couleur de l'été et de la rivière dont on s'éclabousse en criant sa joie et sans penser aux lendemains. Je voyais les oiseaux. Les nuances de bleu du ciel autour d'eux qui avait été de plomb des mois durant, de plomb quoi qu'il advienne, quels que soient la liesse ou les massacres perpétrés, sourd et aveugle et muet, de plomb comme les trois foutus singes qui décoraient la chiffonnière de ma mère et qui posaient sur leurs yeux leurs oreilles leur bouche leurs mains grises de singes gris qui avaient été bruns mais que les ans avaient déteints. Ce ciel qui aujourd'hui était empli de lumière. Allait léger sur la prairie qui était bleue pareil. Je nous voyais, nous, au milieu.

Debout, canne à la main, Whitman a senti qu'il avait fait une touche et crié à Tobias de venir l'aider. Une fois débarrassé du bout de bois, que le petit tenait vaille que vaille, le vieux s'est dévêtu jusqu'à ne plus porter que ses grègues et jeté d'un plongeon vers la plaine inondée, atterrissant en un plat magistral et se débattant aussitôt, luttant pour sa vie, enchaînant dans les quinze centimètres de fond de grands gestes syncopés pour se maintenir à flot. Au terme d'une longue minute de nage acharnée, après avoir heurté vingt mottes de terre et bu la tasse autant de fois, il est arrivé au bout de la ligne de pêche et s'est relevé et, une fois debout, a fait le gros dos et s'est jeté à nouveau, tel un chat, sur cette saloperie de sac à merde qui frétillait encore et contre lequel il a engagé un combat sans merci… dont il n'est pas sorti vainqueur. Il criait : Poisson, poisson ! Le vieil homme était suffisamment perché pour confondre une truite avec un mulot, alors je ne sais pas, mais ce qui est sûr c'est qu'il est revenu vers la route, en marchant cette fois, et bougonnant dans le fouillis de sa barbe qu'il nous l'avait dit, foutre Dieu, qu'il y aurait des poissons.

Qu'est-ce qu'on va manger ? lui a demandé Tobias.

Le vieux s'est arrêté, lui a lancé un regard John Wayne, genre on-va-pas-se-laisser-emmerder-par-trois-quatre-Indiens, puis il a pris mon fusil, et sans quitter le petit des yeux il a tendu le bras et tiré vers le ciel silencieux, comme au hasard, sans regarder, manquant lâcher l'arme à cause du recul. Deux secondes plus tard une masse morte tombait de nulle part et à pic et heurtait la surface de l'eau. Je me suis tourné vers la zone d'impact – je, et le Morse, et le cow-boy sur son chariot. Whitman, lui, n'y a pas prêté attention. Dos tourné à la chose, il a renfilé ses vêtements et répondu : Du goéland.

Au petit, ça lui a coupé la chique.

À moi aussi.

Ce con m'avait flingué mon Jonathan.

Pendant des heures et jusqu'à la fin de ce jour et du jour suivant nous avons attendu sans aller où que ce soit et j'ai cru devenir fou. Je n'en pouvais plus d'être ici. Ces types qui se prétendaient en chemin demeuraient assis, immobiles et muets, affichant un calme à fiche la Sainte Vierge sur les nerfs.

On attend quoi, à la fin ?

À bout, je me suis planté au matin du troisième jour devant le vieux toujours perché sur sa charrette et qui ébauchait une sorte de mélodie à peine audible au banjo, branlant le manche à l'allure folle d'une note la demi-journée.

On attend quoi ? j'ai répété en haussant le ton.

L'homme m'a toisé de dessous son chapeau. A pincé une corde. *Ré* mineur.

Qu'est-ce que vous foutez, nom d'un chien, à prendre racine, là, comme deux cons ? On y va ? Ou on se plante quelques légumes et on attend que ça pousse pour pas arriver les mains vides ?

Il a baissé son chapeau. Pincé une autre corde. *Do.* Ses lèvres, fines et pelées et closes, ses mâchoires émaciées. Elles se sont entrouvertes. *You are my sunshine, my only sunshine You make me happy when skies are grey.* L'enflure. Je nous ai éloignés, moi et mon envie de lui en coller une.

Quatrième jour.

Ok, ils se fichent de nous.

M'a fallu le temps de comprendre, mais le franc est tombé.

J'ai rassemblé mes affaires et celles de Tobias et j'ai pris le petit par la main et lui ai dit On part. Même scénario que quatre jours plus tôt.

Quatre jours de perdus.

Quand je suis passé près des deux guignols aucun d'eux cette fois n'a tenté de m'arrêter et j'ai suivi la route vers l'est. Seulement, ces idiots, ils m'avaient fichu le doute. Plus loin j'ai fait demi-tour. Suis revenu sur mes pas, leur ai demandé par où.

Par où quoi ? a fait le Morse.

Tu sais.

Il a levé un sourcil. J'ai tendu le bras.

Par là ?

Pas de réponse.

Par là ?

Toujours rien.

Pareil à une girouette, j'ai pointé une à une chacune des directions connues, balayant l'horizon à trois cent soixante degrés, sans qu'aucune d'elles provoque la moindre réaction. Le Morse restait de marbre. Me fixait de ses yeux dépourvus de blanc comme le sont ceux des morses.

Je me suis penché vers lui.

Tu te moques de moi ?

Il a souri.

J'ai empoigné le fusil, en ai poussé le canon sur le prénom de sa mère.

Par où ? j'ai répété.

Silence. Son sourire, toujours, pas ému une merde. Mais il a levé le doigt. Un gros doigt boudiné, bien gras, dressé à la verticale, qu'il a d'abord baissé pour indiquer le nord puis l'ouest et le sud, indécis, avant de le baisser encore et de pointer l'eau claire dans laquelle plongeaient ses deux chevilles, me gratifiant d'un clin d'œil. Je me suis reculé, l'estomac pris dans un étau. J'ai cru que j'allais le flinguer sur place, le fumier, sur son petit tabouret. Ici ? Ici bon sang c'est nulle part, ici c'est rien qu'un peu de rien et beaucoup de saloperie de rien d'autre autour, quatre jours qu'on attend, que vous nous faites marcher sauf qu'on ne marche même pas, qu'on reste là sans aller, qu'on se fait chier plein pot sous le soleil à rien fiche et à cuire mollet alors qu'il y a ma femme, tu piges, ma femme espèce de salopard de gros môme stupide.

Pas un son n'est sorti. J'avais la gorge murée, le langage impossible.

Pas par où, est alors intervenu l'autre.

Je me suis tourné vers le chariot. Livide. Exsangue. Vidé de mon sang qui avait disparu et ne charriait plus rien, plus une bulle d'oxygène, plus une once de vie de moi.

Quand, il a ajouté.

Silence.

Quand ?! j'ai réussi à balbutier.

Le sans-nom a levé le chapeau, regardé le soleil et répondu : Maintenant.

Alors à l'est, là-bas, dans le matin qui se levait, est apparue cette faille, une ternissure dans la clarté qui se répand. Elle planait au cœur du jeune jour comme un mauvais rêve qui fout le camp et elle venait vers nous, je l'ai vue, elle venait, et quand elle s'est approchée j'ai deviné ses ailes et j'ai vu l'oiseau qu'elle était.

Tous autant que nous étions nous sommes restés figés sur place, à le regarder venir, avec dans nos silences une tension évidente. Des oiseaux nous en avions vu, il y en avait eu d'autres ; celui-ci n'était pas comme eux : le vieux sur son chariot l'avait attendu quatre jours. C'était un goéland et il planait, splendide, fendant le ciel bleu pétrole à une vitesse prodigieuse et sans bouger une plume. Jonathan Livingston n'était pas mort. Il était revenu, d'outre-tombe, d'outre les coups de flingue et les lectures de mon enfance, sombre comme le sont les goélands lorsqu'ils reviennent d'aussi loin. Il s'était précisé à l'horizon où il avait pris forme et il décrivait à présent un large cercle au-dessus de nous et il était leste et fugace et sublime comme un éclair noir et beau comme une pulsation, un pouls tracé d'un trait net sur un tableau monochrome. Après ce premier tour il a donné un coup d'ailes et volé vers le sud où il s'est estompé avant de revenir et d'aller et de revenir encore, traçant d'autres cercles larges et majestueux dont nous semblions être le centre. Tobias m'a demandé ce que c'était et je lui ai dit Un goéland, et lui : C'est noir, un goéland ? et je lui ai répondu Non. Mais celui-là il l'est, il a dit, et il l'a dit simplement, et quelque chose alors s'est produit. Quelque chose qui n'était plus arrivé depuis quatre jours.

Le Morse.

Quatre jours d'inertie et il l'a mise en branle, sa couenne de lard. Il a bougé ; un spectacle en soi. Il a commencé par se pencher en avant, d'un mouvement lent – on aurait pu entendre ses vertèbres se libérer une à une de leur hébétude, du calcaire, de la rouille, dans des éclats de bruit mats. Après quoi il a entrepris de lever son hectare de fesses de son tabouret minuscule, ses grosses mains appuyées sur ses genoux, et Tobias, les yeux écarquillés, l'a regardé faire comme on s'étonne d'un feu d'artifice un soir où il n'y a rien à célébrer. J'ai jeté un coup d'œil au sans-nom sur son chariot : de son côté, toujours rien. Il ne s'agitait pas. Pas d'un poil. Zéro sur l'échelle de Richter. Pourtant, si le gros se remuait, ça ne pouvait être sans raison.

Une fois sur ses deux guibolles le Morse a ajusté son chapeau. A attendu deux secondes, le temps de trouver l'équilibre, de se réhabituer à être debout, à l'effort musculaire, au vertige d'être si loin du sol. Après quoi il a empoigné sa pelle. S'est déplacé de cinq battements de cœur vers le nord en haletant avant de marquer une pause. Puis il est reparti un peu plus loin dans l'océan d'herbes sauvages qui dansaient sous l'eau dans la plaine et en apesanteur, sa silhouette brûlant dans le jour immense, son ombre s'étirant sur le ciel dédoublé. Là-bas il s'est arrêté encore. A balancé un grand coup de pelle dans la terre. Puis un deuxième. Un suivant. Et un autre – beaucoup d'autres – jusqu'à ce que le chlop de la tourbe devienne un toc ! franc et dur. Et là le môme a cessé de creuser.

C'est là – aussi – que l'homme qui jouait du banjo a cessé d'en jouer.

Toc ? il a demandé.

Toc, a répondu le Morse, appuyé sur sa pelle, reprenant son souffle.

Alors il a levé la tête – son visage sous son chapeau – et il y a eu dans ses yeux, ses deux yeux enfoncés dans leurs fosses sans lumière, un reflet, une lueur comme celle d'un tison.

Il s'est desclérosé, le musicien, et si le verbe n'existe pas je l'invente pour lui, pour l'occasion, car quand ça se desclérose un cow-boy (un vieux cow-boy sans nom), ça ne le fait pas pour rire et ça vaut bien un mot, un joli mot tout neuf. Une petite place dans le *Larousse* avec sa photo à côté, au bonhomme, tout content comme il peut bien l'être. Sauf que lui, là-bas, il ne rigolait pas, mais alors pas du tout. Ce cow-boy-ci n'était pas du genre à se descléroser gaiement. Il était plutôt du style austère. Il avait le desclérosage sobre, pour ne pas dire gonflant. Juste ce qu'il faut et point barre. Assez pour faire ce qu'il y a à. Et c'est pile ce qu'il a entrepris. Il a ôté ses mocassins, retroussé son pantalon et est descendu de sa chignole, un pied dans la flotte et puis l'autre, avant de trouver dans sa charrette un crochet de métal qu'il a apporté au Morse et que ce dernier a arrimé à ce quelque chose qui sous l'eau sonnait trop bien. Attachée au crochet, une corde. À la corde, deux bovins. La suite fut aussi cohérente qu'un fouet claquant sur une paire de culs.

Nous est alors apparue, exhumée du sol, une pièce de bois massive et irrégulière, trempée d'eau et de vase, que le Morse et le sans-nom se sont fatigués à redresser. Peu à peu sur la chose la boue coulait, laissant apparaître des contours éclatés, un bois fruste, gondolé par l'humidité, flanqué d'une clenche en son milieu. Dans la lumière du jour intense j'ai froncé les sourcils et ausculté à distance ce que mes yeux ne parvenaient à croire. Une porte, a dit Whitman derrière moi. Le petit m'a demandé C'est quoi papa ? et je lui ai répété le constat du poète parce qu'il n'y avait rien d'autre à dire. C'était une porte et il n'y avait rien à comprendre. Elle était plantée là, de travers et au milieu de nulle part, point culminant du monde, unique élément s'élevant de la surface plane de la Terre à des kilomètres à la ronde et qui n'ouvrait sur rien. Les charnières s'arrimaient en bas à l'air libre et en haut à ce qu'il restait d'un chambranle et d'un mur de planches que l'on aurait entamé à la hache, grossièrement, afin de l'en extraire, comme si la faire sauter de ses gonds n'avait pas été suffisant. Non : il avait fallu l'arracher. Il y avait un peu de mur autour mais qu'importe, on l'avait. On pouvait filer. Au diable les sirènes, les traqueurs et les chiens, on pourrait se planquer derrière elle. Tirer le verrou. Fermer à clef. Enfant je m'étais caché dans les toilettes et avec du chewing-gum j'avais bouché le trou de la serrure afin qu'on ne puisse m'apercevoir. C'était en pleine nuit. Je m'étais levé, la vessie pleine, j'avais trottiné peur au ventre jusqu'aux waters et sur place, pyjama sur les chevilles, j'avais entendu ce bruit. Un extraterrestre, au bas mot. Un monstre dont les griffes raclaient la moquette et le plancher. Je n'avais ni pleuré ni crié. M'étais souvenu de Luis, le vétéran du Vietnam qui m'avait offert *Livingston* et expliqué que dans la jungle les « citrons » repéraient l'ennemi à l'odeur, celle de la pisse et de la trouille. Faut pas couiner, petit. Si tu chiales ils t'entendent. Dans la poubelle des toilettes traînait un BubbleGum. Ma mère m'avait retrouvé le lendemain, endormi sous l'évier.

Là-haut l'oiseau tournait toujours, décrivant de vastes cercles, larges de plusieurs centaines de mètres, les plumes secouées par le frottement de l'air. Il n'y avait pas de vent, le vent c'était lui. Il filait et plongeait à une vitesse insensée et remontait parfois in extremis, après avoir rasé les terres de si près qu'on eût cru qu'il s'était fondu en elles. Quand le sans-nom a sifflé ses trois coups – deux aigus et un grave – l'oiseau a raidi ses courbes de vol comme on resserre une étreinte et l'homme a tendu le bras pour qu'il vienne s'y poser. Mais l'oiseau a préféré une motte de terre émergée, non loin du Morse.

Tobias m'a lâché la main et est allé vers cette porte que sa curiosité d'enfant le poussait à voir de plus près, et je l'ai suivi. Avant que je ne fasse un pas Whitman m'a attrapé le poignet et indiqué la Winchester, que j'ai accepté de lui laisser, avec les munitions. Il est resté là-bas. En retrait. A assemblé quelques pierres sur lesquelles il s'est assis et m'a regardé m'éloigner, dans le sillage de Tobias, en psalmodiant le « Billie Jean » de Michael Jackson à mi-voix et avec le sérieux d'un Sioux concentré sur le crépuscule et le faux calme de la ville brillant au-delà des prairies. Tobias est arrivé près du sans-nom avant moi et lui a posé une question que je n'ai pas entendue. Mais alors que je m'en approchais la porte me captivait davantage, je la sentais prendre corps, une forme d'ampleur dépassant la simple matière et qui rappelait celle d'un être plus que d'un vulgaire objet. Tobias s'est avancé vers elle et a tendu la main vers la poignée et sans que je me l'explique j'ai senti une froideur soudaine me couler dans les veines et sommé Non d'un ton sec, presque un cri, et Tobias a arrêté son geste, penaud, ne comprenant quelle faute il avait pu commettre mais choisissant de ne plus bouger.

Viens près de moi, s'il te plaît.

Qu'est-ce que j'ai fait ?

Rien. T'as rien fait de mal, c'est moi. Excuse-moi. J'ai pas voulu te faire peur.

Je l'ai attiré contre moi et il s'est serré contre ma cuisse et j'ai passé ma main noire de crasse dans ses cheveux blonds. Ce n'est qu'une porte, m'a dit le sans-nom. Je lui ai répondu que je le voyais et n'ai pas fait un pas de plus. Pourtant j'étais rivé sur elle. Toute mon attention, tous mes sens ; jusqu'au dernier de mes neurones s'occupait à la cerner – à tenter de, du moins. De près, elle paraissait plus imposante. Je me sentais un nain, alors qu'elle était à taille d'homme. D'ici je voyais les fêlures dans le bois, la rouille sur la clenche, la serrure noircie, les nervures, le bois çà et là mangé par les termites et les champignons et verdi par la vase. Un *S* gravé au couteau. Quand je m'en suis aperçu j'ai écarté Tobias et me suis approché, livide, reclus en moi-même mais soumis à une telle tempête là en dedans que tout menaçait d'être balayé, les chapeaux de paille et les bœufs et les portes et l'eau et les étendues et le silence et les mots qui allaient le briser, là, bientôt, ceux que ce cow-boy de fête foraine ne tarderait pas à me servir, lui qui déjà s'avançait – lui qui déjà ! – vers moi vers la porte vers cette lettre taillée dans le cœur profond du bois qui battait à cris sourds à le fendre plus encore qui remuait la sève et soulevait la vie, la vie comme autant de vagues, elle qui là-dedans courait, à l'intérieur des planches, soufflant son souffle chaud. Mais avant que je m'approche encore, que je puisse mieux voir les estafilades et les coups qui avaient creusé cette lettre, ce *S* qui me nouait, m'implosait tout entier, me dérobait le sol sous les pieds pour n'y laisser qu'un trou, le sans-nom est entré dans mon champ de vision, entre la porte et moi, articulant des sons que je n'ai pas entendus. Un bruit persistant me crevait les tympans. J'étais en moi comme dans une cellule. J'étais l'enfant Jerry, enfermé dans les toilettes, guettant par le trou de la serrure. Alors j'ai tendu la main et l'ai posée contre la porte, juste à côté de la lettre, sur le bois où il y avait encore de la boue. J'ai regardé le sans-nom. Le Morse. J'ai regardé Whitman qui là-bas veillait, assis sur la mer éblouissante, le fusil sur les cuisses, et Tobias. Mon petit garçon. Mon petit d'homme. Sans le quitter des yeux j'ai dégagé la boue, celle que mes doigts sentaient, rencontraient en frottant, celle qui dissimulait les encoches manquantes et que mes ongles ont trouvées. Là-dessous il y avait d'autres incisions, inégales, creusées comme on le peut mais qui s'assemblaient. Sous la boue il y avait un nom.

Tu étais née là-bas, sur cette île que tu disais tienne, que tu appelais mon île avec tant d'or dans la voix que je l'aimais aussi, même si je n'en savais rien, même si mon île à moi, la vraie, la seule, c'était toi. Sur ton île le soleil brillait même les jours de pluie et sur ma ville aussi, depuis que tu étais là, mon île dans mon pays. J'étais amoureux. Parfois la vie c'est moche comme un matin de grisaille, la vie elle est ce qu'elle est, mais parfois le soir même elle te fiche à genoux, belle à t'en couper le souffle. Et on en veut encore – affamés, tendant nos gamelles. Parce qu'on se dit que derrière un bonheur il doit y en avoir un autre, plus grand, plus beau, plus à-te-faire-chialer-de-joie. Parce que nos mères nous ont mis au monde et qu'on y est maintenant, que demain on ne sait pas. Que demain nous le dira. Et puis demain c'est trop tard.

Tu étais partie et je m'étais mis à boire ; je m'en étais allé à mon tour et n'avais plus rien bu. Dans la nature sauvage j'avais appris la soif, celle qui te racle la gorge quand tu n'as plus de salive, qui te tient sous la pluie, tête basculée, bouche ouverte, trempé jusqu'aux os mais avec l'espoir d'en goûter. La soif est pire que la faim. Je l'ignorais. Je l'ai compris. Souvent elle m'étourdissait. Me lacérait les muscles, à ne plus pouvoir tenir debout tant la douleur était violente. Dans ces moments-là je regardais autour de moi et ne reconnaissais rien. Me demandais où j'étais. Comment j'étais arrivé là, bredouillant ton nom avec du gravier dans la voix, Sam, viens, je suis fatigué, rentrons à la maison, cherchant ta main du bout des doigts pour que tu me ramènes chez nous. Ton île, c'était un morceau de terre, un volcan émergé avec de l'abondance sur les flancs et que tu avais plein les mots, ceux-ci qui brillaient quand tu me les disais, qui étaient des plages au sable noir, des fruits, des gens. La mienne c'étaient tes lèvres et tes seins et les courbes de tes hanches, c'était le velours de tes Je t'aime, tes Embrasse-moi, tes Allons déjeuner quand l'horloge affichait minuit. Un soir tu avais tiré le matelas dehors. La couverture. Ta nudité. Je t'avais demandé Tu fais quoi ? et pour toute réponse tu t'étais jetée sous les draps en riant et c'est là, je crois – comme à tant d'autres moments –, que je suis tombé amoureux de toi. Bon sang oui tu étais dingue. Mais jamais je n'avais vu un tel concentré de bonheur.

Quand j'y repense aujourd'hui je me rends compte qu'à ton sujet je sais peu. L'ombre. Je ne l'ai pas vue venir. Je nous croyais heureux. Souvent tu me parlais de ton père qui avait vécu et était mort un jour, trop jeune, comme le sont ceux qui meurent. Tu aurais aimé que je le rencontre. À en croire cette photographie que tu gardais de lui, c'était un paysan plutôt frêle, d'un mètre soixante tout au plus. Mais il était, disais-tu, l'homme le plus grand que tu aies connu. Parfois je jalousais l'admiration que tu lui vouais. Elle semblait sans borne, inconditionnelle. Déraisonnée aussi, mais elle traduisait un amour que l'on ne pouvait qu'envier. À tes yeux il était un héros. Je voulais l'être moi aussi. Je me sentais le charisme d'un clou mais étais prêt à croire en ce que ces yeux-là me racontaient lorsqu'ils se posaient sur moi. Aussi, j'estimais la vie que ton père avait menée. Une vie à l'écart, dans sa maison de bois et les palmeraies garnissant les tentacules de l'île, une vie de sauvage, plantant et cueillant pour manger, se nourrissant de la bête tuée de ses mains. Une façon d'exister que je jugeais noble. Tu l'aurais aimé, tu me disais. La part arrogante de moi-même, la part irrévérencieuse, celle qui avait grandi sans père et s'était forgée seule, avait bien envie de te répondre peu importe. Mais en vérité je l'espérais. J'espérais, aussi, que cet homme qui semblait affranchi et brûler d'une flamme rare eût pu m'aimer vraiment. Tu trouvais que Tobias lui ressemblait. Ce seul cliché que tu possédais, où ton père apparaît flou et en plan large et le visage à moitié dissimulé par le chapeau qu'il porte, ne m'a pas permis d'en juger.

L'absence de nos pères.

Toi qui soutenais que nous n'avions rien en commun.

Tu avais rédigé cette liste, sur une feuille malmenée, au dos d'un Pokémon reproduit au gros feutre par Tobias et ses presque cinq ans. Onze points qui te rendaient malheureuse. Le dernier était l'absence de tes proches, et peut-être le mal du pays. (Douze. Entre parenthèses.) Les dix autres m'étaient imputables.

Je ne prenais pas soin de tes fleurs, ni de toi d'ailleurs : un. Je ne m'occupais pas assez de la « case », pas assez de toi non plus. Deux. Jamais je ne te demandais où tu avais dansé la veille (trois) ni avec qui (quatre) et à ce propos, « qu'est-ce que c'était que ça », cette Lisa avec laquelle j'avais passé le week-end sous la tente, au pied de falaises de Lofoten ? (Cinq.) Je ne te proposais rien, jamais, aucune activité avec Tobias, aucune sortie avec toi. Je ne savais qu'organiser mes propres temps libres, pour la plupart consacrés à grimper, des instants que je passais seul, c'est-à-dire sans toi, sans vous deux, et après tout je n'étais qu'un geek à ma façon un addict de la roche et puis merde, c'était quoi le problème à la fin, n'avais-je plus de désir pour toi ? (Six, sept et huit.) Tu voulais d'un homme qui te fasse rêver, qui te parle d'échappées et d'envols et t'emmène à l'improviste, sur un coup de tête, de cœur, Allez viens ! Rome ! Paris ! New York ! et d'ailleurs je n'organisais rien ou toujours en retard, de cinq minutes ou d'une guerre, On aurait pu aller à…, putain, c'était quoi mon problème ? Et, tant qu'à aborder le sujet, tu n'en étais pas une. De pute. Deux nuits sans écarter les cuisses et je pendais la gueule, non mais alors. Je n'avais qu'à me palucher, ou aller voir ailleurs. Tu n'étais pas une machine. Tu avais tes envies. Et parfois pas envie. On faisait l'amour sans cesse. Tu m'aimais et me voulais et oui c'était rare, on n'avait jamais connu ça, les dieux du pieu qu'on était, et chaque fois c'était précieux, à dézinguer les murs, à faire sauter la planète hors de son orbite. Alors quoi ? De quoi je me plaignais (Neuf. À ton image. En vrac.) Et puis…

… tu n'en pouvais plus. Tobias. Notre petit d'homme. Notre trésor. Tu l'aimais, bien sûr, mais.

Dix.

Ce nom sur la porte. Un des trois seuls que Tobias était capable de lire. Quand, la main sur son bois tiède, chaude comme la peau d'un animal, j'en ai eu fini de la débarrasser de la boue, la porte a révélé ses plaies et le visage de Tobias s'est éclairé.

Maman.

Il a couru vers moi, même s'il savait qu'il ne s'agissait que de trois lettres, gravées à coups de canif dans du chêne brut. Arrivé à ma hauteur il a bondi sur mes jambes et s'est aidé de mon pantalon et de ma chemise pour grimper jusqu'à mes épaules, sans me laisser le temps de l'attraper, Maman ! s'agrippant à moi avec une force étonnante, rayonnant d'une énergie et d'une impatience exaltées qui l'emplissaient sans qu'il cherche à les comprendre. Qu'il vivait, simplement. Tobias avait retrouvé sa mère. À peine un nom, en vérité, quelques entailles dépourvues de tendresse mais qui ont ramené celle-ci dans son monde. Longtemps j'ai effleuré le bois avant de pouvoir enlever la main. Sentir les encoches sous mes doigts. C'était un peu te sentir. Toi, qui les avais creusées.

Slutten av verden, a dit le Morse.

Je me suis tourné vers lui, la vue brouillée par les larmes. Je ne saisissais pas. Il a indiqué la porte. Les lettres tailladées.

Non. Ce n'est pas un *V*, je lui ai dit, mais un *M. S… A… M.*

Il a hoché la tête de gauche à droite. Cette porte, c'était la sienne. Il la connaissait. Le bout du monde, il m'a dit. Je ne le croyais pas. Il mentait. C'était toi. Tu étais venue ici. Tu avais gravé ton nom sur la porte.

Le sans-nom a empoigné la pelle du Morse et s'est dirigé vers le goéland, qu'il a d'abord tenté d'amadouer, sans succès ; auquel il a enfin balancé un coup qui a résonné d'un bruit creux, envoyant le volatile au tapis dans un nuage de plumes. Fichu moineau, a commenté le Morse. Puis le sans-nom s'est penché vers l'oiseau et a libéré la clef qu'il portait, attachée à la patte.

Tobias m'a demandé s'il allait te revoir, si tu étais ici, Peut-être ce soir 'pa peut-être qu'elle sera là. Que lui répondre ? Notre petit d'homme. Tu étais tout ce qu'il souhaitait, attendait, réclamait, tout ce qui lui manquait et dont il avait besoin.

Sans doute avais-je été absent, d'une certaine manière, durant ses premières années, et c'était à peu près tout le sujet des points six et sept de ta fameuse liste. Tobias ne savait pas encore lire mais reconnaissait trois noms, le sien, le tien et celui d'Anna, l'héroïne de *La Reine des Neiges*. Le mien ? Il n'avait pas cru bon de faire l'effort. Dans son univers comptaient trois personnes et je n'en faisais pas partie ; de toute évidence, la princesse Anna était un parent plus fiable que moi. À l'école une mégère s'était moquée de lui parce qu'il en avait reçu la poupée pour son anniversaire. Elle avait un an et douze kilos de plus que lui. Il te l'avait montrée du doigt et tu t'étais approchée d'elle. T'as déjà vu les fesses d'une vache de près ? La fille avait fait non en pouffant. Tu avais sorti un miroir de ton sac à main et le lui avais tendu. Toi aussi, tu avais su te faire apprécier du comité des parents d'élèves.

Tu n'habites pas cette maison, tu me disais. Tu n'es pas avec moi. Et je m'en étonnais. Qu'avais-je fait pour te donner ce sentiment ? Tu te tires, Jerry. C'est tout ce que tu fais. Tu prends ta bagnole et tu files droit vers je ne sais où et quand ce n'est pas au volant c'est dans ta tête. T'es ailleurs. Toujours en train de te tirer. Moi je voudrais que tu sois là, que t'aies envie d'y être, qu'au lieu de regarder par la fenêtre ce soit sur moi que tu poses les yeux et avec autant d'urgence et en te disant que c'est ici que tu as besoin d'être, que tu pourrais pas être ailleurs, pas sans moi, pas sans nous, merde. Je suis désolée mais t'en fais pas assez. Je suis une emmerdeuse, je sais, dis-le, crie-le sur tous les toits si ça te chante, va leur raconter, à tes potes. À *Lisa*. Si c'est ça que tu voulais, une pouffiasse avec un harnais sur le cul, fallait pas me choisir. Je ne suis pas une grimpeuse, Jerry. Je ne le serai pas, ni aujourd'hui ni demain. (C'est là qu'en général tu me posais ta question favorite, la voix faussement sincère, les prunelles posées sur moi avec un Atlantique de J'en étais sûre ! prêt à s'en écouler.) Tu serais pas plus heureux avec une de ces filles ? (Et voilà. Et ça partait en vrille.)

À tout vouloir se dire, à fouiller trop profond, on finissait par racler dans les zones d'ombre.

L'océan déchaîné et ses vagues de douze mètres heurtaient la maison de plein fouet et explosaient les fenêtres et la table et les chaises basculaient et la porcelaine allait se briser contre les murs. Nous savions nous aimer. Nous salir aussi. De ces mots qui font mal, de ces gestes qui blessent. Tu n'étais qu'une idiote, je n'étais qu'un con, je t'empoignais et t'embrassais de force et tu me mordais les lèvres à sang et je gueulais et levais une main rageuse prête à te gifler et tu me disais Oui c'est ça vas-y cogne-moi puisque je ne suis qu'une salope / Je n'ai pas dit ça / Mais tu le penses / Tu fais chier Sam / C'est toi qui fais chier, et je baissais la main, sans jamais te toucher, sans plus te toucher du tout, avant longtemps ou cinq minutes plus tard quand après avoir trouvé une bulle d'air sous l'eau tragique et salée nous nous réconciliions. Oui, Sam, tu es une emmerdeuse. Sérieusement haut placée dans la hiérarchie des gonzesses qui t'empêchent de te la couler douce. Mais je t'aimais. Et puis. Tu avais raison. Je n'étais pas présent. Pas comme il le fallait. Pas comme je l'avais souhaité, ou imaginé. Une fois de plus j'avais rêvé un scénario que je n'avais pas eu le cran ou la force de réaliser. Un jour je… Aujourd'hui c'était en deçà, mon quotidien, ma vie, mon boulot, moi. Demain tout irait mieux. Je serais un homme meilleur, un meilleur grimpeur, un écrivain et un père. Demain. Plus tard. On verrait. Demain était l'excuse pour les lacunes d'aujourd'hui.

Papa, je l'étais déjà et vraiment : j'en étais dingue, de Tobias, il était l'événement de ma vie. Mais – et ce *mais*-

là était terrible. Une conjonction et un long silence de cinq ans.

Je n'avais pas eu de père, ignorais tout de ce que l'on peut espérer d'un pareil type si ce n'était un patronyme et l'absence et, à ma façon, je n'ai été qu'un déserteur de plus. Au moins mon géniteur avait-il eu le cran de mettre les voiles après avoir engrossé ma mère. D'annoncer la couleur sans équivoque. Débrouille-toi, ma jolie. Tire ton plan, mon fils. Autour de mes vingt ans j'avais reçu cette carte postale. Un paysage irlandais. Les collines et la brume. La mélancolie. Au dos il y avait mon adresse et mon prénom mal orthographié. Quelques mots écrits au stylo et pâlis par la pluie. *J'étais jeune. Je n'ai pas su faire.* Le reste était illisible. Vingt ans de mutisme et il m'envoyait une carte-souvenir comme s'il était juste parti en vacances. Six mois plus tard j'avais appris sa mort par lettre recommandée, une missive officielle, cette fois, dactylographiée, signée par un notaire. Elle m'invitait à me rendre à Wicklow, une petite ville de la côte est, pour y régler « certaines affaires ». Je me souviens du matin où ils l'ont enterré. Il pleuvait des cordes. Je me souviens m'être assis dans son salon, face à sa femme et leurs deux filles, aussi rousses que moi et qui avaient neuf et douze ans. C'était dans une maison de banlieue comme les ouvriers du pays pouvaient s'en payer. Le père Gunn, le sauvage, le farouche, s'était laissé apprivoiser. Il avait abandonné la route et investi le peu qu'il possédait dans une paire de charentaises et une poignée de briques plutôt modeste mais proprement entretenue. Je n'ai hérité de rien. D'un document à signer. D'une casquette *I love NY* qu'il portait pour aller bosser. D'une belle-mère et de deux moitiés de sœurs qui m'étaient étrangères et le resteraient. Quand je lui ai demandé comment mon père était mort, sa femme m'a répondu Les testicules, gênée. Un an qu'il traînait cette saleté.

Étais-je trop jeune, moi aussi ? N'avais-je pas su m'y prendre quand Tobias était né, quand il avait déboulé à toute blinde, crevant le cocon d'existence égocentrée dans lequel je somnolais depuis trente ans ? Claquerai-je d'un manque de cœur à mon tour, d'un manque de couilles ? Ok, Sam, tu as raison : je suis un con. J'ignore tout de mon père, de sa vie autant que du reste. Mais j'ignorais aussi tout de moi-même et Tobias m'en a fait prendre conscience. Tout un pays, là, en dedans, inexploré. Il me poussait dans mes retranchements, à bout, où la tricherie n'existe plus, où l'on se sent démuni, nu de tout ce que l'on a appris et que l'on croyait vrai – à propos de soi surtout. Qui étais-je, en vérité ? Qu'avais-je réellement dans le bide ? J'espérais seulement proposer un papa à mon fils.

J'étais devenu nerveux, m'emportais pour un rien, gueulais contre lui ou toi ou les deux parce qu'il rendait son lait et que j'ignorais pourquoi ou comment réagir. J'étais en déroute. Trouver ma place me semblait un Everest, pire qu'une montagne à gravir seul et sans oxygène, et plus ça allait plus ça me fichait par terre. Je me sentais manquer d'air. Perdre pied. Mille mètres de vide sous les talons et pas une corde pour me sauver. J'étais fait. Pire qu'un rat. Foutu d'avance. Battre en retraite n'était plus une option. Pendant ce temps tu assurais, seule ou à peu près, ou peut-être même pire : avec moi. Entraînée par le fond, par le fantôme que j'étais devenu – *plus lourd que dix chevaux morts*. Je l'ai déjà écrit, ça aussi, pas vrai ? Je te laisserai vérifier mes notes. Elles te sont destinées.

Dix chevaux morts c'est encore trop peu. Trop léger. Cent me semblerait plus juste. Mille. Une famille entière de baleines, ficelée à tes chevilles. Voilà ce que j'étais. Cette famille que je n'assumais pas. Qui me collait une trouille aussi bleue que les géantes sous tes pieds, qui m'avait fait perdre mes moyens, à moi qui ne pensais qu'à ma pomme, à grimper et à fiche le camp, à moi qui chaque dimanche me levais le ventre noué à la seule idée qu'il existait, quelque part, et peut-être pas loin, un coin de ciel sous lequel je pourrais me trouver. Je me revois, à la fenêtre, frappé par l'aigre éclat de l'aube, priant pour qu'il pleuve à seaux, à pleines baignoires, assez pour me noyer, pour qu'il ne me reste pas le moindre soupçon de regret ni l'espoir de ce lieu où je pourrais m'évader. Accepter les murs : le seul moyen d'être heureux.

Merde.

Sam, je t'ai plantée. À ma manière, je me suis tiré moi aussi. Comme mon père. Comme tu me le disais trop souvent les derniers temps, avant de disparaître. Je t'ai poussée à bout. Abandonnée à toi-même, toi l'égarée, l'apatride, toi qui n'étais pas plus parent que moi avant que le petit d'homme ne nous surprenne, Salut les gars je m'appelle Tobias je vais torpiller vos plans vos nuits et ce que vous attendiez de la vie ! Bien sûr nous savions sa venue ; que savions-nous, en vérité ?

Quand tu es partie je me suis retrouvé seul avec lui. Une jolie paire de mecs, abandonnée à son tour. Tu n'allais plus. Nous n'allions plus. Tu t'en étais allée. Mes premiers jours avec lui ont été difficiles. Tu te rappelles *Kramer contre Kramer*, la scène du petit déjeuner où Dustin Hoffman tente de préparer de quoi manger pour son fils ? J'ai pataugé. La maison était un foutoir innommable, de la cave au grenier, dans les chambres, le salon, partout, les lits n'en étaient plus, le frigo moisissait porte entrouverte, je dormais par terre et parfois dans la cuisine, ivre mort, et les toilettes et la salle de bain et nos vêtements et la table et l'évier – et tout – étaient crasseux à en écœurer un cafard. Je n'allais même plus au boulot. Tobias était devenu le maître de maison, le porteur de pantalon. À moi les culottes courtes. Il savait les jours, l'heure, quand aller à l'école et comment commander de quoi manger par téléphone. Il avait appris. Cinq ans, tu te rends compte ? Cinq ans tout juste, et moi je me traînais. J'étais perdu. Complètement. J'errais, tel un chien. Le plancher était mon trottoir. Mes pavés. Tous mes échanges avec Tobias étaient conflictuels. Sans discontinuer nous nous écorchions. Il me bousculait, quoi que je dise ou fasse. Il m'en veut, pensais-je ; il était seulement malheureux. Ça a duré des semaines. Des mois. Deux fauves dans une cage trop étroite. Et ça m'a fendu l'âme de nous voir si mal nous aimer.

Le Morse m'a tendu la clef. Je lui ai demandé pour quoi et il m'a répondu La porte et je me doutais que ce n'était pas pour nouer mes lacets de chaussure. Où est le problème ? j'ai insisté, sarcastique. Faites-en le tour si vous voulez passer de l'autre côté. Ils se sont pliés de rire. Lui et même le cow-boy, dont le visage s'est lentement ouvert et qui a laissé échapper un Ha ! unique mais pleinement audible.

Qu'est-ce que ça peut changer d'ouvrir cette foutue porte ? On fera un pas et on sera de l'autre côté et après ?

Tu ne cherchais pas Slutten av verden ? m'a demandé le gros.

Lui et le sans-nom ont cessé de rire pour me lorgner de sous leurs chapeaux de paille avec leurs tronches de doux dingues, affublés d'une fin de sourire et d'un air de je-sais-ce-que-je-raconte-mon-pote à te fiche l'envie de cogner.

Ici ?

Là, a rétorqué le Morse en indiquant l'autre côté de la porte.

Dans le ton j'ai perçu un soupçon d'agacement, un quelque chose qui entre les lignes me pointait le crâne du doigt, suspectant la confiture, le courant d'air. J'étais le con de mon con ; je n'ai pas apprécié. D'un geste déterminé j'ai empoigné la clef et me suis approché de la porte que j'ai déverrouillée. Avant de l'ouvrir je me suis retourné vers les comiques, genre on-va-se-marrer-puisque-vous-semblez-aimer-ça, et j'ai tourné la clenche et dans un grincement rauque la porte s'est ouverte. De l'autre côté, je te le donne en mille ?

Je ressemble à Alice ?

Ils ont échangé un regard. N'avaient pas compris.

Est-ce que… j'ai l'air… d'une gentille… nom de Dieu de saleté de môme… au Pays des Merveilles ?

Pas de réponse. Sans les quitter des yeux j'ai fait un pas en arrière et un second, franchissant la porte dos tourné. Une fois de l'autre côté j'ai levé les bras, paumes vers le ciel.

Et maintenant ?

Ils ont regardé à gauche et à droite et quand ils sont revenus sur moi il y avait cette appréhension qui leur ternissait le regard, une forme de pitié, d'inquiétude à mon égard, dont je n'ai pas tenu compte tant j'étais en rogne. Mais alors le goéland noir, celui que le cow-boy avait aligné d'un coup de pelle, est venu se poser sur le chambranle fracturé de la porte. J'ai pensé, On t'a laissé pour mort, l'oiseau, et me suis entendu le dire. Fiche le camp, Livingston, avant qu'un autre ne te couche à son tour. Mais il n'a pas bougé. Ses ailes, déployées, lui donnaient de près une certaine envergure, bien qu'il leur manque des plumes çà et là ou que celles-ci soient rongées ou tranchées ou trouées ou roussies d'avoir trop frôlé le soleil, ce qui donnait à l'ensemble un air de dentellerie massacrée. Sa poitrine était percée d'un trou net et plus sombre encore que son plumage et d'où coulait un sang glauque. À l'instar de Whitman, l'oiseau ne craignait plus personne. La mort était son habitude.

Tobias m'a rejoint, sans passer par la porte, tout droit à travers champs. Il s'est serré contre moi. Ma main a trouvé sa nuque. Ses cheveux, noueux et tièdes, parmi lesquels elle s'est promenée. Le rassurer. Tout va bien, Tobias. Il ne m'a pas cru.

Ils ont érigé quelques bouts de rien et décidé que c'était là. Le bout du monde. Le Morse et le sans-nom. Ils ont dégagé de gros anneaux de métal rouillés, des poignées vissées dans des planches plongées sous l'eau et des cordes si lourdes qu'il a fallu l'aide des bœufs pour les manipuler. Avec ces cordes ils ont hissé les planches colossales, des quarts de troncs coupés dans la longueur et assemblés et qui se sont élevés dans le soleil en un mouvement similaire à celui d'un livre que l'on ouvre – un livre aussi imposant qu'une maison. À ces pans de bois étaient rivés non pas des pages mais d'autres bois plus fins et des fers et des étoffes en lambeaux qui se sont déployés avec des plaintes de grand-voile et de bateau près de chavirer. Sauf qu'ici rien ne sombrait. Au contraire. Tout émergeait. S'élançait. Prenait de l'ampleur. C'étaient des morceaux de charpente, de faîtières, des salons faits d'une table, des chez-soi définis par un fragment de façade et un paillasson *Bienvenue* proprement placé devant un trou qui avait dû être une porte d'entrée. C'était une église représentée par une cloche suspendue, deux pierres et un crucifix. C'étaient des commerces, ou plutôt un, identifiable à son enseigne que l'eau et la glace avaient rongée jusqu'à la moelle – un *Épicerie générale* peint au rouleau sur une plaque de tôle informe. C'étaient des rideaux accrochés à des fenêtres qui n'existaient plus. Pourris. Déchirés. C'étaient des escaliers éventrés qui ne menaient plus nulle part. Montaient vers le ciel nu. C'étaient des étages que l'on ne pouvait atteindre. Des chambres où les seuls lits sur lesquels on pourrait dormir seraient dessinés à la craie. Des draps laminés sous lesquels on se blottirait en prétendant y croire. En faisant comme si. Fais de beaux rêves, camarade. Toi aussi. Et on fermerait les paupières et nom de Dieu on se les fabriquerait, ces jolis fichus rêves, on les rêverait plus grands que nature et on se réveillerait requinqués et heureux. C'étaient des bouts de paysage, aussi. Une portion de plage, un lopin de terre labouré, tracés au feutre mais en couleurs sur des loques mal cousues, fixées à des tringles avachies et dont un reste de clinquant s'épuisait à faire illusion. C'était du bétail, évoqué par une vache taillée dans du bois brut. On mange quoi ce soir, camarade ? De l'encre et des copeaux. Pour boire il n'y avait qu'à se baisser. C'était un mirage plus large que la réalité. La supplantant. La reléguant au grenier, parmi ces vieux objets dont on ne veut plus ou qui n'ont pas suffi. Et ce décorum s'est dressé, dégouttant d'eau et de boue, risible et magnifique, à la manière de ces ouvrages pour enfants qui déploient en relief leur magie de papier-carton à chaque page tournée. Lorsque les hommes en ont eu fini de tirer sur la dernière corde, une fois le dernier élément de décor en place, le sans-nom a sorti de son chariot un drapeau qu'il a noué à une cordelette et hissé à un mât. Dessus était écrit : *Slutten av verden*. Je l'ai vu faire de loin. Déjà j'étais parti.

Dans l'étuve et les bouillons d'air courbant l'horizon nous marchions à nouveau. Nous allions vers l'est. Plus loin. Alors que Tobias et moi nous en allions – Tobias et sa main minuscule et fragile et brune de crasse dans la mienne – le Morse m'avait demandé Où tu vas, touriste ? Je lui avais dit Là-bas et il m'avait répondu Il n'y a pas de là-bas. Là-bas c'est ici. Plus loin c'est où tu te trouves. Au-delà il n'y a rien. On ne peut pas y aller. À l'en croire, le bout du monde n'était pas tant une question de distance : il fallait l'attendre, aussi. Ce que nous avions fait. Quatre jours.

À travers le pays j'ai cherché ce lieu où tu prétendais te trouver ; après l'hiver et à partir de rien il venait de jaillir, arraché à la terre par une poignée de vagabonds. Et tu n'y étais pas.

Tobias a tendu le bras et dit Papa mais je ne voyais pas dans le trop-plein de lumière amassé ici et qui m'enfonçait ses échardes dans la rétine jusqu'au creux de moi-même et qui m'écrasait entre ses ongles. Papa, a insisté Tobias, tirant sur mes vêtements trempés de fatigue, décolorés, raides, où la sueur avait eu la chance de sécher. Dans l'océan aveugle il les avait repérés – vingt, trente, plus, venus de l'est et du sud, de partout. C'étaient des hommes et des femmes comme des points noirs sur la peau des choses et du fauve qu'est la plaine en été, luisant de son poil gras, roulant ses muscles, matée par ces étés accablants qui naissent en moins d'un jour. Sous le mur de chaleur et dans le silence épais ils convergeaient, foulant l'eau et les bouquets d'herbe qui çà et là en perçaient la surface et s'élançaient, verts et gavés de lumière. Ils étaient nombreux, grandissaient, avec des visages que l'on ne voyait pas encore. Les uns après les autres ils nous ont croisés. Ils allaient vers l'ouest. Vers le Morse et son village fantôme. Aucun d'eux n'était toi. Je ne m'attendais à rien mais Tobias a été déçu parce qu'il t'espérait, je crois, parmi ces graines cuivrées allant et mûrissant et qui s'étaient muées en tant de personnes sans jamais devenir toi. Elle arrive quand maman ? Il dévisageait les uns et les autres alors qu'ils germaient, sales, les traits grêlés par le sel et les embruns, effacés par le soleil ou par l'ombre projetée sous leurs chapeaux, leurs casquettes, les vêtements noués autour de leur crâne – ce qu'ils avaient trouvé pour se protéger la figure. Au cœur de la foule éparse le petit se tenait, poings fermés, reniflant ses larmes, les réprimant comme le font les grands, comme il m'avait vu faire, mon petit d'homme, la tête haute, son doudou à la main, des Maman ! plein les yeux, ras la gorge – un de plus et ça déborde. Pourquoi tu veux pas me donner un câlin ? te demandait-il parfois. Pourquoi tu me fâches ? Il finissait toujours par te faire craquer. « Pourquoi tu te fâches sur moi », on dit. Allez. Viens. Que je te le « donne », ton câlin.

Me moque pas.

Je ne me moque pas, petite chose : je t'aime.

Ces femmes et ces hommes nous ont croisés sans nous voir ou plutôt nous considérer. Ils étaient des spectres. Gris. Erratiques. Certains semblaient avoir longé trop de rives, franchi trop de frontières. Ils étaient allés au-delà des confins et en étaient revenus. Jusqu'où étais-je allé pour te retrouver ? Chacun était rendu à soi-même. Maigre. Harassé. La démesure du périple se lisait dans les yeux, certains tenaient debout par miracle. Ceux-là observaient les autres et le ciel et la terre dans l'espoir d'y trouver de quoi se consoler des douleurs endurées. Leurs yeux cherchaient. Enfiévrés par l'urgence. Entre deux battements de cœur dont on ne savait si le second aurait lieu.

Après nous avoir dépassés ces gens ont continué vers l'ouest et fondu à nouveau, redevenant des ombres, des particules dansant dans le bouillon d'air irrespirable. Longtemps nous les avons regardés mourir à l'horizon et Tobias. Ses cheveux blonds dissimulant sa peine. Ses joues boudeuses et sales. Ses genoux écorchés, malingres et nus et qui se reflétaient dans l'eau. Il te cherchait encore.

L'eau.

Elle ne s'était pas retirée. J'avais franchi la porte et rien ne s'était produit. L'eau était partout, indolente, à mes pieds et dans mes souvenirs, enveloppant les terres glabres et dégouttant de tes cheveux, sur ta peau. L'eau, tu l'adorais. Nous avions passé ce mois d'août en Toscane, dans cet hôtel. Un cinq étoiles peuplé de vieux riches qui te bouffaient du regard quand tu sortais de la piscine. Dieu. À leur coller une gaule telle qu'ils n'en avaient plus connu depuis 1963 et le strip-tease de Sophia Loren dans *Hier, aujourd'hui et demain*. Tu éventrais la surface lisse de l'eau et jaillissais, agrippant la rampe de l'échelle immergée que tu remontais lentement, féline, fière de produire ton effet. Allongé sur mon transat, planqué derrière les verres fumés de mes lunettes à un balle, je comptais les mâchoires qui s'entrouvraient, les Rolex qui cessaient de tourner rond, les clefs de Jaguar et de Rolls qui s'en allaient percuter les dalles antidérapantes entourant le bassin, lâchées par leurs propriétaires. Pour avoir une suite à l'œil, tu t'étais fait passer pour une starlette du show-biz, un mannequin, matant le sous-fifre à l'accueil d'un Vous enverrez la note à l'agence et d'un ongle rouge scandale que tu avais laissé glisser d'un geste ingénu le long de ton décolleté. L'arnaque avait duré trois jours, le temps que ces péquenots comprennent. Suite à quoi nous avions mis les bouts sans leur payer un rond.

Tu y arrives ? m'avais-tu demandé en t'étendant sur moi.

À bander ?

Ton chapitre.

J'avais posé stylo et carnet sur la table basse à ma gauche et tu m'avais roulé une sulfureuse galoche, autant pour m'allumer que pour achever les douze centenaires sur-friqués qui, tu le savais d'instinct, n'en perdaient pas une miette.

Tu y arrives.

Je n'ai pas écrit une ligne.

À bander.

L'eau. Hier elle dégoulinait des courbes affolantes de ton corps sur le coton râpeux de ma chemise hawaïenne. Aujourd'hui elle était partout mais tu n'étais plus là. Elle avait pris toute la place. Elle t'avait évincée. Le soleil pesait tant que l'on ne se souvenait plus de l'hiver, que l'or tiède dans lequel trempaient nos pieds en charpie avait été de la glace. Sur la Terre il n'y avait plus d'ombre, nulle part où reposer le regard ; la lumière, inéluctable, enflait chaque centimètre carré de réalité et en devenait accablante, au-delà de la chaleur. Sous elle, cernées par la multitude d'elle, les peaux rougissaient et craquelaient et gonflaient. Les mouches et les moustiques avaient éclos. Nous bouffaient le visage. Ils étaient des milliers, plus encore. Des nuées pullulant entre le ciel d'en haut et celui d'en bas. Dans la rivière au pied de la colline où vivait ma mère nous avions trouvé le cadavre d'une chèvre, je n'étais alors qu'un gosse, je traînais avec quelques autres mômes. Le corps faisandait non loin de la berge, dans un demi-mètre d'eau, retenu par les racines et les blocs rocheux. Je me souviens de ses pattes, raides, de sa panse bouffie, plus tendue qu'un ballon. Jeff, le plus teigneux de la troupe, avait sorti un couteau de sa poche et le lui avait planté dans la gorge. Ça puait à en rendre ses propres boyaux. Qu'esse tu fous ? lui avait demandé un autre. Je vas me faire un totem, avait répondu Jeff. Il avait cisaillé les chairs molles autour du cou – un jeu d'enfant, tant elles étaient pourries. Il avait dénudé les cervicales qu'il avait fracassées d'un coup de pierre et ça m'avait cloué sur place, de le voir là, plongé dans l'eau trouble jusqu'à mi-cuisses, à se débattre avec cette chose horrible. Un spectacle que jamais je n'oublierai. Les lieux empestaient la mort à un point que l'air en était devenu sur. La moitié de la bande avait fichu le camp, essorée par la frousse et les crampes d'estomac ; j'étais resté jusqu'au bout. J'avais aidé Jeff à arracher la peau et les yeux et à dépouiller le crâne. Nous sommes rentrés chez nous avec un orgueil nouveau. Le cran du chasseur – même si nous n'avions rien tué. Chaque fois que je suis allé chez Jeff j'ai cherché, dans sa chambre, le crâne de la chèvre sans jamais le trouver. Il l'avait planqué ailleurs. J'ignore où. Quelque part.

Au cœur de l'immensité nous nous sommes arrêtés. Un acte devenu mécanique. Marcher. Boire. Marcher encore. Dormir. Marcher. Ne penser à rien. Les paupières mi-closes. Tobias a mangé avec appétit mais avant d'avoir vidé son écuelle il s'est levé et est venu la poser près de moi comme on le ferait avec un chien sauvage, un loup que l'on espère apprivoiser. J'étais avec lui mais à l'écart. J'étais loin, perdu en dedans et ailleurs, fixant sans les voir des gens dans mes souvenirs qui étaient des fourmis et le silence s'étalant dans la distance au-delà, consumé par la lumière. Ce silence fait de cendres qui était aussi en moi. Bientôt à l'ouest l'horizon s'enflammerait et jouerait le clou du spectacle mais maintenant le feu était ici et la chaleur s'élevait du sol, dense, palpable, enveloppante, et je ne savais plus quoi faire, je ne savais plus. Partir rester abandonner te chercher hurler craquer l'allumette sur un passé couvert de fuel ou laisser la lumière m'inonder l'eau me laver et garder espoir. Souvent tu me disais : Il faut se tourner vers la lumière, la désirer absolument. Ce soir elle était partout. J'ai pris l'écuelle et mangé, sous le regard de Tobias que je savais posé sur moi.

À la nuit tombante des feux se sont allumés, c'étaient des étoiles, par petits groupes ou esseulées. Couché sous elles je les entendais, elles se parlaient, se racontaient, elles étaient des enfants. Tobias m'a rejoint en grimpant le rocher unique et perdu sur lequel je m'étais allongé. Parfois je l'avais emmené au pied des falaises et il s'en réjouissait. Je lui sécurisais un passage facile au moyen d'une corde. À ton tour, petit d'homme. Fallait voir comme il était fier. C'étaient nos moments. T'as vu comment j'escalade, papa ? Dis, papa, mes muscles ils veulent pas sortir, ça marche pas bien comme toi. Puis il jouait et c'était quelque chose, il était dans son élément, son monde imaginaire, un enfant là-bas dans la terre et sous les arbres vieux de cent ans et au bord de ruisseaux plus vieux encore. Il était mon Mowgli. Il était parfait. Il s'est blotti contre moi et m'imitant il a regardé le ciel d'encre. Prenant la même expression que moi. J'ai glissé un doigt sous le creux de son aisselle et il a ri. Tu te moques de ton père ? Il se tortillait en tous sens et s'est mis à rire aux éclats et quelques étoiles se sont tournées vers nous, là-haut.

Quand le soleil s'est levé Tobias dormait toujours et je me suis compté une nouvelle nuit d'insomnie. Une brise légère soufflait. Quelques nuages. Bientôt au soleil l'air manquerait et à l'ombre des cumulus le froid mordrait le corps, rongé par les moustiques et les mouches de plus en plus nombreux, de plus en plus affamés. Pas une seconde ne passait sans qu'il me faille les écarter d'un geste de la main, d'un frémissement agacé. Je les chassais de mon visage, de celui de Tobias. Les mouchettes venaient jusqu'aux coins de nos yeux. Pour elles nous n'étions que des veaux.

À l'écart se tenait Whitman, debout, fusil en main, un animal farouche dans la lumière incandescente du matin qui brûlait à ses pieds et autour et partout à l'est de toute chose. Au cœur de l'incendie il se dressait comme s'il en était éclos. Il gardait ses distances. Observait. La nuit les loups s'étaient fait entendre. Nul doute qu'il les avait entendus, lui aussi. Toutefois dans le silence de l'aube ce n'était pas eux qu'il cherchait, mais nous. C'était les hommes, qu'il tenait à l'œil. Autrefois Whitman avait été attaqué par des loups. Ils lui avaient laissé quelques-unes de ses cicatrices. Une de tes morts ? lui avais-je demandé, non sans ironie. Le vieux m'avait répondu non, qu'il n'était pas mort cette fois-là. Selon lui nous n'avions rien à craindre.

Vraiment ?

Ils redoutent l'ours, m'avait-il expliqué.

J'ai parcouru l'horizon du regard. Me suis demandé si la bête avait pu nous suivre jusqu'ici.

J'ai passé du temps à t'écrire. Notre dernière nuit. Ces dernières heures. Dans le carnet il ne reste que peu de place. J'ai resserré les lignes, comblé chaque espace libre, couché les mots en tous sens afin de n'en rien perdre. La plupart ne valent rien, mais tous sont vrais. Les meilleures choses qu'il m'ait été donné d'écrire sont sans doute ces messages que je te laissais sur la table alors que tu dormais et que je m'en allais grimper ou faire autre chose, ailleurs. Hormis l'*Apache* et ces quelques mots qui t'étaient adressés je n'ai jamais rien écrit de valable. Et, à dire vrai, même l'*Apache* ne valait pas grand-chose.

Nous avons marché tout le jour et la nuit et le jour suivant et la surface parfaitement plane du monde s'étendait sans cesse et à perte de vue, reflétant le ciel comme si la Terre n'existait plus. Aussi loin que pouvaient voir nos yeux épuisés ce n'était qu'une ligne pure et bleue et blanche et cuisante et inflexible, une poche de lumière qui était le bagne des insectes que nous étions, une geôle sans barreaux se reproduisant par elle-même et à l'infini. Plus rien ne changeait. Ne bougeait. Plus un nuage. Une touffe d'herbe. Même le soleil. Cloué là-haut et à vif. Quelqu'un avait peint ce tableau et nous y avait isolés.

Dans le halo rosâtre du petit jour j'ai vu cette fille et je l'ai reconnue, je l'avais croisée sur la route. Elle est apparue légère et irréelle et en silence avec sa robe blanche et ses cheveux d'or. J'ai voulu l'appeler mais j'ignorais comment et elle a disparu aussi brusquement. Alors je l'ai cherchée mais en vain et j'ai fait quelques pas dans l'eau fraîche et me suis assis sur une pierre émergeant de la surface. Quand j'ai relevé la tête elle était là. Accroupie devant moi, muette, se contentant de me regarder avec ses grands yeux marron. Je lui ai dit,

Tu n'existes pas, et elle m'a souri. Tu es cette fille, ton père dansait avec ma femme. Tu t'es noyée dans ta baignoire. Un an que tu ne dormais plus. Je t'imaginais ainsi et maintenant je te vois. Je t'ai vue souvent. Alors elle s'est penchée vers moi et a posé sur mes lèvres un baiser. Quand j'ai rouvert les yeux elle n'était plus là. Je l'ai cherchée alentour, ai cru l'apercevoir mais ce n'était plus elle. Tobias m'a demandé À qui tu parlais ? Je lui ai répondu À personne.

Où es-tu, Sam ? Où es-tu partie ? Où donc as-tu fichu le camp ? Petit garçon, en rêve, j'ai tué la Mort au harpon. J'avais des superpouvoirs. Plus jamais nous n'allions mourir. Aujourd'hui dans la plaine je l'ai revue. La Fossoyeuse. Elle me faisait de grands signes.

Je m'étais figuré les choses autrement et ça me pèse, tu n'as pas idée, j'en ai des cauchemars plein les mains, de l'eczéma plein le sommeil. Je m'étais rêvé une plume à la main et un milliard d'autres sur le corps, au-delà des orages et plus haut, entre Jupiter et Mercure, plus loin, faisant de la luge sur les anneaux de Saturne, admirant les couleurs de notre planète depuis des bordures inexplorées. Savais-tu que sur Mars une journée compte trente-quatre minutes de plus qu'ici ? Savais-tu que là-bas une année dure six cent quatre-vingt-sept de nos jours ? Toi et moi y serions encore des bambins. Nous serions insouciants et c'était mon seul souhait.

Sam.

Sam virgule à la ligne.

Si tu étais ici là en vrai devant moi en chair et en os et en tout à fait toi je pourrais, peut-être, t'énumérer quelques faits historiques. Faire selon cette façon qui nous amusait tant. Je pourrais par exemple choisir la date du 8 mai. Au hasard. Je pourrais noter qu'en 1429 – le 8 mai, donc – Jeanne d'Arc obligeait les Anglais à lever le siège d'Orléans. Qu'en 1541 Hernando de Soto, conquistador espagnol, atteignait les rives du Mississippi et qu'en 1794, à Paris, on guillotinait d'anciens fermiers généraux. Parmi eux un certain Lavoisier, père de la chimie moderne. En 1886, John Pemberton inventait le Coca-Cola. En 1945, le Troisième Reich capitulait.

En vérité ?

Un ramassis d'insignifiances.

Le 8 mai, tu n'étais pas là. Pas plus que les jours d'avant, pas plus que ceux d'après. Il n'y a pas eu d'événement plus important. À maintes reprises j'ai fouillé le dictionnaire et cherché les synonymes de *partir*. J'ai trouvé *s'éclipser s'esquiver s'enfuir battre en retraite se sauver se faire la levure la malle la belle la paire la soie filer à l'anglaise jouer des flûtes mettre les voiles prendre ses cliques et ses claques tirer sa révérence* et *quitter*. La liste n'est pas exhaustive ; l'automne dernier, tu as fait bien plus que ça.

Je marchais dans la lumière intense et sur mon propre reflet et me suis vu ailleurs, courant à travers des reliefs imprécis et des lueurs si fragiles qu'elles rompaient sous mes pas avec un bruit de verre brisé. Devant moi il y avait toi. Sam. Tobias te tenait par la main et vous couriez, vous aussi. Mais plus vite. Et malgré mes appels vous vous évanouissiez, peu à peu, jusqu'à m'échapper. Là-bas, alors, il n'y avait plus rien. Simplement le vent, trop fort pour être respiré.

Je me voyais et j'étais sur un pic. Un éperon de roche dominant des régions sublimes. Alentour c'étaient des plateaux et des versants et des cols, ils n'en finissaient plus de s'arracher à la terre, au rivage d'où se déployait une mer démontée et saupoudrée de glace. Je me suis vu et j'étais un guerrier, autour de mon cou pendait un collier de fanons et devant moi des baleines, grandes comme dans les souvenirs de Whitman, des baleines par douzaines, des baleines innombrables arrivant par les lames qui se fracassaient sans répit contre les récifs. Déjà plusieurs d'entre elles constellaient les lagunes et glissaient sur la rive, hissant leur masse de titan sur les dunes de sable, certaines remontant sans attendre les flancs boisés des montagnes. Elles étaient bleues grises blanches boréales à bec et à bosse. Elles s'échouaient sur la grève en une tribu fabuleuse, un convoi de demi-dieux, allant à la conquête d'un continent nouveau avec la force d'un raz-de-marée. Brandissant tonnerres et nageoires elles chantaient leurs chants, c'étaient des mélodies inouïes, des requiem jusqu'alors méconnus en ces lieux mais qui dès à présent empliraient les vallons pour ne plus les quitter. Au milieu de la tempête je levais le bras et criais à pleins poumons, à pleines tripes, le cœur et l'âme enflammés, débordant de toute part, me faisant Baltique Égée Méditerranée, j'étais la lave d'un volcan, un déluge, sanglotant à grandes houles, riant à coups de cyclones, sentant rouleaux et ressacs déferler sur mes joues comme sur celles du môme que j'avais été. Je criais pour ma mère. Pour mon père anonyme. Je criais mes colères. Mes peines. Mes joies. Les mots introuvables et les îles perdues et les amours et ces hivers sans fin, cruels et terribles, ces hivers qui n'en finissaient plus de tout effacer derrière eux. Je criais les routes. Celles qui ne vont nulle part. Je criais ton nom. Et celui, magnifique, de notre petit d'homme. Mon garçon. Je les criais et avec eux d'autres choses encore en réponse à ces questions qui depuis toujours me poursuivent. Qui suis-je ? À quoi ressemblera la vie ? Quelque part j'avais noté cette phrase, *les plus belles histoires commencent toujours par un naufrage*, pourtant je ne savais pas, je n'en étais pas l'auteur. Un jour, toutefois, je tenterai de raconter la mienne et conclurai ainsi : *Personne ne sait comment Jeremiah Gunn est mort, mais on dit qu'il a vécu.*

Papa ? a fait Tobias, inquiet.

Je suis revenu à moi. Je lui avais fait peur. J'avais crié vraiment.

Tout va bien. Ça va aller.

'Pa. Je suis fatigué.

Je sais. Moi aussi. Viens.

Il s'est approché et je l'ai pris dans mes bras et porté longtemps et il s'est endormi. Jusqu'au couchant j'ai murmuré son nom pour me donner de la force, comme une litanie ancestrale, comme l'Apache que je m'étais imaginé être et que j'étais devenu un peu.

Il n'y avait plus de nuit. La nuit c'était le jour. Il y avait le soleil et la lune en même temps, parfois quelques étoiles. Plus d'obscurité. Plus de repos. Là-bas quelques loups se sont montrés, au nord, ils étaient sur l'eau pourpre. Nous les entendions hurler depuis plusieurs jours sans les voir. Le lendemain ils ont fichu le camp.

Sur mon visage les larmes coulaient d'elles-mêmes et peut-être pleurais-je vraiment. J'étais à bout. J'avais échoué. Je ne t'avais pas retrouvée. De soif et de faim et de fatigue je délirais et croyais te voir partout mais tu n'étais nulle part. J'étais allé au bout du monde et au-delà, où il n'y avait plus rien que la douleur et la peine et la fatigue. J'avais marché plus loin que mes jambes pouvaient me porter – elles que je traînais derrière moi, le buste penché en avant. J'avais été jusqu'où l'on ne va pas, où il n'y a plus de lieu, où l'on ne foule que soi-même et le vide et ses propres pensées. Où il ne reste rien. La lumière et les mouches. Partout autour le néant se répandait, inexorable. Un sifflement aigu perçant sans cesse plus profond. Se boucher les oreilles était inutile. C'était là.

Je marchais sans plus vraiment savoir pourquoi. J'étais allé au-delà de moi-même, avais franchi mes propres limites, au-delà desquelles je continuais d'aller non par espoir mais parce que trop de chemin avait été parcouru. Avancer était la dernière chose que je puisse encore faire. Je ne parvenais plus à imaginer une autre réalité que cette marche acharnée vers l'avant. Je ressentais le manque d'air, comme en haute altitude, et les nuées de mouches vibrant autour de nous, excitées par l'odeur âcre de la sueur. Je veux maman, répétait Tobias. Je le portais souvent, il marchait parfois. Quelque part j'ai trébuché et me suis écroulé avec le poids d'un arbre que l'on abat. Pour protéger Tobias que je tenais contre moi j'ai imprimé en tombant un mouvement de torsion et me suis blessé l'épaule contre le sol. La douleur était forte, mais de rage plus encore j'ai crié tout mon soûl. Tobias n'a pas eu peur de la chute. Ne m'en a rien montré, du moins. Par contre, me voir comme une tour en ruine lui a révélé la précarité de son univers. Papa tu es fort, avait-il bredouillé alors qu'il apprenait à parler. La voix était incertaine, les syllabes mal achevées, mais l'idée était claire et aussi solide qu'un père aux yeux d'un enfant. À présent je me tordais à ses pieds tel un ver à l'hameçon, et ses yeux affolés me suppliaient de me redresser et d'être fort à nouveau et balayaient les plaines comme si pour la première fois ils comprenaient ce qu'elles étaient. Après un instant je me suis assis, dans l'eau, les vêtements trempés collant à mon corps et reprenant mon souffle. Le cœur me martelait les côtes.

Ça va ? j'ai demandé.

Tobias se tenait devant moi. Plus grand que moi. Retenant ses sanglots, poings fermés.

Ça va aller, me suis-je répondu à moi-même. J'ai levé la tête et regardé l'horizon et répété, Ça va aller. Tobias ne me lâchait pas. Quand mon regard a rencontré le sien il a baissé les yeux et deux larmes ont coulé, traçant sur ses joues sales deux sillons de peau claire. Il m'a dit, Papa… je veux rentrer à la maison.

Sam. Je me souviens de toi, de ton nom. Chaque jour je l'ai dit à voix haute. Chacun de ces jours dont tu abhorrais la succession. L'écoulement cruel.

Tu craignais que vivre ensemble ne fasse de nous des colocataires. Je t'avais rassurée : Tu n'es pas ma colocataire. Tu es mon amour. Tu es ce pour quoi mon cœur bat. D'ailleurs mon cœur il ne bat pas : il appelle. Le cœur des autres il fait ka-boum… ka-boum… ka-boum ; mon cœur à moi il crie Sam… Sam… Sam.

*Pour un cœur*, selon Karl Ove Knausgaard, *la vie est une chose simple : il bat aussi longtemps qu'il peut, puis il s'arrête*. Le mien, à cet instant, a cessé de. Là. Assis avec mon garçon devant moi. Il n'était plus qu'une fosse. Un abîme sans fond et noir et glacial. En moi l'hiver avait repris.

J'avais été trop loin. J'étais un idiot. Dans ma folie j'avais forcé Tobias à me suivre au-delà de ce qu'un homme était capable d'endurer. Il n'avait que cinq ans. Jamais il ne s'était plaint.

Je me suis relevé. Tenu debout à nouveau. Là devant c'était l'est. C'était continuer. Mon cœur enfin s'est remis à. Le sang à affluer. Sous mes pieds le sol à nouveau. Mon petit d'homme accroché à ma cuisse. À l'horizon là-bas je t'ai cherchée une dernière fois avant de rebrousser chemin.

Face à nous une couverture de nuages sombres avançait, avalant la toundra, et derrière elle le soleil a disparu. L'ombre revenait sur les terres. Quelques premières gouttes de pluie se sont écrasées sur le sol, lourdes, l'impactant comme l'auraient fait des obus de mortier.

À l'ouest droit devant un éclat aveugle a déchiré le ciel d'étain. Ici il faisait toujours clair, les nuages les plus denses étaient encore éloignés, mais la détonation assourdissante a comprimé l'air jusqu'à nous. Tobias, impressionné, s'est rapproché de moi, a glissé sa main dans la mienne. Nulle part il n'y avait de quoi nous abriter. Ce n'est qu'un peu de bruit et de l'eau, l'ai-je rassuré. Ça va aller.

Tout le temps tu dis ça.

Quoi ?

« Ça va aller. »

Très vite la pluie a redoublé, criblant les lieux de ses plombs coupants et sans cesse plus nombreux. Du sol encore chaud s'est lentement élevée une brume qui allait gonflant et nous embourberait bientôt. À quelque distance la foudre a frappé encore. Mais le cri qui a suivi n'était pas celui de l'orage. Sinistre et accablant, il a giflé la tempête et pris la place qu'elle revendiquait, et j'ai compris pourquoi les loups étaient partis.

Je n'ai pas vu l'ours tout de suite. Ne l'ai pas entendu non plus. Le martèlement de la pluie couvrait ses mouvements, ses pattes s'enfonçant dans l'eau et la boue, le jeu morbide de ses muscles sous ses poils gras et son souffle bouillant que je devinais, là, tout proche. D'un geste fébrile j'ai cherché le fusil dans mon dos avant de me souvenir que je l'avais laissé à Whitman, trois jours plus tôt, à Slutten av verden, et qu'il ne me l'avait pas rendu.

L'ours s'est dressé devant nous, à vingt mètres, debout, comme un homme, mais pesant quatre cents kilos de hargne. Depuis des semaines il nous traquait. Il ne nous avait pas perdus. Tout juste laissé croire à un répit. Il nous avait suivis à la trace et était venu jusqu'ici, lui aussi, au-delà de toute raison, poussé par l'instinct de prédation et la soif de vengeance. Il avait attendu son moment. Le bon. Convaincu qu'il se présenterait.

Tobias s'est serré contre moi en gémissant et j'ai hurlé le nom de Whitman qui s'est égaré sans écho dans la pluie grise.

Whitman !

L'averse s'intensifiait. Se refermait peu à peu sur l'ours immobile que la brume étreignait.

Whitman !

Où donc était ce vieux dingue maintenant que nous avions besoin de lui ? Une fois encore je l'ai appelé et toujours rien et l'ours se tenait droit. Patient. Me laissait m'époumoner. Il me savait fini.

Alors il s'est laissé lourdement retomber sur le sol et a fait un premier pas vers nous. Puis un deuxième. Machinalement j'en ai fait deux aussi, en arrière, cachant Tobias derrière moi.

Qu'est-ce que tu nous veux ? lui ai-je lancé dans un accès de fureur. Hein ?! Qu'est-ce que tu veux, l'animal ? Tu crois que ça te le ramènera, ton petit, de nous ouvrir le bide ? On n'y est pour rien, espèce de charogne. Va te faire foutre !

L'ours a continué d'avancer. Sans se presser. Sans me quitter des yeux, de ces yeux qu'il avait de charbon, dilatés par les grondements atroces qui résonnaient en lui, à l'intérieur, où tout n'était plus qu'une forêt prise dans un incendie.

Hé, Panda !

Par-dessus la clameur assourdissante de la pluie la voix de Whitman s'est imposée. Ferme. Un coup de tonnerre parmi ceux de l'orage. Il était là, il m'avait entendu. Lui et l'ours et Tobias et moi formions un triangle parfait dans le bruit et la fureur, au cœur du déchaînement. Ce n'est pas après eux que tu cours, a ajouté le vieil homme quand la bête s'est tournée vers lui, et lorsqu'il l'a reconnu l'ours a grondé plus encore, le séisme qui sévissait en lui a redoublé de violence et quelque chose en dedans a cédé comme une corniche de neige au sommet d'une crête, une plaque de glace qui se disloque, et peu à peu le grondement a grandi en un rugissement viscéral éventrant l'air électrique, ouvrant la tempête qui l'espace d'une seconde autour de nous a cessé, gonflant une poche au sein de laquelle plus une goutte n'est tombée, une faille où le soleil s'est glissé, avec un peu de lumière mais pas vraiment de chaleur, et durant cette seconde et là-bas très exactement où nous nous trouvions il n'y a plus eu un bruit ni un soupçon de pluie ni rien et peut-être même plus assez d'oxygène. Et puis. Tout a repris. Le tumulte. Le vent. Trois fois plus fort qu'avant. Et là, à cet instant – au moment précis où la première goutte a percuté le sol à ses pieds –, la bête s'est ruée vers Whitman en hurlant quelque chose qui devait être son nom dans le langage des ours ou celui de son petit, et Whitman qui braquait la Winchester sur elle a pressé la détente et le coup qui devait partir est parti et il y a eu dans le rythme farouche des pattes de la bête un raté, quelque chose qui échoue ou s'enraye, mais trop tard : l'avalanche était déclenchée. L'ours ne s'est pas arrêté.

Sans attendre j'ai empoigné Tobias et l'ai pris dans

mes bras et me suis précipité, tentant de mettre un maximum de distance entre nous et l'ours qui avait bondi sur Whitman et que la tempête avait happé et qui avait disparu. J'ignorais où j'allais. Les rideaux de pluie et la brume s'étaient refermés sur eux et sur nous et je ne voyais guère à plus de deux mètres et je n'entendais plus rien que le vacarme incessant de la pluie bombardant le sol et les hurlements bestiaux de l'ours qui étaient effroyables et lugubres et qui me fracassaient l'âme et me broyaient et vidaient les lieux de tout ce qui n'était pas l'enfer. J'ai couru sans m'arrêter, jusqu'à en perdre haleine, avec le petit dans les bras. Mille fois j'ai trébuché, mes pieds nus butant contre, mes chevilles cédant sur. Sous l'eau fusillée par l'eau – elle qui avait été cristalline mais qui était trouble à présent, plus opaque qu'une dalle de béton – étaient tendus des pièges que l'on ne devinait plus. Je courais et dans l'enceinte de murs gris qui m'enserrait où que j'aille je n'entendais plus que mon propre essoufflement ; ailleurs alentour régnait le bruit noir du ciel qui était descendu pour écraser la terre.

Je courais et me suis arrêté de courir. Plus d'air dans les poumons. Mon cœur à ça de rompre. Puis j'ai repris puis je me suis arrêté encore, avançant au pas, surveillant mes arrières, l'œil grand ouvert, l'oreille tendue. Le sang en moi répandant la peur. Ça va aller, murmurais-je à Tobias. Ça va aller. Ce mensonge que je lui répétais sans relâche avec l'envie – la nécessité – d'y croire. J'ai pris conscience que je ne l'entendais plus. L'ours. Depuis que j'avais cessé de courir, depuis peut-être plus longtemps. J'ai ralenti encore. Aux aguets. Dans le chaos assourdissant. M'attendant à le voir surgir. M'efforçant de ne plus faire un bruit, avec la volonté ferme d'imposer mon silence au boucan, et. Rien. Plus un signe de la bête.

Plus un signe ?

J'ai recommencé à courir, plus vite encore, giflé par la pluie cinglante et effrénée avec collés au corps mes vêtements détrempés et le sentiment d'une menace plus imminente que jamais. À travers l'odeur de l'orage je croyais sentir celle de la mort, en renifler le parfum, un fin filet de carnage tendu comme une incisive et fêlant les cloisons de mon cachot de pluie. J'ai couru comme un dingue, avec l'énergie qu'il me restait, celle du vivant qui n'a pas envie de claquer, du chevreuil qui déjà a reçu la balle en pleine poitrine mais court toujours pour tenter de l'éviter. Je serrais Tobias contre moi, si fort que j'aurais pu l'étrangler. Ne pas le perdre. Ne plus. Mes pieds en sang s'enfonçaient dans l'eau trouble et en ressortaient péniblement, alourdis de boue, de fatigue, et mes yeux fous hurlaient le manque d'oxygène dont mes poumons souffraient en silence et je courais la bouche ouverte, cherchant l'air, quémandant, assoiffé – partout c'était de l'eau mais ma langue était un pavé de pierre. Dans le vacarme et la pluie tout avait cessé d'être, les plaines, le ciel, tout. Je courais sans plus savoir la douleur ni vers où je courais.

Alors a surgi une masse, je n'ai pas eu le temps de la voir mais elle m'a percuté et je suis tombé dans la flotte, avec Tobias dans les bras. L'eau d'encre dégouttait de mon visage, de mes yeux aveugles, de ma bouche. La tasse que j'avais bue. J'ai pris mon souffle pour crier mais n'en ai pas eu le temps : Whitman avait saisi ma nuque d'une main et plaqué l'autre contre ma bouche.

Il nous a entraînés en rampant vers un bouquet d'herbes hautes qui jaillissaient et se tenaient drues sous la violence du déluge. Là-bas, couché, avec à peine les épaules et la tête émergeant de l'eau, Whitman nous a demandé de ne plus faire un bruit. Il était terré contre nous, sur ses gardes. Scrutait le chahut et les murs de pluie. Il n'avait plus le fusil. Sur son visage grand ouvert se lisait l'excitation. Aucune trace d'inquiétude. Il aimait ce moment. Il avait les yeux réjouis. Fanatiques. Au cœur du bourbier où les gouttes de pluie tièdes fusaient comme des tirs de sniper le vieux fou était dans sa jungle, il vivait sa sale guerre, et s'en faisait une joie. Dans sa tête rugissaient les hélicos et « La chevauchée des Walkyries », fallait voir, ça lui emmêlait les neurones, ça débordait de toutes parts, par les oreilles le nez les orbites de ses yeux exaltés jusqu'à se paumer dans la brume et l'emplir, lui donner du corps, du caractère, de l'ampleur ! Taaa-ta-ta-taaaaaaa-taaa… taaa-ta-

ta-taaaaaaa-taaa... taaa-ta-ta-taaaaaaaaaaaaaaaaaa ! Richard Wagner, nom de Dieu ! Le poète avait la poitrine pleine d'un orchestre symphonique, les doigts serrés sur le manche d'un couteau et l'âme désireuse d'en chier, de vivre son grand final, se sentant pousser dans le dos les ailes non pas d'un goéland mais d'un soldat sous cocaïne. Le vieil homme était Robert Duvall, le lieutenant-colonel Kilgore j'aime-l'odeur-du-napalm-au-petit-matin, ordonnant à ses subalternes d'envoyer les planches de surf pour lui et ses hommes, mais bon sang : lesquels ? Il n'y avait que nous. Tobias et moi et lui et ses quarante kilos de folie et ce foutu ours pile en face, quelque part, fichu de nous flairer à quinze bornes. Nous allions y rester. Nous n'avions pas une chance ; le vieil homme s'éclatait.

Whitman m'a demandé si nous allions bien. Pour se faire entendre il a dû s'avancer près de mon oreille et crier et j'ai cru à une blague. Été tenté de lui répondre : Ça baigne, mais depuis environ très longtemps j'avais perdu mon sens de l'humour et l'ai regardé sans répondre, ou peut-être lui ai-je dit Ça va ou pas ou quelque chose d'approchant, je ne sais plus, je n'ai pas fait attention, là autour c'était un barouf du diable et je ne m'entendais plus penser. Alors Whitman s'est redressé.

Où tu vas ?

Le vieux m'a fait face et souri d'un sourire franc et simple et vrai et Tobias lui a dit T'en va pas, je veux qu'on reste tous les trois, alors le vieil homme s'est penché et lui a répondu quelque chose qu'aucun de nous n'a compris et il a souri encore et d'un bond il s'en est retourné dans la fureur et la pluie et les hurlements de l'ours qui là-bas, quelque part, le réclamait.

Sais-tu comment je suis mort ?

Tobias avait fait non de la tête.

Le temps d'un instant le vieux avait réfléchi : Moi non plus.

Ce soir-là, quelques soirs plus tôt, Walt Whitman le poète, le fou, le chien errant, avait allumé un feu qui exultait et dansait et envoyait ses escarbilles se mêler à la nuit. Nous avions marché tout le jour. Étions au bout de nous-mêmes. La neige sur le sol et les arbres et partout reflétait les maigres lueurs émises par les branches humides qui sifflaient en brûlant. La neige qui était dans l'air. Sur nos vêtements. Nos peaux. Qui allait dans nos poumons, jusque dans nos souvenirs où bientôt elle couvrirait les toits des maisons, les baisers échangés, les mains qui se frôlent, l'été de nos vies d'avant. Après avoir bu une solide lampée de gnôle le vieux avait parlé : Un jour j'ai cru prendre un poisson, mais c'est lui qui m'a pris. C'était au milieu des collines. Il y avait une rivière. Je pêchais. Pour pêcher j'allais dans l'eau sans pantalon et les valseuses à l'air, un truc que m'avait appris ce type, Reiner, un tirailleur allemand qu'avait déserté comme moi parce qu'il en avait rien à fiche, de leurs conneries. Peut-être qu'il s'appelait Kurt. Peut-être qu'y m'avait pas dit son nom. Lui et moi on portait pas le même drapeau, mais on était deux hommes, on respirait le même air. Il m'avait dit, La pêche, c'est une question d'honnêteté : tu retires pas à la nature une partie d'elle-même avec sur les fesses du tissu qu'a été cousu en usine. Tu te présentes à elle comme l'animal que t'es, nu de la même manière que ta mère elle t'a mis au monde, pour bien que la rivière et la boue et les collines autour elles sachent qui t'es vraiment. Je trouvais qu'il avait pas tort. Dans l'eau je me suis avancé et j'ai plongé mes mains et j'ai attendu, sans bouger. J'ai deviné une truite ou quelque chose. J'ai serré les mains d'un coup sec et ça m'a filé entre les doigts. Alors j'ai réessayé. Et tu sais quoi ?

Whitman s'était redressé, présentant sa gueule de boucanier à la rougeur des flammes. À Tobias qui buvait ses paroles. Qui écoutait dans la nuit.

C'est moi qu'a valdingué, arraché aux cailloux et à l'eau, comptant pas plus qu'une mouche. Quand je suis retombé sur la rive j'ai entrouvert les yeux et j'ai vu ce poisson, grand comme un cachalot, émergeant tout entier de cette rivière minuscule qu'avait pas assez de fond pour qu'un poisson comme lui puisse s'y tenir. Alors moi je me suis secoué la tête et les idées et tout et quand j'ai rouvert les yeux une seconde fois ce poisson il était toujours là mais il avait rapetissé. L'avait plus que la taille d'un poisson, comme le poisson qu'il était, et il était là, sur la rive, à côté de moi sur la terre trempée. Ses prunelles sans reflet et plus noires qu'on peut le dire m'ont regardé me lever, et quand je me suis tenu là devant lui sur mes deux guibolles il m'a dit : Nous reviendrons. Il m'a parlé ainsi, avec sa voix de poisson, à moi qui savais pas que les poissons ça causait. Quand je lui ai demandé Qui ? il m'a répondu Nous. Vous ? Oui, il m'a dit. Nous viendrons par l'eau, nous viendrons par le ciel, puis en deux bonds il a plongé dans la rivière et là-dedans il a disparu sans laisser onduler la moindre vaguelette à la surface. Pas une éclaboussure.

Whitman s'était tu. Avait avalé une autre gorgée de tord-boyaux et scruté le ciel dans la nuit avec de l'inquiétude lui courant le long des rides. Tobias l'avait imité. Je l'avais tiré contre moi. Emmitouflé dans nos couvertures. Les poissons ne volent pas, l'avais-je rassuré.

Peu à peu la pluie s'est épuisée. Il n'est plus tombé que quelques gouttes et bientôt plus aucune, et la brume a cédé. Les plaines se sont élargies, regagnées par la lumière, qui était bleue et belle et vibrante et dans laquelle nous nous tenions, Tobias et moi. Lavés. Autour de nous c'était vaste à nouveau. Assouvi. La colère du monde était passée et il s'était rouvert.

Les nuages gris mouchetaient le ciel à perte de vue, immobiles, épinglés au vide en un ordre parfait. Comment ils tiennent, papa, les nuages dans le ciel ? Dans ma main j'ai senti la sienne. Les herbes hautes dans lesquelles nous nous étions cachés effleuraient mes cuisses et ses épaules, chantant avec un vent venu du sud qui rappelait ceux que l'on respire au grand large.

Il n'y avait plus un bruit. Juste celui de l'eau, ses tintements argentins autour de nos pieds, nos chevilles, lorsque nous avancions – ce que nous faisions avec prudence. Çà et là des nappes de brouillard rasaient encore le sol tiède comme des choses oubliées. Un long temps s'était écoulé depuis que l'orage avait cessé. Ni l'ours ni Whitman n'avaient reparu.

Hébété, presque ivre, j'ai fouillé le silence qui était vivant, qui était dans les plaines, qui marchait avec nous. Nous fuyions sans courir, évitant de parler. Même si. Au creux de l'œil. Au bord des lèvres. Au ventre.

Quand nous l'avons trouvé l'ours était mort, couché dans le soleil, dedans et dessous. Il était une masse brune et unie à Whitman qui était accroupi près de lui. Qui ne disait rien. Qui était là, comme le soleil, comme le silence. Comme nous. Lentement nous sommes allés vers eux. Whitman n'a pas bougé. Il nous tournait le dos, faisait face au corps soulagé de sa vie, de ses forces, de la perte des siens. Soulagé du goût du sang. Des charognes à ronger. De ses crocs. De ceux-ci qu'il avait plantés dans des truites frétillantes. Dans des ventres encore chauds, fumants dans l'hiver. Dans des gorges. Des baies et des racines, quand il n'y avait plus rien d'autre. Cette vie, souvent, j'avais tenté de l'imaginer ; à présent que je m'approchais de la bête, de son corps tellement mort et désempli de l'ours qu'elle avait été, je comprenais que j'en ignorais tout.

Sans un mot, Tobias a lâché ma main et s'en est approché. A passé ses doigts dans sa fourrure. Sur sa patte large et lourde et qui pourtant ne pesait plus rien. La main de Tobias, minuscule, sur une seule de ses griffes. Il s'est placé devant lui. Devant plus rien du tout. L'absence. Comme l'épave d'un bateau. Quelque chose d'échoué. Et il s'est penché, doucement, amenant son visage face à sa gueule, et quand bien même je la savais morte j'ai ressenti le besoin de l'en écarter – une pulsion animale, chevillée à l'homme depuis bien avant que je n'en sois un. Mais. Je n'ai pas bronché. L'ai laissé faire. Plonger son regard dans celui, creux et blanc et qui n'était plus, de l'ours. Lui chercher une âme. L'espoir de trouver quelqu'un. Quelque chose.

L'ours était mort et pourtant presque intact. Ses poils longs et drus et odorants trempaient dans l'eau pure où il stagnait, couché sur le ventre, la poitrine percée d'un trou net par lequel sa vie s'était répandue. L'ours n'avait encaissé qu'un seul coup. Celui d'un vieux fusil. Huit grammes de plomb s'étaient logés dans ses poumons. En avaient chassé l'air. Avaient dispersé le sang en dehors et dedans, l'étouffant dans sa propre substance. Whitman n'avait tiré qu'une fois. Il n'avait eu qu'une chance ; elle avait suffi. L'ours avait absorbé le choc et le verdict. Combattu. Traqué le vieil homme dans la tourmente, avant d'accepter la mort qui l'avait chassé de lui-même.

Au bout d'un moment je lui ai dit Il est temps. Allons-nous-en. Tobias s'est levé sans quitter l'ours du regard. S'est tourné vers Whitman. Tu viens avec nous ? Le vieil homme n'a pas réagi. Mais quand nous nous sommes éloignés il s'est redressé à son tour et nous a suivis et Tobias a fait demi-tour, a couru jusqu'à lui, lui a tendu la main et ils ont marché ainsi, derrière moi, côte à côte. Le vieil homme et l'enfant.

Whitman est tombé un peu plus loin. Il s'est arrêté et Tobias lui a dit Viens et a tiré sur la main qu'il tenait comme on tire sur la longe d'un cheval pour l'encourager. Mais au lieu d'avancer Whitman a trébuché et mis un genou au sol, et le second, et tandis qu'il s'allongeait dans la prairie Tobias a crié : Papa !

Whitman lui a dit Non. Crie pas. Je veux pas.

Whitman a fermé les paupières puis les a rouvertes, dans ses yeux brûlait une lueur, il n'était pas triste. Il l'était un peu mais a souri tout de même. Il a dit : Il est mort. Je l'ai regardé sans répondre. Il a répété ça : Il est mort. Rien n'est moins facile que de voir mourir autant de vie.

Alors Walt Whitman a chanté. *My baby moves at midnight, Goes right on till the dawn, My woman takes me higher, My woman keeps me warm.* Sa voix était faible. Ses yeux ternes, presque éteints, gagnés par la nuit qui se levait sur lui qui s'enfonçait dans l'eau dans la prairie en chantant.

*You should be dancing… yeah !*

Walt Whitman avait aimé une fée et perdu un enfant et marché et tué un petit d'ours puis l'ours lui-même et c'était une histoire qui ne tenait pas dans un poème. Ça n'avait aucun sens. Le poète ne poétisait plus : il allait, les poumons gonflés du grand bordel des choses.

Sauf qu'il n'allait plus.

Walt Whitman avait tué l'ours et l'ours l'avait tué. Sous sa chemise sombre et trempée grossissait une mare de sang. Il n'était pas inquiet. À Tobias qui pleurait là-bas, Tobias que j'avais écarté dès que j'avais deviné la plaie, Tobias que j'avais sommé de reculer de cinq pas, de dix, il a dit : T'en fais pas, petit. Il l'a dit d'une voix forte pour que le petit l'entende et a toussé ensuite. Un peu. Craché du sang qu'il a essuyé sur son avant-bras. Puis il m'a regardé avec ses yeux qui voyaient de moins en moins, qui ne luisaient presque plus. M'a cherché dans le plein jour. Quand il m'a trouvé il a souri à nouveau. Le vieux dingue. Le vieux cinglé. Ses vieux chicots fièrement brandis. Sais-tu comment je suis mort ? Je lui ai répondu Oui ; il a repris au deuxième couplet *She's juicy and she's trouble, She gets it to me good, My woman gives me power, Goes right down to my blood.* Et sous le soleil blanc et sur les terres sauvages j'ai chanté avec lui, doucement d'abord puis à tue-tête, avec ce qu'il me restait là en dedans de cœur et de tripes et de joie et d'amour et de faiblesse aussi, les failles de ce que j'étais, moi qui étais fissuré de partout mais qui tenais encore, debout et face au vent, fragile et vain mais triomphant, insoumis, invectivant ces plaines où je m'étais perdu, ces forêts, ces rivières, où la rengaine des Bee Gees résonnait pour leur dire que j'étais toujours là, que j'avais survécu, que Jerry rentrait chez lui ! que je rentrais, nu peut-être, nu de tout, mais avec tout ce moi amarré au ventre, à la chair et au cœur, lui qui battait… qui battait… qui battait.

Sam.

En vérité, ce sont des conneries : on ne peut triompher de la forêt, pas plus que l'on ne triomphe d'un lac ou du vent. Je n'avais vaincu aucune colline, aucun ruisseau : je les étais devenu. Les arbres en moi avaient enfoncé leurs racines, fait pousser leurs branches, laisser courir les daims dissimulés derrière leurs troncs et virevolter les coccinelles, sous les feuilles, sur l'écorce craquelée. En moi les lacs avaient grossi. Les torrents déferlé. Les ciels atteint des nuances que l'on ne peut décrire. Les ciels faits de soleil et de nuit et de neige et de glace et de mes espoirs insensés et qui s'étaient offerts aux yeux neufs de notre petit d'homme, notre Mowgli – comme la terre ils étaient devenus mon seul vêtement. Ma peau. La peau dans laquelle je t'avais.

Sam.

Ce nom que je ne me lasse pas d'écrire.

*Les plus belles histoires commencent toujours par un*

*naufrage*, avais-je noté quelque part… – ok, mais comment finissent-elles ?

Ce soir il ne me reste qu'une page vierge et la moitié d'une autre. Une rognure de crayon. J'arracherai des bouts de tissu de ma chemise pour écrire dessus s'il le faut.

Nous rentrons.

Je me demande comment sera la maison. Ne suis pas certain d'avoir envie de la retrouver. Aujourd'hui je la crains plus encore que la forêt. Cette part abîmée de moi – de nous – qu'elle contient. Nous sommes partis depuis longtemps. Des semaines. J'en ai perdu le compte. On dit qu'il ne faut pas plus de trois jours à la nature pour reprendre ses droits. Sentir l'abandon. Les lieux seront envahis d'herbe sauvage et de végétation. D'insectes. D'animaux. Peut-être un écureuil. Une fouine. Un élan, installé pénard sur le divan, les sabots sur la table basse. Il y aura l'odeur du renfermé. Une lame de lumière crue fauchant l'obscurité et l'air chargé de poussière. Parfois je rêve que tu y seras.

Souvent tu disais que je ne t'écrivais pas, rien, pas un mot – moi l'écrivain ! Moi qui passais des heures avec eux. Les mots. Tu me disais, Tu ne me parles pas ; je te répondais, J'écris, et toi : Peut-être. Mais pas à moi. Un jour, t'avais-je promis, j'écrirai un roman d'amour, il te sera dédié. Il portera ton nom. Tu avais souri. (De l'ironie, dans ce sourire. Du t'es pas cap'.)

Mon nom ?

Le tien.

Tu avais ri. Planté tes yeux dans les miens.

Tant que dedans il y a un Je t'aime, un Tu me manques ou un de tes Tu me chavires, quelques lignes griffonnées sur un bout de papier suffiront.

Je me souviens de ces soirées, les nôtres, la nuit nous appartenait. Tu couchais Tobias, ou je, ou nous – ou il s'endormait sur le sofa, entouré de ses jouets – et nous buvions un verre de vin en écoutant le « Kashmir » de Led Zeppelin dans la version live de l'album *No Quarter*, une musique qui vibrait d'une énergie que nous croyions comprendre et ressentir au plus profond de nous-mêmes, immense, pleine, bouillonnante. Je me souviens de mes pieds, douloureux à force d'écraser le plancher, de battre la mesure. Parfois, le vin, nous ne le buvions même pas. L'alcool devenait inutile : nous nous enivrions l'un de l'autre. Du bonheur simple et bouleversant d'être là, couchés par terre mais serrés, devant le PC depuis l'écran duquel Jimmy Page et Robert Plant, accompagnés de musiciens égyptiens, partaient à l'assaut du salon.

Il suffisait d'un regard et j'avais quinze ans ; un baiser moins amoureux que les autres et je vieillissais de cent, je me disais elle m'aime plus, tout est fini, le cœur battant comme s'il ne battait plus. Nous étions en voiture et je fonçais, pied au plancher, pressé de rentrer chez nous parce que… rien – parce que et point barre. Je traçais la route, War on Drugs à plein volume, fenêtres ouvertes sur l'autoroute et l'été, le moteur des camions et des bagnoles, pressé de te faire l'amour, ce que je faisais sans attendre, dans l'allée, sur le capot brûlant de la guimbarde et le contact allumé afin que les guitares continuent de gueuler. Certains appellent ça le bonheur. Je me souviens d'un autre soir, c'était en juin. Tu m'avais demandé ce que je voulais, il était vingt-trois heures et quelques, tu étais belle à rendre dingue le plus sensé des types et ce n'est pas ce que j'étais. Sensé, je veux dire. Dingue de toi, par contre... Trois étés plus tôt tu étais apparue dans ce bar et m'avais fichu par terre, KO dès le premier round, plus jamais je ne me suis relevé. Tes jambes, tes hanches, tes yeux noirs et sauvages et cette façon que tu as de bouger. Ce matin-là j'avais passé un moment à regarder la lumière allant par la fenêtre poussiéreuse jusque sur ta peau, le long de ton dos et sur ta nuque affolante que tu avais dégagée en relevant tes cheveux en chignon. Là-haut le môme dormait encore. Le tien. Le nôtre. Nous avions fait un enfant. C'était l'été. Dehors la table où traînaient nos amours et le bordeaux de la veille brûlait déjà dans la clarté acide inondant le matin. Brûlait avec les mouches, les oiseaux et le ciel. L'herbe et le vent trop léger. Assise au coin du lit, seulement vêtue d'une jupe étroite et d'une clope qui se consumait d'elle-même au bord de tes lèvres, tu jouais de la basse en sourdine. Tu t'exerçais. Un truc que tu t'étais mis en tête – tu étais comme ça : impulsive. La veille tu m'avais demandé ce que je voulais. C'est ton anniversaire, tu m'avais dit.

Non. Demain.

Il est presque minuit.

Tu avais rempli un verre de vin et me l'avais tendu et avais ôté tes escarpins. Tes yeux noirs brillaient dans la nuit.

Le lendemain au soir tu étais rentrée du boulot et ne me parlais plus. Sur cette feuille blanche que je tentais de remplir d'un roman j'avais écrit *Cette fille-là on ne peut pas la suivre. On ne peut simplement pas.* Le sentiment que le 22 juin, chaque année, est une journée pourrie. Va comprendre. J'ai du mal avec les anniversaires. Le mien parce qu'on me fête alors que je n'ai rien fait – y a-t-il du mérite à vieillir ? Celui des autres parce que j'ignore quoi leur offrir. Bientôt, en juillet, tu aurais trente-huit ans. Je m'étais imaginé me fiche à genoux et te demander en mariage, mais bon sang. Tu étais comme un banc de sable mouvant sous mes pieds. Même Tobias n'y avait rien changé. Vivre auprès de toi, c'était vivre l'instant et accepter que tout bascule ensuite.

Une page et la moitié d'une autre : voilà ce qu'il me reste. Doucement je me suis glissé sous la canadienne et ai attendu le sommeil ; je n'ai pas fermé l'œil avant longtemps. Que faire de ces dernières lignes disponibles ? De toute évidence, il me faut écrire *Tobias*. Pour lui. Qui est beau, là, en train de dormir dans la lueur des flammes. Allongé à côté de notre petit d'homme j'ai senti la chaleur de ses poings fermés, petits, enfantins, et pensé aux millions de tout aussi petites choses savoureuses et fragiles, la joie de nous savoir au monde, toi moi lui et les autres, les gens, la forêt. Les innombrables et petits minuscules instants de nous et qui n'appartiennent à nul autre. La magie – oui oh putain : la magie, Sam ! Tu lis bien ! Je dis que tu n'avais rien d'un tour de passe-passe, d'un truc, d'une illusion. Je dis qu'il y avait en toi de cette magie. En nous. Je dis qu'il y en a là, dans les poings serrés de Tobias, serrés tout contre lui tout devant son visage pour retenir les rêves, pour ne pas les laisser filer, prêts à s'y cramponner. *Je veux que désormais la vie soit un grand chant de joie!* a écrit Walt Whitman. À quoi ressemblera la mienne ?

Nous sommes rentrés à la maison. Tobias. Moi. Sans toi.

Elle nous est apparue au bout de l'allée de gravier, encadrée d'arbres, dans la lumière blanche d'un midi d'été comme si la lumière irradiait de partout en même temps. La maison n'était ni la même ni différente. Elle était quelque part entre les deux. À l'intérieur il n'y avait ni animaux ni insectes ni rien, pas même l'odeur du clos, ou à peine. Il y avait seulement l'obscurité le long des murs et les tranchants de soleil durs au milieu des pièces qui étaient abandonnées mais n'en avaient pas tellement l'air. Dans le hall d'entrée je me tenais, noir de crasse, puant, et dans le salon, n'osant bouger, tandis que Tobias – qui n'était pas moins pouilleux – courait partout dans la maison. Je n'osais rien toucher ; en apercevant mon reflet dans le miroir du hall, ici, chez nous, je me suis arrêté. La maison était comme si nous n'étions partis qu'une heure ; nous, comme si nous avions voyagé un siècle.

Oui, bien sûr, j'ai été tenté de (j'aurais pu) ne pas revenir ou la quitter encore, cette maison, et pour de bon et la brûler, mais non. Aucune allumette n'a été grattée. D'autres jours ont passé.

Papa ?

Mmh.

On fait quoi ?

J'écris.

Oui mais moi, je fais quoi ?

Ce que tu veux, Tobias.

Mais je sais pas quoi faire.

Souvent je laisse tout en plan pour lui accorder une partie d'un de ces jeux qu'il aime tant, sans doute parce qu'il faut y jouer à deux, au moins, lui et moi au minimum, parce que c'est une façon d'être ensemble qui en vaut une autre et que c'est tout ce qu'il veut : un lien. De quoi se rassurer. Depuis quelques jours nous jouons et je l'observe comme une chose étrange et familière à la fois et je me sens pris d'une affection nouvelle pour ce fils que j'ai le sentiment d'avoir redécouvert, et de redécouvrir encore. Être père a pris en ton absence un sens nouveau, plus ample et inquiétant. Tobias n'a rien fait de mal. Rien demandé à personne. Il tâche d'être heureux, coûte que coûte, tendant vers un semblant de normalité par instinct de survie, comme un marin garde le cap quelque terrifiante que soit la tempête. Sa mère n'est plus là mais ce n'est rien. Elle reviendra bientôt. Continuer à jouer, à faire comme si, en est la preuve. Une illusion dont je le nourris sans relâche, même si je vois, même si je sais, à ses gestes, à ses jeux, que quelque chose en lui aussi a changé.

Trois semaines ont passé depuis notre retour. La maison. Nous, dedans. Des poupées de chair et de sentiments. Ton absence crève les murs mais nous n'en disons rien. Nous ne faisons pas semblant : nous faisons avec. Dire tout haut ce qui hurle tout bas ne sert à rien. Nous nous réapprenons.

Ce matin je suis assis sous l'auvent, je tiens ma tasse à moitié pleine de café au creux des mains pour me réchauffer d'un froid qui me vient de l'intérieur et ne me quitte plus depuis notre marche à travers l'hiver. Sous ma peau il neigera toujours. Je regarde le jardin, il trempe dans la semi-pénombre et le faux silence d'après la pluie, bleu sombre, où fourmillent les gouttelettes tombant des feuilles des arbres et de l'appentis, où l'on entend l'herbe pousser et les fleurs. Les escargots baver. Les fourmis se nourrir. Je porte un costume, une cravate – merde, qui l'eût cru ? Ce matin je vais me chercher un nouveau job.

Plus tôt j'ai réveillé Tobias. Debout, mon chéri. Ne soyons pas en retard.

C'est aujourd'hui ?

Tout pile.

Je veux que c'est déjà les vacances.

Ça le sera ce soir.

Je l'ai chatouillé. Il a ri. Je lui ai préparé de quoi s'habiller, de jolis vêtements. Je voulais qu'il soit beau.

Qu'est-ce qu'on mange ?

Je t'ai préparé des crêpes. Deux.

C'est pas beaucoup deux.

J'ai brûlé la troisième.

Mmh.

Mais il y a des myrtilles.

Il a bondi hors du lit et filé hors de la chambre.

Hé ! Où tu vas sans ton slip, sauvageon ?

En bas en passant devant le calendrier j'ai pris le feutre pour barrer la date du 29 juin, avant de proposer à Tobias de le faire à ma place. Vraiment ? Oui. Il s'est appliqué. Il était fier. Aujourd'hui c'est son dernier jour d'école. Bientôt, dans une poignée de minutes, nous descendrons la rue et prendrons le bus pour la dernière fois de l'année. Pour l'instant Tobias est dans le salon. Il joue à écrire son nom – tu devrais voir comme il se débrouille. Celui de Whitman et le mien. Le tien aussi, bien sûr. Et celui de l'ours, qu'il a appelé Walt. Je lui dis, Je suis dehors. Je bois ma tasse de café puis on y va. Il me dit D'accord. Assis sous l'auvent, je regarde le matin. L'air. L'été. Au bas de l'allée je crois te voir. Je ferme les paupières. Les rouvre. Je te vois toujours et me lève. Je te vois toujours. Par la fenêtre du salon Tobias m'aperçoit et demande, Papa ?

Je me souviens d'un matin, je m'étais levé aux aurores, neuf cents bornes de route m'attendaient. La veille j'avais jeté ma corde et mes envies d'ailleurs dans le coffre de la bagnole. Deux tee-shirts, un jean et le topographique d'une de ces falaises que j'affectionnais. Avant de partir je t'avais embrassée dans le cou. Tu dormais encore – à moitié : tu avais souri. Sur une feuille de papier que j'avais posée sur le lit, à côté de toi, j'avais écrit que tu étais belle. Que tu me manquais, déjà. Que je te reviendrais, une poignée de jours plus tard, avec sur la peau l'odeur de l'herbe et de la pierre et du soleil et du vent.

## REMERCIEMENTS

Je tiens à remercier celles et ceux qui, au sud de la frontière, y ont cru. En particulier Ariane et Lina. Je veux remercier ma mère – un soutien indéfectible. Mon père et sa sœur, Nicole, amie et confidente. Je veux remercier Tom Waits, Avishai Cohen et tant d'autres. La bande son de ce roman. Le silence, aussi. Les falaises, où j'ai beaucoup appris sur moi-même. Sous la montagne de Céüse, à l'aube, j'ai écrit certaines de ces pages. Merci aux compagnons de cordée. Aux amis. Je pense à la troupe de Freyr, je pense à d'autres. Merci aux routes parcourues. Sur l'une d'elles me ramenant des Alpes, pied au plancher et le jazz de Billie Holiday à plein volume, me sont venus les premiers mots du manuscrit, que je cherchais depuis longtemps. Je me souviens m'être arrêté, quelque part, hirsute et dépenaillé, bondissant de ma bagnole pour en fouiller le coffre et mettre la main sur mon carnet, m'empressant de coucher ces mots sur le papier avec l'affolement furieux de l'amnésique notant son propre nom dans l'espoir de ne pas l'oublier. Je voudrais remercier mon fils, qui n'y est pour rien mais est responsable de tout, du vomi sur la couette aux moments de joie les plus intenses. Enfin, je tiens à remercier Hélène Ansel. Ces lignes, qu'elle a pour la plupart inspirées, lui doivent beaucoup.

DU MÊME AUTEUR

LA COLÈRE DU RHINOCÉROS, Belfond, 2010

*Composition : IGS-CP*
*Impression : CPI Bussière en janvier 2019*
*Éditions Albin Michel*
*22, rue Huyghens, 75014 Paris*
*www.albin-michel.fr*

*ISBN : 978-2-226-43619-1*
*N° d'édition : 23097/01 – N° d'impression : 2039181*
*Dépôt légal : février 2019*
*Imprimé en France*